KB169363

33년 차 교사, 감성교육을 실천하다

감성 지휘자,
우리 선생님

꿈을 찾고 키우며, 창의교육을 실현하다

감성 지휘자,
우리 선생님

초판 1쇄 인쇄 2016년 5월 18일
초판 1쇄 발행 2016년 5월 28일

지은이 박종국
펴낸이 김승희
펴낸곳 도서출판 살림터

기획 정광일
편집 조현주
북디자인 꼬리별

인쇄·제본 (주)현문
종이 월드페이퍼(주)

주소 서울시 영등포구 양평로21가길 19 선유도 우림라이온스밸리 1차 B동 512호
전화 02-3141-6553
팩스 02-3141-6555
출판등록 2008년 3월 18일 제313-1990-12호
이메일 gwang80@hanmail.net
블로그 http://blog.naver.com/dkffk1020

ISBN 979-11-5930-016-5 03810

*가격은 뒤표지에 있습니다.
*잘못된 책은 바꾸어 드립니다.
*이 책은 저작권법에 따라 보호를 받는 저작물이므로 무단 전재와 복제를 금합니다.

33년 차 교사, 감성교육을 실천하다

감성 지휘자, 우리 선생님

박종국 지음

살림터

세상이 깨어나고 있습니다

푸르러 가는 신록을 바라보며 문득 세상일을 떠올려 봅니다. 열흘 전 우리는 우리가 선택한 결과를 보고 스스로 놀라고 말았습니다. 오래 걸린다고만 생각했던 일이 하루아침에 신기루인 양 펼쳐졌습니다. 저는 그 선택의 잘잘못을 말하려는 게 아닙니다. 소수가 다수로 바뀔 수 있다는, 믿기지 않는 일이 현실이 되었다는 그 놀라움을 말하려는 것입니다.

그런 생각을 하다가 박종국 선생님의 출판 원고를 한 쪽씩 꼼꼼하게 읽었습니다. 창밖에서 봄의 향기가 물씬 풍겨 왔습니다. 그리고 얼마 전에 일어난 이 일과 선생님의 글이 겹치면서 많은 생각에 잠겼습니다.

제가 익히 아는 박 선생님은 33년 동안 초등 교사로 묵묵히 참된 교육을 실천했습니다. 그러나 워낙에 심지가 굳은 선생님이라, 많은 사람들로부터 곱지 않은 시선을 받았을 게 분명합니다. 단지 성적만을 우선하는 욕심에 가려 진정으로 아이들의 삶을 가꾸는 일이 보이지 않았기 때문이지요.

아이들의 성장 가능성을 믿고, 기다려 주는 그 인내심으로 교육을 보는 데 인색했던 탓입니다. 기다림을 내팽개침으로 오해하는 사람들이 많았던 게 우리의 지난날이었습니다. 선생님은 규범을 무시하지 않습니다. 아이들이 만남과 대화 속에서 스스로 덕목을 갖추어야지 억지로 길들이는 건 바람직하지 않다고 강변합니다.

그런 다짐으로 모든 아이들에게 칭찬과 격려로 북돋우는 손길이 글 곳곳에서 드러납니다. '기름'과 '가꿈'은 다릅니다. '기름'은 아이들을 객체로 바라봅니다. '가꿈'은 아이와 선생님이 모두 주체가 되는 행위입니다. 저는 선생님의 글 전편에서 가꿈의 뜻을 읽었고, 그것의 바탕이 사랑임을 느꼈습니다.

이즈음 우리 교육이 많이 바뀌었습니다. 가르침이 곧 교육이라고 무턱대고 받아들이다 '배움'을 뒤늦게 발견한 것입니다. 그리하여 학교가 꿈틀거리고 있습니다. 몸은 피곤해도 마음은 벅차다고 말하는 선생님들이 많아졌습니다. 박 선생님 같은 분들이 뿌린 든든한 참교육의 씨앗이 야무진 열매로 익어 갑니다.

가볍게 읽혀도 이 책에 담긴 선생님의 교육철학은 결코 가볍지 않습니다. 일화를 중심으로 생생하게 들려주듯 아이들과 함께한 이야기를 썼습니다. 그 안에는 교육과 세상을 바라보는 깊고 날카로운 눈빛이 서려 있습니다. 큰 소리로 외치지 않아도 진실한 말은 힘을 지닙니다. 교육 현장 이야기를 거침없이 그려 내고, 문장 하나도 허투루 쓰지 않는 절제미 속에 교육자로서 올곧은 정신이 배어나고 있습니다. 읽다 보면 잠언이 주는 교훈처럼 우리의 마음을 조심스럽게 여미게 됩니다.

저는 이 책을 선생님들보다 학부모님들이 더 많이 읽기를 소망합니다. 무절제한 관심을 무한한 사랑으로 잘못 여기는 부모님들이 이 책을 통하여 진정한 사랑이 무엇인지 성찰해 보기를 바랍니다. 그리하여 학교도, 가정도, 다른 눈으로 아이들을 바라보고, 새로운 사랑을 틔워 냈으면 좋겠습니다. 그런 날이 봄이 오듯 우리 곁에 찾아오리라 믿습니다.

2016년 사월 하순,
감사와 추천의 뜻을 담아
경상남도교육감 박종훈

자기 옷을 입어야 편하다

나무도 자기 옷을 입는다. 은행나무는 노랑 옷이, 단풍나무는 빨강 옷이 잘 어울린다. 사철 푸른 솔잎이 빨강 옷을 고집하면 그 소나무는 엉거주춤하게 보인다. 사람도 자기에 맞는 옷을 입어야 한다. 옷은 그 사람이 타고난 때깔이다.

왕자와 옷을 바꾸어 입은 거지는 갖가지 일을 겪고 난 뒤, 결국 자기 옷을 찾아 입는다. 자기 옷을 입어야 편하다.

당장 눈에 보이는 옷만 최고라면 우리는 한 시대에 한 사람을 빼고 다 실패자가 될 수밖에 없다. 신실한 사람은 기꺼이 자기 옷을 인정하고, 그 옷에서 즐거움을 찾는다.

단풍나무는 단풍나무일 때 가장 아름답다. 단풍나무가 소나무가 되려고 기를 써 봐도 자기 신세만 한탄하다가 불행해진다. 보다 자기다운 옷을 입어야 그 삶이 아름답다.

초등학교 교사로 33년을 살았다.

곁눈질하지 않고, 오직 한 우물만 팠다. 근데도 아직도 '나다운 옷'을 챙겨 입지 못했다. 잘못된 교육 현실을 바로잡기는커녕 그에 끌려가는 그냥 교사였을 때가 많았다. 30년 세월이 결코 짧은 시간은 아니었다. 그런데 삼 가닥처럼 교육 현장이 어지럽게 얽혔는데도 선뜻 풀어헤치지 못했다는 자괴감이 앞선다.

한때 전교조 교사로서 잘못된 우리 교육을 바로 세우겠다고 열정적으로 '나쁜 교육'과 맞서 드잡이도 해 보았다. 실로 그 시기는, 맨땅에 헤딩하던 시절이었다. 그러나 내 교직 생활을 통해서 가장 순수했던 때였다. 더러 동기들이 장학사로, 교감교사로 승진했어도 평사교로서의 삶을 자신할 만큼 교육적 소신을 크게 가졌었다.

그 세월, 그러나 우리 교육은 별로 나아진 게 없을뿐더러 다람쥐 쳇바퀴 돌듯 퇴행적 돌출 행동만 계속했다. 교사의 힘으로 '잘못된 교육'을 바로 세우는 일이 얼마나 어려운지 뼈저리게 실감했다. 참교육을 갈망하는 교사들의 열망은 언제나 정권의 잇속에 따라 깡그리 짓밟혀 버렸다.

이후 교사로서 나는, 교육문제에 관한 한 일체의 주의 주장을 접었다. 대신 학교 현장에서, 아이들과 한 호흡하며, 아이들에 맞는 옷가지를 만드는 데 충실했다. 33년 교직 생활 동안 29년을 6학년 담임을 맡았던 내 결기가 하고자 하는 일에 더욱 깔끔한 부침이 되었다.

해서 무엇보다도 아이들의 존재를 인정하고, 칭찬하는 데 교육적 열의를 한데 모았다. 그 발현 방법은 하나 되기요, 충분한 경청과 기다림이었다.

요즘 아이들, 아무리 영악하다 해도 내 반 아이들을 보면 순진하기 그지없다. 항간에 학교폭력이니, 집단 따돌림이니 하면서 아이들을 돼먹지 않게 얘기하지만, 그것은 기우다. 나와 한 울타리로 생활하는 아이들은 전혀 그렇지 않다. 세상이 날로 험악해지니까 남의 이야기를 경청할 겨를이 빠듯해졌다. 해서 조그만 일도 긁어 부스럼딱지를 만든다.

한쪽으로 치우친 생각은 위험하다. 그런 사람한테서는 좋은 발상을 기대할 수 없다. 적어도 한 번쯤은 충분한 시간을 갖고 아이들의 이야기를 들어 봐야 한다. 그러면 그들이 어떤 일에 마음 아파하고, 무엇 때문에 화가 나는지 안다.

평소 아이들은 칭찬보다 꾸중을 더 많이 듣는다. 이 또한 아이들이 참아 내기 힘들다. 언뜻 보아도 자신의 존재를 인정받는 아이들은 눈빛이 다르다. 아이들은 제 하고픈 게 많다. 그런데도 부모가 이것 해라 저것 해라 꼬집어 주니 그만 기가 꺾인다.

그런 아이는 매사 적극성이 부족하고 눈치만 본다. 무엇 하나 자기 스스로 결정하는 게 없기 때문이다.

하여 나는 아이들의 감성에 호소한다. 서로의 공감대가 형성되면 말문이 트이고, 어떤 일을 하든지 선뜻 다가선다. 마음의 벽을 허문다는 게 쉽지 않다. 아이들이 바라는 바를 세심하게 읽으면 또 다른 소통거리가 만들어진다. 그게 나의 교육 철칙이었다.

진정으로 아이들을 사랑하는 교사라면 올바른 교육을 창안하는 데 지혜를 모으고, 얽히고설킨 교육 활동 속의 굴레들을 시원스레 풀어내야 한다. 그래서 새롭게 시작하는 학교는, 해맑은 아이들이 사랑과 자발성을 바탕으로 신뢰와 기쁨을 노래하는 따뜻한 배움터가 되어야 한다.

지금의 교육 현실을 생각하면 답답하기 그지없다.

학생과 학부모는 물론, 교사도 교육 현장에서 더불어 사는 재미가 적어졌다. 이는 교육정책을 입안하고 추진해야 할 교육행정이 교육 주체들의 바람을 올바르게 읽어 내지 못한 탓이다. 오직 입시에만 초점이 맞춰진 교육은, 그게 최선의 방책이라고 해도 받아들이기 힘들다.

어떻게 하면 학교에 좋은 향기가 나게 할까?

먼저, 교사 자신이 참되게 가르치려는 열정을 가져야 한다. 그럴 리야 없겠지만 단지 생계수단으로 가르치는 일에만 덤벼드는 교사는 아이들 앞에 서면 안 된다.

언제나 삶의 중심에서 깨어나는 교사가 되어야 한다.

경쟁이 아닌 사랑과 자발성을 교육 헌신성으로 삼는 교사, 그런 교사들이 많은 학교는 분명 오고 싶은 학교, 머물고 싶은 학교, 다시 찾고 싶은 학교요, 참 좋은 향기가 나는 학교다.

이 책에 쓰인 글들은 지난 33년 동안 아이들과 함께 생각을 부비고, 마음을 문댄 결과다. 교사로서 내 바람은 한결같다.

아이는 자기 방식대로 활짝 피어나야 한다.

얼핏 들으면 아이의 사소한 고집까지도 다 인정하라는 얘기 같지만, 그렇지 않다. 세상의 모든 아이는 부모를 통해서 태어났지만, 아이에게 어른의 생각을 강요해서는 안 된다.

부모는 아이에게 무조건적인 사랑을 쏟아붓는다. 그렇다고 지나친 사랑이 아이에게 좋은 거름이 될까? 아이에게 필요한 배려는 자기가 하고 픈 일을 마음껏 해 보는 거다.

초등학생이면 아무리 빗방울이 쏟아져도, 천둥번개가 요란을 떨어도 담담히 대처하는 능력을 가졌다. 아이 스스로 하는 일에 개입하지 않아야 한다. 다함없는 보살핌이 사랑이라고 여기겠지만, 그 무조건적인 사랑보다 아이는 부모의 간섭(?)으로부터 자유롭고 싶다.

생각해 보라. 우리가 살면서 얼마나 치졸해지는지. 오직 자기만을 위하는 일에 얼마나 많은 시간을 허비하는지. 차를 사거나 가구를 살 때, 그릇을 사고 옷을 살 때 집중하여 요모조모 얼마나 따지고 드는가?

장차 아이가 어떤 유형의 영혼으로 자랄지 곰곰이 생각해 보라. 과연 어떤 아이로 자랄까? 아이가 온전한 개성을 갖고, 행복한 삶을 영위하기를 바란다면 부모의 욕심을 좀 더 내려놓아야 한다. 또한 조그만 일로 아이 잘못에 화내지 말고, 아이와 즐거움을 나누어야 한다.

때론 기도하고, 노래하고, 춤추며, 아름다운 음악을 들어 보게 하라. 침묵하며 자연을 느껴 보게 하라. 나무와 풀꽃과 함께하게 하라. 새소리를 많이 듣게 해 주고, 자연을 좀 더 많이 사랑하도록 일깨워 주라. 그러면 아이의 소중함이 절로 눈에 보인다. 그리고 무엇보다 세상을 긍정적으로 보게 하라.

아이들은 모두 신성한 존재다!
한 아이를 키우는 데 온 동네 사람이 다 필요하다는 말이 그냥 들리지 않는다!

2016년 5월
박종국

차례

1장

바뀌어야 한다,
아이를 살리는 교육으로

교직 첫해 6학년 졸업사진_
교사로서 첫 발령을 받아 6학년을 담임하면서 졸업시킨 첫 제자다.
교사로서 첫 마음과 초발심이 가장 순수했던 때이다.

성광아, 너한테 작고 하찮은 그릇이 주어지더라도 감사하는 마음으로 받아들였으면 좋겠구나. 그게 참아 내기 힘든 고통이라도 말이야. 매사에 나에게 부족한 점은 없는지부터 생각하는 마음가짐을 배워야 해. 자기 나름의 판단 기준을 갖추고, 문제 해결의 실마리를 바르게 찾아야 하지. 또한 고운 양심의 소리도 들었으면 싶구나.

_'성광아, 너는 너이기에 최고다'에서

자기가 좋아서 하는 일은 힘들지 않아

_때론 아이들도 스트레스를 받는다

어떤 일에 열중하는 사람은 절대로 지치지 않는다.

더구나 제가 좋아서 하는 일은 힘들지 않다. 비록 하찮은 일을 하더라도 소명의식을 갖고, 강건한 열정을 가졌다면 쉬 물러 터지지 않는다. 그런 사람이라면 자기 일에 새로운 열정을 가지며, 결코 작은 일에 분개하지 않는다.

몸이 피곤하면 육체가 노곤하고 정신적으로 괴로운 상태에 빠진다. 대개 사람이 피로한 이유는, 육체적으로 피로하기보다 정신적으로 피로를 느끼는 적이 많다. 과로하면서도 계속해서 일을 하기 때문이다. 언제든 피로함을 느낀다면 쉬어야 한다. 휴식은 무엇보다도 효과적인 약이다.

때론 아이들도 스트레스를 받는다.

한창 다리에 근육이 붙어서 뛰놀고 싶은데, 부모의 입장에서는 그보다도 공부를 먼저 챙긴다. 공부해라, 책 읽어라, 학원 가라. 컴퓨터 그만해라, 텔레비전 그만 봐라, 오락 그만해라. 말마다 '해라', '하지 마라' 뿐이다. 그러니 아이들 제 풀에 주눅이 든다. 이것저것 하고 싶은 게 많은데도 스스로 할 게 하나도 없다.

창녕청소년문화의집 방과후아카데미 논술교실_
초중학생 모두 창녕 지역 학생들을 대상으로 초등학생의 경우,
창녕초등, 명덕초등, 부곡초등, 계창초등학생 서른 명이 참여한다.

『핀란드의 교육혁명』이란 책에서 보면 그네들은 무조건 아이들을 실
컷 놀게 한다. 아이들이 신명 나게 놀고 나면 힘이 빠져 제 할 일을 못
한다고 넘겨짚겠지만 오히려 집중력이 높아진다. 이 얼마나 구미 당기
는 얘긴가?

아이들 잘 놀아야 잘 큰다는 사실은 분명하다.

또래 집단 내에서 잘 노는 아이가 그렇지 못한 아이들보다 훨씬 독창
적이고 수월성이 돋보인다. 심성적으로 막히는 데가 없기에 무엇을 해
도 술술 잘 풀린다.

놀이는 아이들이 아이답게 커 가는 소통의 다리이다.

자칫 내 아이가 다른 아이들에 비해 뒤처지는 게 아닐까 하는 걱정
으로 애써 챙기지만, 아이는 부모의 따뜻한 보살핌만큼이나 제 스스로
하는 일을 더 좋아한다. 그게 아이가 본성적으로 지닌 가소성이다. 때

로 아이의 행동이 굼뜨거나 표현이 다소 어눌해도 단지 그것으로 아이의 모두를 속단해서는 안 된다.

아이는 바짝 마른 스펀지다.

그러니 얼마나 흡습성이 강하겠는가? 좋은 일이든 궂은일이든 들이는 족족 다 받아들인다. 그런데도 부모가 안달이 나서 채 물기도 머금지 않은 스펀지를 짜 버리는 일을 해서는 안 된다.

요즘 부모들의 교육 열정을 보면 더하기 빼기도 잘 못하는 아이에게 곱하기 나누기까지 고집한다. 때문에 아이는 단 하루의 생활도 제 몸에 버텨 내기 버겁다.

열아홉 살 내 반 아이들은 날마다 동시 외우기로 막막하였던 스트레스를 푼다. 3월 처음 시작할 때는 그렇게도 힘들어하더니만 두어 달 지난 지금은 오히려 자기들이 먼저 동시 한 편 외우자고 야단이다.

프린트한 동시를 스케치북에도 붙여서는 교실에서도 흥얼흥얼, 운동장에서 조잘조잘, 급식 먹으러 갈 때도 두런두런한다. 동시를 읊고 다니는 그 입이 어찌나 예쁜지 그냥 꼭꼭 입맞춤이라도 해 주고 싶다.

벌써 백여 편의 동시를 맛본 아이들, 그 조그만 마음이 어찌나 커졌는지 자기표현에도 유달라졌다. 동시 한 편이 상징하는 아름다운 말맛은 장차 아이들이 참 좋은 세상을 사는 데 더없는 바탕이 된다. 교과서 공부는 좀 못해도 날마다 한 편의 동시만 외운다면 그것으로 만족한다. 물방울은 작아도 호수를 만든다.

아이의 콧등에 얹힌 안경

_어떤 동물도 안경을 쓰지 않는다

평소 건강을 자신하던 사람도 몸이 피곤하거나 감기가 들면 그 고통으로 건강을 염려한다. 하지만 눈은 피로하더라도 대수롭게 여긴다. 덜렁 안경 하나 맞춰 쓰면 그만이다. 우리 몸의 다섯 가지 감각 중에서 시각의 역할은 중요하다.

그런데도 눈이 가장 혹사당한다. 정작 눈이 나빠졌을 때는 후회해 봐도 소용없다. 시력이 좋지 않아서 겪게 되는 고통은 이만저만이 아니다.

눈에 대한 잔혹 행위는 아기가 자궁 밖으로 나올 때부터 시작된다. 열 달 동안 평화롭게 어머니와 연결되었던 끈이 끊어지는 순간, 의식을 가진 아기는 두려움으로 가득 찬 개인으로 큰 충격을 받는다. 아기는 어머니로부터 충격이 없도록 배려하는 가운데, 어머니의 자궁과 비슷한 환경을 만들어 주면서 천천히, 점진적으로 떨어져 나와야 되는데, 대부분의 출산 과정이 너무 바쁘고, 무자비하다.

열 달 동안 어둠 속에서 지냈던 아기를 생각해 보라. 눈동자가 빛에 얼마나 약하겠는가? 처음 세상을 만나는 아기한테는 방 안의 불빛이 환해서는 안 된다. 아기는 촛불 같은 부드러운 빛 속에서 태어나야 한다.

그러나 우리의 병원은 어떤가? 대개 아기를 맞이하는 병원은 지나치리만큼 번쩍이는 불빛으로 가득하다. 아기는 갑자기 빛과 맞닥뜨리게 된다. 아기에 대한 배려가 너무나 인색한 순간이다.

어떤 동물도 안경을 쓰지 않는다. 동물은 죽는 순간까지 시력이 건강하다. 치아도 마찬가지다. 초식동물은 충치가 없다. 자연의 뜻을 거스르지 않는 보상이다. 시력 문제로 고생하는 동물은 오직 인간뿐이다.

시력은 후천적인 영향이 크나, 태어나는 순간부터 시작된 문제다. 물론 선천적으로 유전적인 요인도 가진다. 어릴 때부터 시력이 약화되어 고생하고 나중에 안경을 쓰게 되는 일도, 따지고 보면 아이를 세상과 함부로 맞닥뜨리게 하는 처사와 관련된다.

현재 우리 반 아이 절반가량이 안경을 썼다. 어린 나이에 나보다 안경알이 더 두꺼운 안경을 낀 모습을 보면 안타깝다. 물론 시력이 미약해진 까닭이야 텔레비전 시청이나 컴퓨터 오락 등 여럿이겠지만, 책을 가까이했기 때문에, 제 하고픈 일을 하다가 눈을 혹사시킨 경우는 드물다.

아이가 눈이 흐리다고 호소한다면 바로 안과에 들러 정확한 진단을 받아야 한다. 진단 결과 시력 저하를 가져온 원인을 바로잡고, 나아가 심신 건강을 도모함으로써 잃었던 시력을 되찾도록 충분히 보살펴야 한다.

그렇지만 너무 서두를 필요는 없다. 당장에 물리적인 처방전으로 안경을 씌워 눈을 밝히면 그것은 아이 스스로 눈을 맑게 하는 자정 능력을 뭉개 버리는 일이요, 일평생이 걸린 눈 건강을 뺏는 어른의 잔혹 행위다.

눈은 얼굴의 진주다. 눈이 맑은 사람의 얼굴은 예쁘다. 아침 이슬 머금은 듯 초롱초롱한 눈빛은 함께하는 사람의 마음속까지 환하게 밝혀

준다. 아무리 공부가 중요하고, 책 읽는 게 바쁘다 하더라도 자라는 아이의 눈을 힘들게 해서는 안 된다. 더러 멋 부리려고, 겉멋이 들어서 쓸데없이 안경을 쓰는 사람도 많지만, 조그만 아이의 콧등에 얹힌 안경은 그냥 무겁게만 보인다. 눈이 맑은 사람은 마음도 느긋하다.

한쪽 눈이 아무리 커도 두 눈이 성하기만 못하다.

부모의 사랑이 그리운 아이들

_아이는 부모의 따뜻한 보살핌을 영원히 잊지 않는다

아이의 눈에 비친 부모의 모습은 포근하다.

그렇지만 당장에 파고들 품이 없는 아이에게 부모는 어둡고 굴절되어 나타난다. 아이는 크게 바라지 않는다. 그냥 마음 편하게 놓여나고, 제 하고픈 일 막힘없이 즐거웠으면 한다. 그런데도 아이의 일상은 마음 아픈 게 많다.

"나는 엄마가 없습니다. 세 살 때 할머니에게 맡기고 집을 나가서 아직까지 소식도 없고, 아빠도 어디로 갔는지 모릅니다. 그래서 지금 할머니랑 삽니다."

"아버지께서 먼 데서 일하고 계시는데, 엄마랑 사이가 좋지 않습니다."

"집안 분위기는 그저 그렇습니다. 엄마는 친절한 편이지만 술을 너무 많이 마시고, 아빠는 착한데 담배를 끊지 못합니다. 부모님께 드릴 말씀이 있습니다. 제발 우리들 보는 앞에서 싸우지 마세요!"

"집안 분위기는 좋은데, 나를 다른 친구와 비교하지 않았으면 좋겠습니다. 형제가 없어서 가끔 혼자일 때 무척 외롭습니다. 하지만 친구들과 주위 사람이 많아 행복합니다."

"평소 부모님은 저를 잘 챙겨 주시는 편입니다. 그렇지만 아무 일도 아닌데 화를 잘 냅니다. 한 번씩 우리들을 자식이 아닌 것처럼 대합니다. 여러 가지 일로 힘들겠지만 부모님이 화를 낼 때는 정말 두렵습니다."

"엄마는 내가 하고 싶은 것을 잘 챙겨 주시니까 좋습니다. 그렇지만 음식을 먹을 때 먹고 싶지 않은 것을 억지로 먹으라고 할 때는 정말 싫습니다. 아빠는 일요일이나 공휴일에 낚시 가면서 데리고 가서 좋습니다. 하지만 공부 안 한다고 화를 낼 때는 싫습니다."

"엄마는 돌아가셔서 안 계시지만, 아버지와 친하게 지내서 대화가 잘됩니다. 친구같이 포근합니다."

아이들의 눈에 비친 부모의 모습이다.

물론 모두가 어두운 모습만은 아니다. 다들 웃음이 넘치는 가정을 자랑스럽게 이야기한다. 부모가 다정해서 불평불만은 그리 많지 않다. 그러나 조그만 일을 두고 마음을 나누지 못해 어린아이의 마음을 다치게 하는 경우가 많다.

아이의 마음은 순수하다. 그래서 본 대로 꾸밈없이 표현한다. 아이의 눈높이로 들여다보면 세상일이 다 맑갛다.

요즘 누구나 사는 형편이 팍팍하다.

도시 사람들 못지않게 지금 농촌생활은 피골이 상접하도록 피폐해졌다. 부모의 이혼으로 결손 가정이 많아졌다. 때문에 아이들의 삶이 쉽게 저당을 잡힌다.

하늘이 무너져도 솟아날 구멍이 생긴다. 하지만 함부로 아이를 팽개

치는 무책임한 일을 만들어서는 안 된다.

스물세 명이 어우러져서 작은 꽃밭을 일구는 우리 반의 여섯 아이가 따뜻한 부모님의 사랑을 그리워한다. 담임인 내가 그림자처럼 헤아려 주지만, 하교 후의 일들에 대해서는 그렇게 뾰족한 방안을 찾지 못했다.

아이들의 볼멘소리가 귓전에 맴돈다.

날 밝으면 다시 만나겠지만 어딘지 모르게 구김살 진 아이들에게 살맛 나는 이야기가 많았으면 좋겠다. 어리지만 자존심이 강한 아이들이라 대놓고 챙기지는 못한다, 그렇지만 손 가는 대로 챙긴다. 주변에 부모의 사랑을 그리워하는 아이들, 내 자식 돌보듯이 오롯이 챙겨 주라. 아이들은 그 따뜻한 기억을 영원히 잊지 않는다.

아이는 쉽게 키워야

_선빈아, 왜 부모는 조그만 바람도 내려놓지 못할까?

선빈아. 일전에 칼 필레머라는 이가 쓴 『내가 알고 있는 걸 당신도 알게 된다면』이란 책을 읽었는데, 그 속에 이런 글귀가 눈에 띄더구나.

"부모의 행복은 가장 불행한 자녀의 행복지수만큼이다."

아무리 행복한 일이 많아도 자녀가 불행하면 부모는 행복할 수 없다는 얘기다. 사실 부모가 되어 자식을 키우는 일은 즐거운 경험이지.

근데도 요즘 똑똑한 젊은 부모는 최고의 부모가 되고자 하면서도 정작 자식을 키우는 데는 쩔쩔매더라.

배움이 많은 부모는 양육에 대한 과학적인 이론과 연구 결과에 관심을 갖지 않아.

선빈아, 놀랍게도 인터넷 서핑을 통해서 얻은 수천 건의 양육 연구 자료가 실제로 요즘 부모에게 미치는 영향은 극히 미미하단다. 자녀 양육에 관한 이론은 실제와 많이 다르거든. 시대가 변하면 전혀 다른 모습으로 변하지.

그런데 선빈아, 세상을 오래 산 할아버지 할머니 세대가 전해 주는 경험과 지혜는 어떨까 생각해 보렴? 너의 경우도 별반 다르지 않을 거야. 엄마 아빠가 이래라저래라 하며 다그치는 걸 그다지 좋아하지 않겠지. 마찬가지야. 많은 사람들이 나이 든 이들에게 양육에 관한 조언을 들으려고 하지 않아. 왜 그럴까?

늙은 부모 세대의 조언은 어쩐지 지나치게 잡다한 게 뒤섞였을 거 같고, 전문적인 양육 상식도 부족하리라는 선입관 때문이지. 하지만 아이를 키우는 데 부모 세대의 양육에 관한 지혜야말로 가장 실질적이고 요긴한 게 많아.

선빈아, 부모의 양육관이 같으면 좋아. 내 교직관도 마찬가지야. 넌 어떤 부모를 원하니? 난 권위적이지도 민주적이지도 않고, 그렇다고 방임형은 아냐. 나는 방목을 고집하는데, 그 점 너도 알 게다.

학급 내 대부분의 일을 너희가 결정하도록 하지. 물론 너희 결정이 늘 옳지는 않지만 난 되풀이되는 실수에서 뭔가를 배우는 게 중요하다고 생각해. 실수를 전혀 하지 않는다면 어떤 게 옳은 방법인지, 어떤 게 그른 방법인지 알 수가 없잖니.

너희에게 결정권을 주는 이유는 늘 최상의 결과를 가져오지 않아도 실수와 실패, 어려움을 대처하는 방법을 배우길 바라기 때문이지.

세상 모든 부모가 자녀에 대한 기대를 낮추고, 불가피한 실패도 늘 염두에 두었으면 좋겠어. 그리고 너희 얘기를 오직 열린 마음으로 들어주었으면 해. 너희를 완벽한 아이로 키우려는 욕심을 버렸으면, 잘못을 통해 배우도록 배려했으면 한다.

그런데 그동안 내가 만났던 부모들은 이미 충분히 훌륭한 양육을 하는데도 완벽한 아이로 키우겠다는 생각을 접지 못하더라. 아이는 가능한 한 쉽게 키워야 한다는 게 내 양육관이야. 해서 나는 아이를 학원에도 과외도 일체 보내지 않았어.

언젠가 아들한테 이런 말을 했어.

"다른 부모처럼 더 좋은 대학에 가라면서 학원 과외 시키고, 잔소리도 했으면, 네 삶에 좀 더 깊숙이 관여했더라면 지금 더 나은 삶을 살지 않을까?"

그런데 아들의 대답은 의외였어.

"아니요. 그 덕분에 노루와 고라니, 산토끼, 청설모, 다람쥐가 드나드는 학교에서 공부하고, 왕따나 학교폭력 없는 학교생활을 했잖아요. 게다가 학원 과외 안 해도 원하는 대학 갔는데 만족합니다. 성인이 된 지금 누구에게도 해를 끼치지 않고 살아요. 이만하면 괜찮지 않아요?"

그랬어. 결국 완벽함을 추구하는 건 별 의미가 없어. 만족스러운 양육은 아이에게 실패를 허용한다는 뜻이야. 그것이 바로 방목이지. 대부분의 부모는 아이에게 불가능한 기준을 정해 놓고, 늘 반듯하게 행동하기를 바라고, 우등생 모범생과 비교하지.

그래서 내 아이가 조금이라도 뒤처질까 싶어 영어, 음악, 미술, 컴퓨터, 태권도, 수영, 발레 학원, 심지어 영어 캠프와 체험 캠프, 자원봉사까지 가히 기업체 CEO 수준의 빽빽한 일정을 소화하도록 다그치기도 하지.

한번 그렇게 하기 시작하면 좀처럼 부모는 그 바람을 내려놓지 못하더구나. '우리 아이가 악기를 좀 더 잘 다루도록 뒷받침해 주었더라면 재능을 맘껏 발휘했을 텐데'라는 말은 '다른 아이들과 놀 기회를 더 많이 주었더라면 우리 애가 부끄럼을 타지 않았을 텐데.' 하는 후회로 남더라. '내가 아이에게 공부를 좀 더 시켰더라면 학교생활을 더 잘할 텐데.' 하는 말은 '내가 아이에게 공부를 더 많이 시키지 않았더라면 학교

생활을 더 잘할 텐데'라는 말과 같단다.

그럼에도 능력 이상을 고집하며 비싼 개인 교습을 시키고, 방학이면 대학교 금고를 배불리는 대학 캠프에 아이를 보내지. 훌륭한 양육 지혜는 딴 게 아니야. 아이와 더 많은 시간을 보낸다면 그것으로 충분해.

선빈아, 너는 어떻게 생각하니?

나는 시험이 싫어요!

_시험에 억눌린 아이들 마음을 어떻게 풀어 주나?

시험을 좋아하는 사람은 없다.

상위 1%를 제외하고는 손사래 친다. 아이들도 마찬가지다. 시험을 앞
두면 기가 죽고, 긴장하고, 스트레스를 받는다.

게다가 부모가 성적에 관심을 가지면 밥도 먹기 싫다고 한다. 중고등
학생 이야기가 아니다. 초등학생, 그것도 열두세 살 아이들 넋두리다. 어
떻게 받아들여야 할까?

마음 같아선 당장에 아이들에게 부담 주는 시험을 없애고 싶다. 그런
데 학교교육 속의 시험은 불사조다. 하여 여느 학교나 기말시험에 매여
아이들은 바쁘다. 우리 반 아이들도 시험 땜에 많이 지쳐 보인다.

이즈음 어느 집에서는 텔레비전 소리도 줄이고, 그릇 부시는 일에도
신경이 쓰인다.

시험에 대한 아이들의 하소연을 들어 봤다.

"나는 시험이 싫다. 왜냐하면 점수를 적게 받으면 엄마 아빠한테
혼나니깐."

"시험을 치는 날이면 가슴이 두근두근하다. 100점을 받을까? 아니면 형편없는 점수를 받을까? 나는 100점을 받고 싶다. 그래야 엄마가 기분이 좋다. 그리고 나도 기분이 좋다. 올백을 받으면 엄마가 휴대폰을 사 준다고 했다. 시험을 잘 쳐서 꼭 휴대폰을 갖고 싶다."

"저는 시험이 좋아요. 시험은 나의 생활을 되돌아보는 기회잖아요. 공부를 잘했으면 100점을 받고, 못했으면 낮은 점수를 받는 게 당연하다고 생각해요. 하지만 점수는 중요하지 않아요. 나는 언제나 좋은 점수를 받아요. 그래서 나는 시험 치는 것이 좋아요."

"나는 시험이 싫어요. 어려운 문제가 나와 머리가 아픕니다. 문제를 너무 많이 틀려요. 그러나 시험은 필요하다고 생각해요."

"나는 시험이 너무너무 싫어요. 우리 엄마는 올백 안 맞으면 저를 죽여요. 시험은 왜 있는 걸까요. 시험을 못 치면 엄마한테 맞아 죽는 날이에요. 저의 제삿날이라고요. 대통령님, 시험을 없애 주세요. 하느님, 부처님, 제발 시험을 없애 주세요."

"나는 시험이 중요하다는 걸 알아요. 시험은 어렵지만 우리에게 더 좋은 공부를 가르쳐 줍니다. 몰랐던 것을 알 수 있게 해 주죠. 또 시험을 치면 긴장도 되지만 공부에 집중이 돼요. 그래서 시험이 중요한 거예요. 또 시험을 치면 머리가 똑똑해집니다."

"나는 시험이 너무 싫어요. 시험을 칠 때 가슴이 콩닥콩닥 뛰어요. 잘 풀 수 있을까, 못할까 걱정이에요. 시험을 치면 공부를 더 열심히 할 수 있지만 나는 시험이 정말로 싫어요. 우리한테 도움을 주지만 시험을 친다면 정말 머리가 아파요."

"나는 시험이 싫을 때도 있고 좋을 때도 있어요. 그러나 안 좋을 때가 더 많아요. 엄마가 이놈아, 시험을 다 망치고, 그것도 수학까지 꼴찌냐! 이러니까 시험이 너무 싫어요."

또 시험을 앞두고 엄마 아빠가 이렇게 다그친단다.

"우리 아버지는 못해도 되니까 노력하라고 말씀하십니다. 엄마는
또 빨리 자라고 합니다."

"제가 시험 점수를 적게 받으면 엄마는 불끈 화를 내며 이렇게 말
해요. 이게 뭐야! 점수를 이렇게 적게 받았어. 그런데 왜 틀렸는지를
따지지 않아요. 오직 점수에만 관심 있거든요."

"이놈아! 아주 쉬운 문제인데 왜 틀렸어. 이런 빙충이. 아니, 이런
문제는 끝까지 읽으라고 했어, 안 했어? 그래도 아빠는 나보다 잘했다
며 괜찮다고 칭찬해 주십니다."

"내가 올백을 맞았을 때, 우리엄마는 ○○야, 너 시험 잘 쳤나? 너
꼭 올백 맞는다고 엄마랑 약속했잖아. 엄마는 약속을 안 지키는 사람
이 제일 싫어. 너는 엄마 딸 아니야."

"엄마 아빠는 언제나 문제가 쉽다고 합니다. 왜 문제가 쉽다고 하
십니까. 엄마 아빠도 시험을 쳐 보세요. 얼마나 어려운지 알 것입니다."

"우리 엄마는 100점 안 받으면 혼을 낸다. 아빠도 똑같다. 100점을
받으면 휴대폰을 사 준다고 꼬드긴다. 나는 시험 점수 때문에 엄마에
게 혼이 나면 화가 난다. 그래서 올백을 받으려고 열심히 노력한다."

"우리 엄마는 시험에 대해 아무 말도 안 해요."

시험에 대한 아이들 생각이 많다. 근데 뭔가 켕긴다. 나도 여느 학부
모와 똑같은 마음이다. 날마다 아이들 시험 잘 치라고 잔소리를 하는

걸 보면. 바짝 긴장하는 아이들에게 연방 시험 얘기다. 오늘도 단원학습 대신 예상문제지를 풀었다.

교육 성과를 점수화하는 지금 관행이 철폐되지 않는 한 학습의 결과는 점수로 단정하는 현실이다. 교사로서 성적제일주의에 맞대응할 처방전이 전무하다. 삼십여 년째 똑같은 전철이다.

기말시험을 닷새 앞두었다. 덩그렇게 빈 교실이지만 아이들이 남기고 간 볼멘소리가 귀에 쩌렁쩌렁하다. 억눌린 아이들 마음을 어떻게 풀어줄까?

작은 그릇도 쓸모가 많다
_동포초등학교 6학년 아이들에게 주는 글

아침이슬 차이는 풀꽃을 따라 걸으면 살아 움직이는 삶을 맛본다. 주어진 환경을 이겨 내고 함초롬하게 핀 꽃의 강한 의지가 돈보이는 까닭이다.

그들은 오뉴월 뙤약볕에도, 살을 에는 추위에도 결코 물러섬이 없다. 오히려 사나운 폭풍우와 매서운 비바람에도 당당하게 키 세운다. 그렇기에 작은 풀꽃의 하늘거림을 볼 때 신선한 힘이 쏟아난다.

모든 아름다움이 빼어난 물상에만 주어진 건 아니다.

관심을 갖고 보면 우리가 눈길 한 번 주지 않고 그냥 지나쳤던 풀 한 포기, 꽃 한 송이에도 아리따운 이야기가 총총 자리한다.

그런데 우리는 어떤가?

잘생겼다고, 남보다 공부를 잘한다고 우쭐댄다. 피아노를 잘 친다고, 그림을 잘 그린다고, 운동을 잘한다고 괜히 내세운다. 개중에는 그렇지 못한 자신을 못난이라 열등감에 빠져 우울해하거나 절망감으로 고민하기도 한다.

물론 남보다 뛰어나면 인정받는다. 하지만 그러한 일 때문에 주눅 들 까닭은 없다. 하물며 고민 삼을 일도 아니다. 사람의 얼굴이 다 다르듯이 능력 차이는 어쩔 수 없다. 군이 차별한다면 각자의 능력을 제대로 드러내기 위해 최선을 다하는 마음이다.

집집마다 부엌에는 여러 개의 그릇이 놓였다.

어떤 그릇은 크고 아름다우나, 어떠한 그릇은 작고 볼품이 없다. 그렇지만 엄마는 작고 못생긴 그릇일망정 함부로 버리는 법이 없다. 언제고 간에 제 구실을 하며 예쁘게 쓰이기 때문이다.

사람의 경우도 마찬가지다.

다른 사람들과 비교해서 엄청나게 부족해 보여도 자기 일에 최선을 다하는 사람은 반드시 능력을 인정받는다. 그런데도 작은 그릇을 가지고 지나치게 욕심을 부린다면 억지다. 더구나 미덥지 못한 생각을 하면 자신의 참모습까지 잃는다.

작은 그릇도 능히 물을 담는다.

그렇듯이 사람은 나름대로 쓸모를 가졌다. 다만 작다는 사실이 남과 비교해서 모양이 다를 뿐이며, 그것 때문에 그 어떠한 일을 해낼 수 없다는 차이는 아니다. 때문에 꼭 큰 그릇을 가지려고 발버둥 칠 까닭은 없다. 꼭 해야 할 일은 다 같이 어울려 생활하고, 서로 든든한 믿음을 갖고 사는 참다운 세상을 만들려는 노력이다.

귀여운 자식일수록 매 한 번 더 들고, 낯선 곳으로 자주 여행 보내라고 했다. 세상을 혼자서 살아간다면 얼마나 힘들고 답답한 노릇일까? 아무리 아름다운 꽃밭을 만들어 놓았더라도 한 가지 꽃들만 심어 놓고 보면 얼마나 싱거울까?

아름다운 꽃밭에는 여러 가지 크고 작은 꽃들이 함께 어우러져야 한다. 커다란 꽃들뿐만 아니라 작고 앙증스러운 풀꽃들도 함께 심어야 서로의 빛깔이 돋보인다.

애들아, 학교에서 너희를 일깨우고자 하는 바도 이와 같다.

내 바람은 단순히 더하기 빼기 문제 하나 더 푼다고 해서, 이끄는 대로 꼭꼭 잘 따른다고 해서 만족하지 않는다. 너흰 붕어빵처럼 똑같이 자라기보다 다 다른 모습으로 당당하고, 제각기 아름답게 야무지게 자라야 한다.

너희는 서로 아름다운 꽃밭을 만들지 못했다.

그보다 애써 내빼려고 발버둥 치는 미꾸라지다. 그동안 잘해 보자고, 스스로 학습거리를 찾아보자고 숱하게 말했다. 그런데도 생활 태도는 별로 달라진 게 없다. 그저 속이 탄다.

그런 못난 행동들을 낱낱이 꼬집을 수 없었다.

대개 엉뚱한 짓을 하거나, 시큰둥한 태도를 보였던 너흰 이미 학원이나 과외를 통해서 다 배웠다고 거드름을 핀다. 그러니 시시콜콜하게 가르치는 학교 공부에는 흥미가 없다고 했다. 해도 나는 애써 목청을 높이지 않았다.

그러한 행동을 하면 아무리 큰 그릇을 가졌어도 결코 예쁘게 보이지 않는다. 알지? 선생님도 인간이니까 그렇게 얄궂은 감정을 가진다.

어떤 천문학자가 하늘의 별을 바라보며 자기의 지식에 감탄하며 걷다가 개울에 빠졌다. 그 모습을 본 하녀가 천문학자를 약간 비웃는 듯 말했다.

"하늘에 별이 있다는 것을 알면서 어찌 땅에 개울이 있는 것을 모르십니까?"

생각해 볼 만한 이야기다. 자기가 아는 지식과 능력은 따지고 보면 별게 아니다. 단순히 먼저 안다고 해서 거들먹거릴 게 아니라 겸손하게

어언 교단에 선 지 33년째_
그동안 29년을 6학년 담임을 맡았다. 내년에 교감으로
승진하기에 학급 담임으로서 아이들을 만나는 게 마지막이다.
아쉽다. 미더운 아이들 곁이 좋았는데,
이제 길게 그러쥐었던 끈을 놓는 기분으로 한편 홀가분하다.

자기 자신을 챙길 때 더 아름답다.

특히 배우는 시기인 너희는 크고 값진 그릇만 좋아할 게 아니다. 오히려 작고 하찮은 그릇이 주어지더라도 감사하는 마음으로 받아들여야 한다. 또 모든 일을 자신의 입장에서 좋게 챙기려는 마음가짐을 가져야 한다. 자기의 판단 기준을 찾아내고, 문제 해결의 실마리를 바르게 찾아야 한다. 더불어 고운 양심의 소리를 듣고, 참다운 반성을 통해 우러나오는 양심의 소리를 들을 때 비로소 문제 해결의 지혜를 얻는다.

또 하나, 행복한 생명을 가꾸는 노력을 게을리해서도 안 된다. 그것은 가장 평범하고, 가장 검소한 생활 속에서 꾸밈없는 마음으로부터 시작된다. 곧잘 남에게 따지고 들거나 싸움질하려 드는 사람은 자기가 가진 그릇이 작기 때문에 얼굴을 붉힌다. 인격적인 만남은 다른 사람의 개성을 존중하고 배려하며 격려하는 데서 비롯된다.

서로를 미워하거나 헐뜯지 마라.

남이 나에게 저지르는 잘잘못을 이해하고, 용서해 줌으로써 자기 자신도 배려를 받는다. 하는 일마다 즐겁고 신명 나려면 진정한 사랑과 아름다움이 어우러지는 꽃밭을 함께 딛고 서야 한다.

작고 볼품없는 그릇도 쓸모가 많다.

책은 온몸으로 읽어야 한다
_부모가 읽으면 아이는 저절로 따라 읽는다

아이가 오락이나 텔레비전에 집착하는 이유가 뭘까?

같이 놀아 줄 친구가 없거나 외롭기 때문이다. 자칫 그런 아이들은 정서가 메마르고 성격도 거칠어진다.

주말, 가족 모두 서점으로 책 사냥을 나서 보면 어떨까? 집을 나서기 전에 반드시 아이 스스로 읽고 싶은 책을 한두 권 정해 놓고 가야 한다. 그러고는 서점에 가서 아이 마음대로 책을 고르게 하는 게 좋다. 평소 읽고 싶었던 책을 아이 손으로 골랐다면 '야, 이 책 재미있겠다'는 칭찬과 함께 주저 없이 사 주라.

부모의 칭찬을 듣고 책을 손에 든 아이는 그 어떤 책이든 힘닿는 대로 읽는다. 그게 순수한 아이 마음이다. 이쯤에 동행했던 부모도 한두 권 책을 사서 아이와 함께 책을 읽어야 한다. 아이가 꾸준히 책 읽는 버릇을 들이는 비결은 딴 게 아니다. 부모가 몸으로 읽으면 아이는 저절로 따라 읽는다.

또한 부모가 아이들과 함께 책을 읽으면 그 궤적만큼 아이가 달라진다. 지적인 호기심이 많아지고 상상력이 풍부해진다. 언어 표현력과 사고력이 늘어나고, 정서가 풍부해지며, 성격이 좋아진다. 집중력이 향상

책 읽는 아이_
책을 즐겨 읽는 아이는 장소와 때를 가리지 않고 책을 읽는다.
좋은 책은 바쁜 책이듯이 아이의 손을 떠나지 않는다.

되고 차분해진다. 혼자서 책 읽기를 좋아할 뿐만 아니라 공부하는 습
관이 저절로 길러진다. 부모자식 간에 대화하는 자리가 잦아진다.

그렇다면 아이가 책을 가까이하려면 어떤 방법이 좋을까?

무엇보다도 아이가 부담 없이 읽을 만한 책, '좋아하는 책', '흥미를
주는 책'을 다양하게 만나게 해 주어야 한다. 내용이 무거운 책은 아이
마음을 답답하게 한다. 애써 좋은 책만 읽히겠다는 욕심을 가질수록
아이는 그만큼 책과 멀어진다. 아이 마음을 살려 내는 책은 언제나 아
이들 손에 닿는다.

책꽂이에서 잠을 자는 책은 좋은 책이 아니다.

"아무리 책을 읽히려고 해도 아이들은 텔레비전을 보려고 하고, 컴퓨
터 앞에 오래 앉으려고만 고집해요. 그 꼴을 지켜보는 부모 입장에서는
화가 나요. 하지만 어쩝니까. 아이들 행동을 제재하기에 앞서 눅진하게
기다려 줍니다. 그래서 그런지 요즘 우리 아이들은 책을 그만 읽고 잠

자라고 몇 번이나 뜯어말려야 한답니다."

서점 매장에서 만난 두 아이 엄마는 아이들에게 '애써 책을 읽어라'고 다그치지 않는다고 했다. 그렇다. 책 읽으라고 닦달할수록 아이는 책을 읽고픈 마음을 닫아 버린다.

어른도 책 한 권을 다 읽으려면 갖가지 일들과 맞닥뜨려 쉽지 않은데, 아이들이야 오죽할까.

철학자 니체가 라이프치히 대학에서 언어학을 연구할 때였다.

우연히 들어간 어느 서점에서 그는 한 권의 책을 펴고 시간을 잊은 듯 그 책 속에 빠져들었다. 이후 그는 14일 동안 침식을 잊고 그 책만 읽었다. 그리고 그 책을 스승으로 하여 자기 철학을 발전시켰다. 그 책은 바로 쇼펜하우어의 『의지와 집념의 세계』였다고 한다.

독서란 그 책을 쓴 사람과의 대화다. 특히 고전을 읽을 때는 옛사람과 시공간을 초월해서 돈독하게 만난다. 그게 독서의 보람이자 기쁨이다. 때문에 단 한 권의 책을 읽더라도 책을 읽을 때는 그 책을 쓴 사람의 정신 속으로 깊이 들어가야 한다. 단순한 몰입 정도로는 안 된다. 홀딱 빠져들어야 한다.

어떤 책을 솎음하듯 읽고, 삼고 데치듯 버무리듯 읽어야 한다. 그뿐만이 아니다. 때론 맛난 생선을 발라 먹듯이 살점 하나 남기지 않고 온전히 발라 가며 읽는 재미를 맛보아야 한다.

간혹 장아찌를 담듯 몇 번이고 간에 책장이 너덜너덜해질 때까지 읽고 또 읽어야 한다. 야채를 짭조름하게 무치듯 조물조물 읽기도 좋은 방법이다. 맛깔나는 음식은 씹을수록 그 맛이 더하듯이 좋은 책은 데데하게 읽을수록 마음이 개운해진다.

책 읽는 아이의 모습은 오래도록 붙들어 두고 싶을 만큼 사랑스럽다.

누구도 한순간에 대업을 이룬 사람은 없다
_세상일 늦었다고 깨달았을 때가 가장 빠른 때다

'상대성이론'의 아인슈타인은 사업에 실패한 가정환경으로 힘들었다고 한다. 학교생활에 적응하지 못해 결국 학업을 그만두고 천문대 계산원, 임시 강사, 가정교사, 실업자 생활을 두루 거쳐 특허국 말단 공무원으로 일했다. 그러나 그는 10년씩이나 꾸준히 노력한 끝에 세계의 과학자들을 놀라게 한 업적을 남겼다.

그런가 하면, 퀴리 부인은 방사선 원소 1그램을 얻기 위해 30개월의 연구를 기꺼이 했고, 떨어지는 사과에서 영감을 얻어 만유인력의 원리를 발견한 뉴턴도 사실은 20년이 넘는 긴 세월의 노력 끝에 결실을 맺었다. 발명왕 에디슨도, 대동여지도를 완성한 김정호도 마찬가지다. 이들이 고작 몇 번의 실험 끝에 안 된다고 포기했더라면 인류 문명의 발전은 훨씬 더뎠다. 이것은 비단 유명한 사람들에게만 해당되는 이야기가 아니다.

우리 주위에도 이런 친구들이 많다.

공부는 못하지만 남을 즐겁게 해 주는 재주가 뛰어난 친구, 운동 경기에 없으면 큰일 나는 친구, 장기 자랑을 책임져 주는 친구. 또 마음이 따뜻해서 고민을 잘 들어주는 친구, 학급의 자잘한 일 궂은일을 도맡아서 척척 해내는 친구가 다 자신만의 강점을 가졌다.

이 세상에 어느 누구도 한순간 혜성처럼 나타나 빛나는 업적을 이룬 사람은 없다. 단지 그들이 세상 사람들에게 그때 갑자기 알려졌기 때문에 그렇게 생각할 뿐이다. 모두 긴긴 세월 동안 안 보이는 곳에서 끔찍한 열등감과 싸워 이겼다. 또한 끊임없는 자기 노력이 보태졌기에 가능했다. 인간의 가장 아름다운 모습은 온 힘을 기울여 무엇인가 골똘할 때다.

그 사람 곁에는 광채가 빛난다.

반면에 가장 초라한 모습은 자신의 잠재력에 대해 알아보려고도 하지 않고 열등감에 빠졌을 때다. 어떤 새로운 일을 시작하려 할 때, 어쩐지 실패할까 두려워하는 불안감, 큰맘 먹고 덤벼들었는데 예상보다 훨씬 못해서 생기는 당황스러움, 사람들이 모두 자기만 쳐다본다고 생각해 떨리기도 하고 창피해서 빨리 그 자리를 벗어나고 싶은 주저하는 마음을 헤아릴 수 없다.

'난 어쩔 수 없나 봐. 남들은 다 잘도 하는데…….'

열에 아홉은 못난이가 된다.

실패는 성공의 어머니다.

물론 실패를 하게 되면 그 일을 다시는 손대고 싶지 않다. 누구나 몇 차례 실패를 되풀이하면 스스로 자신이 형편없는 존재라고 생각하게 되고, 무슨 일이든지 일단 겁부터 집어먹는다. 오십 줄인 나도 때로 겁나고 꺼리는 일을 만난다.

실패를 두렵게 여기면 주저하게 된다. 평소에 잘하던 일도 시들해지고, 매사에 소극적이고 서운한 일도 많아진다. 그뿐만 아니라 공부를 열심히 했는데도 성적은 올라가지 않는다. 세상이 온통 먹빛으로 우울해진다. 괜한 일을 가지고도 섭섭해진다.

평소에는 아무렇지도 않았는데, 자기만 얕잡아 본다고 조그만 일에도 화를 낸다. 게다가 자기 처지를 비관해서 우울증에 시달리거나 숨어 지내기도 한다.

일마다 나는 안 돼, 나는 할 수 없다는 마음을 가져서는 안 된다. 무슨 일이든지 일단 부딪쳐 보고, 적극적으로 노력하는 가운데, 내게 걸맞은 일을 찾아야 한다. 나는 너희가 더할 나위 없는 능력과 야무진 의지를 가졌다고 믿는다. 흔들림 없는 열의로 노력한다면 반드시 좋은 결과를 얻는다.

세상일 늦었다고 깨달았을 때가 가장 빠른 때다. 나 역시 한때 공부하는 게 싫어서 다른 일에 빠졌으나, 이게 아니라고 깨달았을 때 단박에 잘못된 틀을 바꾸었다.

나는 아이들에게 고집스러운 사람이 되라고 가르치지 않는다. 단지 눈앞에 보이는 수업, 점수만을 챙기는 수업은 하지 않는다. 만일 그러한 관계로 나아간다면 아이들과 나는 의무로만 만나야 한다.

참다운 삶은 자기 의지로 행동하고, 남을 배려하며, 더불어 사는 인간미를 갖추었을 때 가능하다. 그래서 아이들과 나는, 한 해 동안 스스로 서는 힘을 키우는 작업을 충실히 한다. 한 사람에 대한 참다운 평가는 그 사람의 외모나 학식, 교양이나 물질적인 풍요가 아니라 떳떳한 양심과 훈훈한 인간미로 가늠된다.

세상 그 누구도 한순간에 훌륭한 업적을 이루지 않았다.

아이들은 마음껏 놀아야 한다
_-대부분의 아이들은 방학이 그다지 즐겁지 않다

평소 아이들과 생활하면서 많은 이야기를 듣는데, 부모의 따뜻한 보살핌을 받은 아이는 예쁜 짓을 많이 한다. 아이의 눈으로 보면 바라는 게 훤히 보인다. 그것은 바로 자신의 존재를 인정해 주는 것이다. 다 다른 됨됨이를 존중해 주고, 차별 없이 대해 달라는 드잡이다.

공부하라고만 닦달하기보다 놀 때 실컷 놀고, 제 하고픈 일을 하였으면 소원한다.

그런데도 날마다 아이들 불평불만이 끊이지 않는다.

자신의 의견을 함부로 무시하고, 윽박지르며, 강요한단다. 아이도 어른 못지않게 하고자 하는 열의를 가졌다. 그럼에도 부모가 딱히 정해 놓은 계획에 따라야 한다는 데 요즘 아이들 무척 답답해한다.

아이들에게 물었다. 방학 때 무엇을 하고 싶으냐고. 그랬더니 대뜸 실컷 놀았으면 좋겠다고 했다. 아이들은 놀고 싶어 한다. 한데 마음대로 놀지 못한다. 방학 때마다 특별반 과외를 시작한단다. 학교 공부보다 더 힘들다며 볼이 부었다.

그래서 이번 방학 때 자기가 하고 싶은 일을 적어 보라고 했다. 초등학교 6학년 아이들이라 제법 자기 생활계획을 거창하게 짰다. 그렇지만 하나같이 비슷한 방학생활, 온통 공부하기, 책 읽기, 학원 과외로 빽빽하다. 요즘 아이들의 방학생활 단면이다.

아이들이 원하는 방학은 엄마 아빠랑 함께 하는 일이 대부분이다. 무엇보다도 아이들은 부모와 같이 보내고 싶어 한다. 부모가 바쁜 줄 알면서도 여행 가길 원한다. 근데 엄마 아빠 바쁘다며 다음에 가자고 자꾸만 미룬다. 그래서 아이는 자기가 원하는 방학을 꾸릴 수 없다.

생각을 바꾸면 여유가 생긴다. 우리 주변에는 큰돈을 들이지 않고 쉽게 찾는 미술관과 박물관, 음악회가 의외로 많다. 그렇게 무리하지 않아도 하루 종일 훌륭한 문화재를 만난다. 그래도 맞벌이 부모가 아이와 함께 박물관을 찾아 나서기는 쉽지 않다. 그러나 부모의 생각만 확고하다면 일의 우선순위를 제쳐 두고 그것들을 챙겨 주는 게 그리 어렵지 않다.

아이와 영화를 관람하거나 견학, 답사, 체험활동을 해 보면 장차 아이의 성장에 참 좋은 영향을 준다. 게다가 심성 도야는 물론 세상을 바라보는 눈도 달라진다. 어렸을 때의 경험은 비록 그것이 하찮더라도 마음 깊숙이 각인되어 오래간다.

집 가까운 전시회장이나 미술관, 음악회를 찾아가 보라. 연극도 좋고 영화도 좋다. 대형마트나 백화점 가는 발걸음을 재래시장으로 돌려 보라. 그곳에 가면 더불어 사는 사람의 향기를 소중하게 느껴 본다. 살아 움직이는 그곳 사람들의 건강한 노동을 아이의 눈으로 직접 보도록 하라. 행복한 삶이란 그렇게 건강한 바탕을 가져야 한다.

방학은 아이에게 '무한한 자유로움을 만끽하는 시간'이다. 그렇지만 대부분의 아이들은 방학이 그렇게 즐겁지 않았다고 입을 모은다. 속속들이 다 몰라도 학교 다닐 때보다 공부하라는 억눌림을 더 받는단다.

요즘 아이들_
세상이 많이 변했다. 지금의 아이들은 자기를 북돋우는
색깔이 다 다르다. 숫기가 없었던 지난날 아이들에 비해
개성 표현이 다양하고, 또한 두드러진다.

학령을 가리지 않고 서너 군데 이상 선수 학습이란 명목으로 학원 과
외에 내몰렸을 테고, 책 읽으라는 다그침에다 잡다한 방학 과제에 매
인다.

그런 까닭에 방학생활이 오히려 학교 다닐 때보다 더 피곤하단다. 마
음 편하게 노는 데도, 컴퓨터 오락하는 데도 온갖 제재를 받는다고. 아
이들이 가장 싫어하는 일 중 하나가 어른들의 '잔소리'다. 날마다 되풀
이되는 그 소리에 귀가 따갑단다.

내가 사는 아파트에도 대부분의 아이들이 방학 때 더 바쁘다. 원래
'방학'이란 학교에서 학기가 끝난 뒤에 일정 기간 수업을 쉬는 기간이
다. 그런데도 아이들은 방학 때 더 고달프다. 참으로 안타까운 우리 교
육 현실이다.

무엇보다도 아이들은 자유롭게 놀아야 한다. 맘껏 놀고 나면 생각이

건강해져서 평소 꺼려 하던 일들을 척척 풀어내는 힘이 생긴다. 여행도 보내 보라. 여행의 경험은 낯선 고장에 대한 이해의 폭을 넓히고, '나'보다는 '남'을 먼저 헤아리는 따뜻한 마음을 도드라지게 한다.

암튼 이번 방학만큼은 아이들의 생각가지대로 잘 꾸려졌으면 좋겠다.

어린 별 소기에게 보내는 사랑의 메시지

_내가 하는 일에 관심을 가져 달라

"선생님, 소기가 이상해요!"

민서(가명)의 목소리는 다급했다. 쉬는 시간이라 와자지껄한 아이들 곁에 민서의 책걸상이 엉망으로 나뒹굴었다. 다가가 보니 책을 찢은 종이가 수북했다. 한데 한껏 약이 오른 소기는 팔을 마구 휘둘렀다. 뭔가 불만이 생겼다는 표시다.

소기의 이런 행동은 벌써 몇 번째다.

아이들은 어쩔 줄 몰라 행여 자기한테 불똥이 튈까 봐 종종걸음으로 자리를 피하기에 급급했다. 다들 아침 활동으로 동화책을 읽는데, 소기의 종잡을 수 없는 행동으로 교실은 난장판이 됐다.

소기는 평소 자기 일을 척척 잘 챙겨 하고, 책도 즐겨 읽었고, 말투나 표정도 해밝았다. 초등학생으로는 올된 아이다. 그렇지만 잠시도 가만히 앉아 있지 못한다. 무척 산만하나 관심이 많은 아이다. 하나 자기가 좋아하지 않는 일에 대해서는 일체 관심을 두지 않는다.

민서가 갈가리 찢겨진 종잇조각을 쓸어 담았지만 그때까지도 소기는 도무지 자기 행동을 멈추지 않았다.

마냥 고집을 피우는 거다. 자기가 하는 일에 관심을 가져 달라는 무언의 메시지다. 소기의 생활은 겉으로 보기에는 평온하다. 부모의 양육 태도나 방식에도 그다지 문제 삼을 게 없다. 그렇지만 또래들과 어울림에 문제행동이 빈발한다. 스스로 친구들과 담을 쌓고 지내는 편이다. 게다가 아이답지 않게 걸핏하면 과격한 행동(?)을 되풀이해서 아이들이 함께 놀기를 꺼려 한다.

소기한테 어떤 처방전이 필요할까?

무엇보다도 자신의 존재를 인정해 주고, 세세하게 관심을 가져주는 게 최선이다. 소기의 일탈행동은 손 갈 데가 많다. 자기 분을 이기지 못하고 무시로 고함을 친다거나, 냅다 물건을 던지는 행위는 분명하게 다그쳐야 한다.

오늘 같은 때는 담임으로서도 손쓸 겨를이 없었다. 그러나 아이는 아이답다. 그렇게 씩씩거리던 아이가 일순간에 양순해졌다. 언제 그랬느냐는 듯이 옆 친구랑 헤헤거리며 웃는다. 순간, 닭 쫓던 개 지붕 쳐다보는 격으로 머쓱해진다.

전에 근무했던 학교에서 자폐아 성향을 보이던 아이를 맡았다.

여느 아이처럼 하는 짓이 예뻤다. 그렇지만 그런 아이를 돌보기엔 담임으로서 참 힘들었다. 아이의 문제행동은 근원부터 되짚어야 했다. 부모의 양육 방식이나 혹은 학교생활을 통해서 불거졌던 일들을 하나하나 챙겨 보아야 한다.

아이의 문제행동에는 그에 따르는 원인이 꼬리를 물기 마련이다. 그와 같은 행동을 유발하는, 어렸을 때 치유되지 못한 상처가 지금 아이가 급박한 행동을 하게 하는 원인인 경우가 많다.

소기 주변 정리를 다 마친 민서가 제자리에 가 앉았다.

민서는 평소 마음씀씀이가 참 침착하고 따사롭다. 몇 번 낭패를 겪었는데도 소기의 행동에 대해 가타부타 불평을 하지 않는다. 소기도 미안했던지 머리를 긁적이며 씩 웃는다. 언제 그랬느냐는 듯이 한순간의 소동이 착 가라앉았다.

이럴 땐 못 본 척 못 이기는 척 그저 눈감고 넘기는 게 최고의 방책이다. 그새 소기가 동화책을 폈다. 아무 일도 없었다는 듯이 능청스럽게.

문제 아이는 없다.

그러나 소기의 특별한 행동은 반 전체 아이들에게 커다란 두려움이다. 특히 민서의 놀란 가슴을 매번 어떻게 달래 주어야 하나? 소기에게 필요한 처방전은 따로 없다. 바로 자신의 이야기를 충분히 경청하고 공감해 주는 거다.

평소 억눌린 감정을 그의 입장이 되어 헤아려 주고, 지지해 주며, 인정해 주면 아이는 너그러워진다. 소기는 모든 아이와 친구가 되어야 한다.

행복한 잡초 이야기

_나는 태민이를 늘 아름다운 잡초로 기억한다

선생님, 안녕하세요?

저 태민(가명)입니다. 잘 지내시죠?

이제 고등학생이 되었습니다. 참 세월이 너무 빠른 것 같네요.

초등학교 졸업 때가 엊그제 같은데 말이죠.

아직도 초등학교 생활이 또렷이 기억납니다.

말썽도 많이 피웠고, 선생님 속도 무척 썩여 드렸지만,

지금 생각하면 선생님과 함께한 일들이 제겐 너무 소중합니다.

중학교 때 어려움이 많았습니다.

특히 중3 때는 여중과 통합이 되어서 불편했습니다.

그러나 이제 고등학생이 되어 새로운 친구, 새로운 학교, 새로운 선생님을 만나 그런대로 즐겁게 생활하고 있습니다.

지난날을 되돌아보면 후회 남는 것이 많습니다.

내가 좀 더 공부를 열심히 했다면? 하지만 가정 형편 때문에 공부를 열심히 해도 대학교를 갈 수가 없었겠죠. 그래서 이 학교를 선택할 수밖에 없었습니다.

또, 후회하는 것은 6학년 때의 소심함 때문에 사랑하는 친구에게

내 마음을 표현하지 못한 것입니다. 그 표현만 했어도 좀 더 좋은 추억들을 만들 수 있었겠죠? 아직도 그 친구를 못 잊습니다. 참 한심하죠. 너무 집착을 하나 봅니다.

오늘 문득 선생님 생각이 났습니다. 그래서 '92회 아차모' 얘기도, 저한테 덕대반점에서 황궁쟁반 자장을 사 주신 것도, 선생님 블로그도. 6학년 때 등산을 많이 했었죠. 화왕산, 영축산, 함박산, 무학산까지. 초등학교 졸업하기 전에 지리산에 오르자고 하시던 말씀, 아직 이루지 못했네요.

선생님, 초등학교 때 친구들과 만나서 얘기 나누었으면 좋겠네요. 지금은 뿔뿔이 흩어져 아쉽지만 언젠가 만나겠죠. 아직도 부곡에 근무하신다면 한번 뵈었으면 합니다. 어른 되어서 선생님께 술 한 잔 사 드리겠습니다. 한 번씩 선생님 블로그를 찾아와 글 읽어 보겠습니다. 건강하세요! 올해는 선생님께 더 좋은 일만 생겼으면 좋겠습니다!

3년 전 초등학교를 졸업한 제자한테서 온 편지다. 태민이는 잡초처럼 꿋꿋한 심지를 가진 아이다. 할머니랑 단둘이 살면서도 항상 밝은 웃음을 잃지 않고, 제 할 일을 야무지게 꾸린다. 뿐만 아니라 또래들 간에도 어울림이 좋고 신망이 두텁다.

그만큼 자기가 처한 환경을 탓하지 않는 들풀처럼 무던한 아이였다. 때문에 바람도 컸다.

어디든 풀밭에는 수많은 잡초들이 어우러진다. 제비꽃, 괭이밥, 냉이, 민들레, 큰개불알꽃, 쇠비름, 개여뀌, 방동사니, 별꽃, 부들, 갈대, 도꼬마리, 쇠뜨기, 망초, 쑥, 질경이 등은 그야말로 잡초다운 잡초, 우리가 무심코 지나쳤던 너무 흔한 잡초들이다.

잡초들은 밟히고 짓밟혀도 꿋꿋이 살아간다.

잡초의 대명사 질경이, 어찌나 밟혔는지 자세히 보면 잎사귀는 구멍이 송송 뚫려 있기 일쑤다. 굳이 사람의 발길이 닿는 곳만 골라 자라는 질경이는 오히려 사람의 발길에 당당히 맞선다는 느낌이 들 정도다.

만약 질경이가 사람의 발길이 없는 편안한 곳에 자란다면 어떨까? 질경이가 사람이 다니지 않는 곳을 택하면 금방 다른 식물들에게 쫓겨난다. 질경이는 다른 잡초들과의 경쟁 대신 사람의 발길을 당당히 받아들여 역이용하는 방법으로 진화했다.

그렇다면 대체 질경이는 어떤 방법으로 사람들의 모진 발걸음을 이겨 낼까? 그 비결은 바로 잡초의 생존 전략이다. 잡초의 생존 전략은 우리 인간에게도 필요한 일들이 대부분이다.

동물에게 먹히거나 밟히는 경우를 받아들여 유리하게 벗어나는 위기관리, 필요 없을 때 쓸데없는 꽃을 피우지 않는 폐쇄화들과 '근검을 보이고', 질경이처럼 밟히는 경우 치명타가 될 줄기를 최대한 줄이는 '절약'하며, 개미와 식물들의 아름다운 '공생'하는 능력은 경제난국으로 어려움에 처한 우리에게도 꼭 필요한 잡초의 생존 전략이다.

큰 야망을 품은 잡초와 소박하게 작은 크기로 살기를 꿈꾸는 잡초. 시행착오를 거듭하기도 하고 곤경에 빠지기도 한다. 자기만의 전략을 세우기도 한다. 크게 성공을 하기도 하고, 밑바닥을 기면서도 행복한 잡초. 경쟁이 싫어서 사람의 발에 밟히는 고생을 참아가면서 홀로 사는 잡초. 잡초의 삶도 사람과 다를 바 없다.

나는 늘 태민이를 아름다운 잡초로 기억한다. 3년이 지난 지금, 결코 그 바람은 헛되지 않았다. 녀석은 어렵고 힘든 생활에도 제 앞가림을 잘해 주었다.

우리 사는 이치도 이와 같다. 살면서 또 다른 삶에 마땅히 희망을 가져야 할 삶의 태도가 아닐까. 비록 형편은 좋지 않지만 '나는 해낸다'는 마음만 잃지 않는다면 세상은 자신하며 살아 볼 만한 데다.

태민이는 나에게 특별한, 행복한 잡초 같은 심력을 지닌 제자다.

높이 나는 새

_졸업은 끝이 아니라 새로운 시작이다

애들아, 사람 만나는 일만큼 아름다운 일은 또 없다. 우리는 소중하게 만났으니 서로에게 더욱더 충실해야 해. 믿음 또한 크게 키워야 한단다. 생각가지가 참 좋은 너희를 만나 담임으로서 뿌듯하다. 항상 다부지게 행동하고, 좋은 눈으로 세상을 바라보는 너희가 자랑스럽다.

무엇보다도 애써 책을 읽겠다는 모습이 좋구나. 책을 통해 만나는 삶은 장차 너희가 세상을 경영하는 데 든든한 바탕이 될 거야. 아무리 강조해도 결코 지나치지 않은 것은 바로 독서다.

누구나 살면서 다 다른 경험을 한단다. 그렇지만 그런 일에는 어느 정도 한계가 따른다. 아무리 맛난 음식을 장만했다고 해도 마땅한 양념이 곁들여지지 않으면 젓가락이 가지 않는다. 너희들이 올 한 해 수많은 책과 만나면서 선한 마음을 키우기를 기대하는 내 바람을 잘 따라주었으면 좋겠다.

얘들아, 시간은 사람을 기다려 주지 않는다.

지난해까지 나는 상담대학원에 적을 두었는데, 시험 때면 후회 남는 게 많더라. 평소 여러 일로 곁가지가 많았고, 바쁘다는 핑계로 차일피일하며 미뤘던 탓에 원하는 결과를 얻지 못했거든.

당장 눈앞의 점수, 그 잇속에만 얽매였던 거지. 진정 내게 필요한 공부는 단지 점수가 아니었는데 말이야.

난 크게 내세울 게 없다.

그렇기에 담임으로서 부족한 게 많지만 너희가 나를 통해서 많은 일들을 새롭게 깨우쳤으면 좋겠어.

나는 담임이란 의무감이나 겉치레에서 벗어나 너희를 만났고, 때로 친구처럼 동네 아저씨같이 어울렸다.

1년이란 시간은 짧지만 더 좋게 양념하기에는 충분한 시간이다. 그래서 나는 틈틈이 너희를 다그칠 생각이다. 모두 너희를 한껏 품어 안고 싶은 내 욕심이야. 그런데도 미꾸라지처럼 내 품을 빠져나가고 싶다면 많이 섭섭할 것 같구나.

세상일들 지내 놓고 보면 때늦은 후회로 가슴을 턱턱 쳐야 할 때가 많단다. 정녕 시간은 사람을 기다려 주지 않기 때문이지.

작심삼일하지 않겠다는 너희를 믿어.

우선 제각각 하고 싶은 일에 충실하렴. 그래서 자기에게 걸맞은 일에 적극적으로 다가서 봐. 물론 그렇다고 너무 조급해하거나 함부로 행동해서는 안 돼. 너희는 인생의 마라톤 코스를 막 출발한 선수들이야. 그러니까 결승점에 다다르기까지 최선을 다해야 해.

처음 결심한 일을 끝까지 몸에 지니지 못함은 잡념에 이끌리기 때문이지. 한 가지 일을 성취하려면 다른 일은 생각지 말아야 해. 늘 처음처럼 자기 일에 최선을 다해야 하고, 여러 가지 일 중에서 가장 중요한 일 하나를 선택하는 일도 반드시 필요하지. 명심해야 할 일은 욕심내어 챙기고, 버려야 할 일은 처음부터 단박에 버려야 해. 무엇보다 실행이 빨라야겠어.

알고 있지? 높이 나는 새가 더 먼 곳을 보고, 산 정상을 오른 자만이 더 넓은 세상을 내려다본다는 사실. 세상을 나온 이상 앞으로 나가느냐 가라앉느냐 둘 중 하나란다. 더욱더 큰 그릇을 가져라. 왜? 졸업은 끝이 아니라 새로운 시작이니까.

성광아, 너는 너이기에 최고다
_세상의 아름다움을 볼 줄 아는 눈을 가져라

성광아, 요즘 들어 풀죽은 네 모습이 무척 안쓰러워. 드러내 놓고 챙겨 주고 싶지만, 워낙에 자존심이 강한 너에게 선뜻 말을 붙일 수가 없구나. 뜻하지 않은 사고로 얼굴을 크게 다쳤으니 얼마나 속상하겠니? 그런데 수술 경과가 좋아 점차 예전의 네 모습을 되찾는 중이라니 맘이 놓인다. 너무 마음 아파하지 마. 당장에는 힘들겠지만 머잖아 말끔하게 나을 테니까.

누구나 건강할 때는 자기 몸이 얼마나 소중한지 모른단다.

왜냐고? 적어도 나만큼은 아파하지 않을 거란 확신을 갖기 때문이지. 그러나 사고는 그 누구도 미리 알 수 없지. 너를 생각하면 정말 황당했어. 네 잘못이 전혀 없었는데도 뜻하지 않은 사고가 너를 덮쳤으니 말이다.

하지만 성광아, 세상을 좋은 눈으로 봐. 지금 당장은 참아 내기 쉽지 않겠지만, 행복은 아름다운 데만 담긴 게 아냐. 관심을 갖고 보면 우리가 그냥 지나쳤던 풀 한 포기, 눈길 한 번 주지 않았던 꽃송이 하나에도 소중한 이야기들이 총총하게 스며 있단다.

그 속에 네가 함께하길 바란다.

친구들이 네 얼굴 보고 놀려서 괴롭지?

너만 할 때는 그렇게 얘기해. 자신이 잘생겼다고, 키가 헌칠하다고, 남보다 공부를 잘한다고 하며 우쭐대지. 피아노를 잘 친다고, 그림을 잘 그린다고, 운동을 잘한다고 해서 괜히 내세워 자랑하고 싶어 하고.

그렇지 않으면 못난이라 지레짐작하여 열등감에 빠져 우울해하거나 절망감으로 고민하기도 하지. 그게 바로 누구나 겪게 되는 사춘기의 몸짓일 거야.

물론 남보다 뛰어난 점은 인정받아야 해.

하지만 그렇지 못하다고 해서 주눅 들거나 애써 따라가려고 바동댈 까닭은 없어. 하물며 고민할 필요는 더더욱 없다고 생각해. 사람의 얼굴이 다 다르듯이 능력 차이는 어쩔 수 없으니까. 중요한 일은 각자의 능력을 제대로 드러내기 위해 최선을 다하는 마음가짐이 아닐까.

다른 사람들과 비교해서 엄청나게 부족해 보여도 자기 일에 최선을 다하는 사람은 반드시 능력을 인정받을 때를 만날 거야. 그런데 작은 그릇을 가지고 지나친 욕심을 부린다면 우스운 일이지. 더구나 미덥지 못한 생각을 한다면 자신의 참모습까지 잃게 되어 결국에는 가슴 아파할 수밖에 없을 거야.

사람은 누구나 나름대로의 꿈을 가져. 다만 다른 사람과 모양이 다를 뿐이야. 그것 때문에 그 어떠한 일을 해낼 수 없지는 않단다. 그러니 꼭 큰 그릇을 가지려고 발버둥질할 필요는 없어.

소중한 일은 다 같이 생활하고 서로에게 든든한 사랑을 나누며 사는 참다운 마음이란다.

넌 사고 난 뒤 엄마 아빠를 지독하게 원망했었지. 그런데 내가 보기에 엄마 아빠는 아무런 잘못이 없어. 너한테 무심하지도 않았잖니. 화가 난다고 그 분풀이를 부모님한테 해서는 안 돼.

귀여운 자식일수록 매 한 번 더 들고, 낯선 곳으로 자주 여행 보내라는 말 들어 봤니? 부모님이 너한테 무덤덤하게 대했던 것은 너 스스로 아픔을 이겨 냈으면 하는 바람 때문이었을 거야. 넌 그렇게도 애틋한 부모의 사랑을 미처 보지 못한 거야.

성광아, 세상을 혼자서 살아가야 한다고 생각해 보았니?

그렇다면 얼마나 힘 빠지고 답답할까?

아무리 아름다운 꽃밭을 만들어 놓았어도 한 가지 꽃만 피었다면 얼마나 밋밋할까? 아름다운 꽃밭에는 여러 가지 크고 작은 꽃들이 함께 어우러져야 해. 커다란 꽃들만이 아니라 작고 앙증스러운 풀꽃들도 함께 피어야 서로의 빛깔이 돋보이거든. 그래야 다 다른 속에서 제 빛깔 제 모습을 드러내는 거야.

엄마 아빠도 그렇게 너를 응원하실 거야. 든든하지?

내가 너에게 일깨우고자 하는 일도 마찬가지야.

단순히 더하기 빼기 문제 하나 더 푼다고 해서, 가르치는 대로 잘 따른다고 해서 만족하지 않아. 난 네가 지금처럼 힘겨운 일들을 툴툴 털고 다시 우뚝 섰으면 해. 새로운 모습으로 당당하고, 네 생각을 야무지게 드러냈으면 좋겠다.

그렇지만 지금 네 모습은 조금 실망스럽구나.

너는 아름다운 꽃밭에서 함께 어우러지는 꽃이기보다는 애써 벗어나려고 발버둥 치는 청개구리 모습을 할 때가 많아. 그동안 잘해 보자고, 스스로 서도록 노력하자고 많이 얘기했었지. 그런데도 별로 달라진 게 없이 병원에서 퇴원했을 때 그 모습 그대로여서 속이 탔어.

한데도 낱낱이 꼬집어 가며 이를 수 없었단다.

솔직히 말해 간혹 엉뚱한 짓을 하거나 시큰둥한 태도로 거드름을 피워 대도 묵묵히 너를 지켜보는 수밖에 없었고, 시시콜콜한 공부에는 흥미가 없다며 필요 없는 행동까지 하니 애써 목청을 높일 이유가 없겠구나 싶었지.

지금 중요한 일은 하고자 하는 네 마음 자세가 아닐까. 학교는 그저 오는 곳이고, 단지 졸업장을 받기 위해서 시간만 때우겠다는 건 참으로 어리석은 생각이란다.

성광아, 너한테 작고 하찮은 그릇이 주어지더라도 감사하는 마음으로 받아들였으면 좋겠구나. 그게 참아 내기 힘든 고통이라도 말이야. 매사에 나에게 부족한 점은 없는지부터 생각하는 마음가짐을 배워야 해. 자기 나름의 판단 기준을 갖추고, 문제 해결의 실마리를 바르게 찾아야 하지. 또한 고운 양심의 소리도 들었으면 싶구나.

좋은 생각과 진실한 마음에서 우러나오는 양심의 소리를 들을 때 비로소 네 문제를 해결하는 지혜를 얻을 수 있단다.

그뿐만이 아니야. 행복하게 주어진 네 생명을 가꾸는 노력을 게을리해서도 안 돼. 포기한다는 말은 함부로 하지 마. 가장 평범하고, 가장 검소한 생활 속에서 꾸밈없는 마음으로부터 야물어지는 거야.

세상의 아름다움을 볼 줄 아는 눈도 가져야 해. 참고, 양보하며, 겸손한 마음으로 행복한 네 모습을 만들어 가 보렴.

또 하나, 곧잘 남에게 따지고 드는 성격도 고쳐 보는 게 어떨까.

인격적인 만남은 다른 사람의 개성을 존중하고, 배려하며, 격려하면서 서로 맞추어 가는 거란다. 명심하길 바란다.

성광아, 우리가 소망하는 행복의 조건은 무엇일까?

크고 값진 데서 찾을까, 아니면 작고 하찮은 데서 찾을까. 행복은 크든지 작든지 간에 소중하다. 그리고 멀리서 찾기보다는 우리 생활 주변의 조그만 곳에서 움터 나온다는 것, 너도 알지?

그런데도 넌 현재 네 모습만을 탓하며 친구들과 곧잘 다퉈.

네가 친구들과 곧잘 다투곤 하는 모습은 네 참 모습이 아니라고 생각해. 자신은 물론이거니와 남을 헐뜯지 말고, 다른 사람의 잘잘못도 이해하고 용서해 줌으로써 자기 자신도 배려를 받는다는 사실을 잊지 말거라. 함께 웃으며 하루하루를 편안하게 살아야 하는 거야. 그것이 네가 가져야 하는 그릇이고, 진정한 아름다움이 어우러지는 꽃밭이다.

성광아, 너는 너이기 때문에 특별해.

특별함에는 어떤 자격도 필요 없고,

너라는 이유만으로 충분하단다.

2장

아이들을 사랑하는 교사는
아이의 강점을 먼저 본다

창원성주초등학교교직원 단체사진_
'작은 학교가 아름답다'고 했다. 그렇지만 대도시에는
다인수 과밀 학교가 문제다.
필자도 창원에 근무했을 때 거대 학교에 근무했다.
3천여 명에 달하는 학생들과 교직원이
하나로 생활한다는 자체가 쉽지 않았을 때다.

세상은 내가 보는 대상만 존재하고, 또 보는 대로다. 내가 보고 싶은 대로 존재하는 세상이 그래서 좋다. 비바람 치는 캄캄한 날에도 저 시커먼 먹장구름을 꿰뚫어 보는 눈을 가졌다면, 그 위에는 찬란한 태양이 빛나는 평화스러운 나라가 보인다. 세상은 보는 대로다. 어떻게 보느냐, 그것은 자신의 책임이다.

　_'세상을 보는 참한 눈'에서

나는 나답다는 말을 좋아한다

_선생한테 선생 냄새가 나는 게 당연하다

올해도 6학년 아이들을 만났다.

6학년을 맡기가 벅차다고 한다. 하지만 나는 부임해 가는 학교마다 6학년 담임을 고집한다. 한데, 얼핏 나잇살 대접해서 저학년 아이 담임을 권한다. 수업 시수는 물론, 아이들 생활지도 등에서 크게 배려했다고.

그렇지만 나는 저학년 아이들 속에 묻히기보다 고학년 아이들과 어울리는 편이 낫다.

교단에 선 지 어언 33년. 첫 발령 때부터 6학년을 맡아 올해로 6학년 담임만 29년째다. 숫제 6학년 편식이다. 덕분에 제자도 많이 두었다. 불혹의 제자부터 중고등학교에 다니는 제자들까지. 무시로 만나면 그때 그 시절 이야기로 봇물 터진다. 우리의 대화는 좋은 일 궂은일 가리지 않는다. 그만큼 나는 제자들 면면에 애착이 깊다.

요즘 아이들은 제 생각이 강해서 어울리기가 쉽지 않다. 인터넷 스마트폰에 익숙한 아이들과 아직도 아날로그 세대를 벗어나지 못한 나와의 거리감은 무시할 수 없다. 아이들이 좋아하는 연예인을 대면 나는 쩔쩔맨다.

하물며 한류를 대표하는 '걸그룹'이나 '아이돌' 노래는 단 한 곡도 끝까지 흥얼대는 게 없다. 그런데도 나는 아이들의 시선을 사로잡는다. 그 비결은 충분한 경청이다. 그 하나면 언제나 그들과 하나가 된다.

아이들과 나는 꼭 사십 년의 나이 차이다. 강산이 몇 번 변하고 남을 시간이다.

근데도 나는 누가 봐도 아이답다고 한다. 오죽했으면 친구들까지 박 선생은 천생 '초딩'이라고 얘기할까. 감사한 표현이다. 나는 '나답다'는 말을 참 좋아한다. 상인이 상인답고, 예술가가 예술가다우면 근사하다. 선생한테 선생 냄새가 나는 게 당연하다. 그래서 나는 날마다 출근하면 동료더러 좋은 향기 나는 선생님 되라고 권한다.

요즘 아이들, 아무리 영악하다 해도 내 반 아이들을 보면 순진하기 그지없다. 항간에 학교폭력이니, 집단 따돌림이니 하면서 아이들을 돼먹지 않게 얘기하지만, 그것은 기우다. 나와 한 울타리로 생활하는 아이들은 전혀 그렇지 않다. 세상이 날로 험악해지니까 남의 이야기를 경청할 겨를이 빠듯해졌다. 해서 조그만 일도 긁어 부스럼딱지를 만든다.

한쪽으로 치우친 생각은 위험하다. 그런 사람한테서는 좋은 발상을 기대할 수 없다. 적어도 한 번쯤은 충분한 시간을 갖고 아이들의 이야기를 들어 봐야 한다. 그러면 그들이 어떤 일에 마음 아파하고, 무엇 때문에 화가 나는지 안다.

스트레스는 어른들만의 전유물이 아니다. 때론 아이들도 스트레스를 받는다. 특히, 다수에 의해 문제아로 지목받은 아이의 고통은 이만저만이 아니다.

평소 아이들은 칭찬보다 꾸중을 더 많이 듣는다. 이 또한 아이들이 참아 내기 힘들다. 언뜻 보아도 자신의 존재를 인정받는 아이들은 행동이 다르다. 아이들은 제 하고픈 게 많다. 그런데도 부모가 이것 해라 저 것 해라 꼬집어 주니 그만 기가 꺾인다.

그런 아이는 매사 적극성이 부족하고 눈치만 본다. 무엇 하나 자기 스스로 결정하는 게 없기 때문이다.

하여 나는 아이들의 감성에 호소한다. 서로의 공감대가 형성되면 말 문이 트이고, 어떤 일을 하든지 선뜻 다가선다. 마음의 벽을 허문다는 게 쉽지 않다. 아이들이 바라는 바를 세심하게 읽으면 또 다른 소통거 리가 만들어진다.

채 한 달 만에 반 아이들과 쉬 터놓을 만큼 공감대를 형성했다. 선생 과 제자로서의 관계보다는 동네 아저씨같이 스스럼없이 어울린다. 그게 교사로서 나의 성공 비결이다.

아이들, 내일은 어떤 얼굴로 다가설까?

세상은 더불어 사는 꽃밭이다

_제자 모임 '아름다운 숲을 찾아가는 사람' 결성에 부쳐

애들아, 너희에게 하고픈 이야기가 많아. 우리 두어 달 동안 부대꼈지. 난 이제 어느 정도 너희를 알겠어. 너희도 마찬가지일 거야. 하지만 나의 바람이 컸던 탓에 생각이 많아져. 담임으로서 당연한 욕심이야.

너희의 어울림을 보며 하나 더 꼬집어 주었으면 했을 때가 많았어. 뭐랄까. 생각가지가 많았던 거지. 사람은 함께 살아가면서 격에 맞는 인간 됨됨이를 배우게 돼.

얼굴이 잘생겼다고 해서 자랑삼을 일도, 못생겼다고 주눅 들지 않아도 돼. 몸이 조금 푸짐하다고 해서 고민할 일도, 키가 작다고 해서 실망할 이유가 없어.

세상은 다양한 사람들이 만들어 가는 꽃밭이야.

그런데도 간혹 친구를 대하는 너희의 태도를 보면 아쉬울 때가 많았어. 쉽게 토라지고, 화를 내고, 따돌려서 친구의 마음을 아프게 한 때가 잦았어. 서로 입장을 바꿔 놓고 생각해 보면 얼마나 가슴 철렁한 일이냐?

수많은 꽃들의 아름다움을 생각해 보렴.

꽃은 여러 꽃들이 한데 모여 제각기 아름다움으로 시새워 피었을 때 아름다워. 제 혼자 외롭게 피어서는 꽃의 의미를 가질 수 없어. 너희의 어울림도 마찬가지야. 친구에게 다가드는 따뜻한 마음이 소중해. 남을 배려하는 마음이 필요하다는 거지.

세상은 혼자만의 욕심으로 살 수 없어.

물론 로빈슨 크루소는 무인도에서 혼자의 힘으로 살았다. 그러나 그것은 인간으로서의 올바른 삶의 모습이 아니야. 그는 얼마나 외로웠을까?

사람의 값어치는 혼자만의 노력으로는 매겨지지 않아. 여러 사람과 서로 부대끼는 가운데 값어치가 더해져. 때론 인생길에서 즐겁고, 슬프고, 안타깝고, 힘들고, 괴로움을 겪어야 하고, 분노하고, 따지고, 화내는 생활도 맛보아야 해. 더구나 옳지 못한 일에 대해서는 마땅히 분개해야 해.

이제 너희에게도 숱한 어려움을 이겨 내야 하는 순간이 다가왔어. 우선 너희의 신체 변화에서 그것을 느낄 거야. 무서운 천둥과 번개, 사나운 폭풍우를 맛보지 않은 나무는 아름드리로 자랄 수 없어. 애달픈 가뭄과 홍수를 참아 내지 못한 과일은 달콤한 맛깔을 지니지 못하지.

하루 힘든 일을 마치고 집으로 돌아가는 사람들이 바라는 행복은 무엇일까? 불그스레하게 물들어 가는 저녁노을처럼 가족들과 함께 오순도순 어울리는 따뜻함이 아닐까? 너희의 경우도 마찬가지야. 친구들과 더불어 나누는 데서 즐거운 생활의 의미를 찾아야 해.

사람은 동물과 달리 자기 일을 스스로 생각하고 판단해서 행동해. 그것은 인간만이 가지는 특권이지. 올바른 인간이란 어떤 존재일까. 곁에 서면 참 좋은 향기를 지닌 사람이야. 사람의 참모습은 그 사람이 가진 그릇으로 판단해. 그런 사람일수록 좋은 생각을 많이 하거든.

따뜻한 관심으로 남을 대하는 사람은 앞모습만큼이나 뒷모습도 아름다워. 예쁜 생각을 많이 하는 사람에게는 세상이 온통 아름다움으로 가득 찼단다. 그렇기에 그는 조급해하거나 남을 헐뜯지 않아. 생각 없이 자기중심을 잃고 사는 사람은 생활 자체가 흐트러져서 주워 담을 알맹이가 없어.

좋은 생각은 향기로운 꽃잎처럼 이글거리는 태양 아래서도 제 빛깔을 잃지 않아. 좋은 생각을 많이 한다는 건 그만큼 자신의 아름다운 모습을 가꾸어 간다는 거지. 친구를 마주할 때 항상 스스로의 아름다움을 밝히도록 애써 보렴.

참배나무에 참배 열리고 돌배나무에 돌배 열린다고 했어.

당연한 얘기야. 좋은 생각을 하는 사람에게는 좋은 열매가 열리고, 경우에 어긋나는 행동을 하는 사람들에게는 하찮은 열매만 당그랗게 열릴 뿐이지. 생각하는 힘이 크면 클수록 좋게 행동하는 여력이 커지는 법이야.

꽃을 꽃으로 보아야 해.

그게 너희의 참모습이면 더 바랄 게 없겠어. 너희는 세상을 그대로 보는 눈을 가져야 해. 정당한 노력 없이 단지 바람 잡는 생각만으로 친구를 앞서거나, 남보다 더 많이 갖겠다고 넘겨보지 않아야 해. 자신에게 어울리지 않는 욕심을 갖는 사람만큼 꼴불견이 없어. 사람은 누구나 늘 자기가 입고 다니는 옷처럼 편안하게 살아야 해.

지금 세상은 출세를 하기 위해서 수단과 방법을 가리지 않는 사람들이 많아. 숫제 두 눈을 부릅뜨고 안달이야. 올바른 삶이란 출세한다는 게 아니야. 현재 자기가 딛고 선 위치에서 자신의 그릇에 알맞게 살아가는 삶, 그 자체야. 자기 몸에 맞지 않는 부담스러운 욕심은 버려야

제자들이 사랑스럽다_
한참 지난 사진이다. 그때 제자들 중 지금 교단에 함께 선
아이가 다섯이다. 김인천, 장소련 김현지, 강신조, 강소명.
그중 김인천은 대학 강단에, 김현지는 첫 발령 때
부곡초등학교에서 같이 근무했다. 스승과 제자로.

해. 왜 만족하지 못하고 남의 물건을 탐내나? 어느 정도의 욕심은 필요
하겠지만, 남을 해롭게 해서는 안 돼. 꽃을 꽃으로 보는 순수한 눈을 가
질 때 이 세상의 모든 욕심은 사라져.

어떻게 살아야 당당할까?

너희가 밤낮으로 학원 찾고 과외를 받는 이유는 무엇일까? 옳고 그
름을 분별하기 위해 공부할까? 물론 그래야 해. 하지만 대개 착하게 살
기 위해서보다 힘을 얻기 위해서 공부를 하지. 일등을 해야만 돈과 권
력을 잡고, 남보다 행복하다는 그릇된 논리가 아직도 우리 사회에 자리
잡았다는 증거야.

그뿐만이 아니다. 정치도, 종교도, 가르치는 일도 장사꾼이 되어 버렸
어. 인심 좋았던 농민도, 상인도 씨앗 하나 심어 열매 얻는 일보다 먼저
돈 계산부터 하는 세상이 되었어. 이렇듯 누구나 생각 없이 편하게만

살려고 한다면 우리 사회는 어떻게 될까? 돈이면 최고로 평가받는 세상에서 우리가 사는 의미는 어디에서 찾아야 하나?

자신에게 당당하다는 사실은 무얼 말할까?

먼저 자기 자신을 아는 게 중요해. 어떻게 자신의 참모습을 찾을까? 사랑의 눈으로 들여다보면 당당한 자기 모습이 분명하게 보여. 자신의 의지를 갖고 행동한다면 남과 비교해서 결코 나를 평가하지 않아. 나름대로 주어진 일에 최선을 다하는 단단한 마음 자세가 필요해. 나를 버리고 남을 흉내 내며 따르는 덤터기는 속 빈 강정일 뿐이야. 그렇게 되면 오히려 매사에 열등감에 빠지거나 꺼리게 되어 안타까운 생활에 이르게 돼. 자신의 참모습으로 바로 서야 해.

날마다 신선함으로 다가오는 너희의 건강한 웃음 덕분에 행복하다. 언제나 좋은 생각 많이 하고, 함께 사는 보람을 두루 나누었으면 좋겠어.

꽃이 꽃으로 아름답도록.

세상을 재밌게 살려면 좀 놀 줄 알아야 한다
_놀이에 흠뻑 빠지는 아이는 일마다 즐겁다

아이들이 노는 모습 보면 확연하게 차이가 난다. 움직임부터 다르다. 잘 노는 아이는 활기차고, 공부도 재밌게 한다. 놀이를 통해서 표출되는 에너지가 다르기 때문이다.

논다고 해서 무작정 시간을 축내는 게 아니다. 놀이는 돈으로 사는 휴식과 다르다. 아이에게 가장 중요한 일은 놀이다. 잘 노는 아이가 건강하다. 그래서 이제 막 걸음마를 시작한 아이가 논다는 일은 건강 이상의 의미다.

돌바기 아이는 놀면서 세상살이를 시작하고, 마침내 배꾸마당으로 나가 또래들과 부대끼며 사회성을 배운다. 놀이는 아이에게 경이로움의 대상이다. 분명 잘 노는 아이가 잘 큰다. 우선 놀이에 흠뻑 빠지는 아이는 일마다 즐겁다.

하여 여느 아이보다 어울림이 좋다. 아이의 마음 상태는 바짝 마른 스펀지다. 때문에 그 무엇이든 다 빨아들이고도 남을 흡습성을 가졌다. 아이의 가소성은 반드시 놀이라는 매개체로 흡수된다.

놀이가 건강한 성인으로 자라게 한다는 사실은 동물의 경우도 마찬가지다. 성체는 놀이의 과정을 거친다. 사자와 호랑이, 표범과 같은 맹

해맑은 아이들_
건강한 아이들은 잘 논다.
그래서 더욱 눈빛이 해맑은 아이들, 가을 햇빛에 말갛다.

수의 새끼는 하나같이 장난기가 심하다. 광활한 초원에서 자기네끼리 엎어지고 메치면서 놀다가 그것도 심심해지면 부모의 꼬리를 물고 늘어지거나 등에 올라타며 신경을 건드린다. 놀아 달라는 시늉이다.

그럴 때 어미 맹수는 선뜻 놀아 주지 않는다. 그 대신에 살아 움직이는 장난감을 가져다준다. 아직 다 자라지 않은 사냥감을 잡아다가 새끼들 앞에 놓아둔다. 그러면 새끼들은 어미가 물어다 준 산 장난감과 노느라 시간이 가는 줄 모른다. 그렇지만 번번이 새끼들은 산 사냥감을 놓친다. 그때 가만히 지켜보던 어미는 재빨리 달려가 사냥감을 다시 잡아다가 새끼들 앞에 놓아준다. 놀이를 통해서 사냥 훈련을 익히려는 의도다.

이는 하늘을 지배하는 맹금류도 마찬가지다.

어렸을 때 장난기가 심했던 맹수들은 다 자라면 더 이상 놀이를 하지 않는다. 약육강식의 사회에서는 먹고사는 일이 전부다. 그에 비해 인간은 다르다. 동물은 그냥 배를 채우는 데 만족하지만, 인간은 보이지 않는 가치를 끊임없이 사냥해야 한다. 그 가치는 바로 인간만이 갖는 독특한 취미와 문화다.

취미와 문화는 모두 놀이를 바탕으로 생겨났다. 그 모두를 놀이에 포함시켜 일하고, 놀고, 노는 듯이 일하는 문화를 만들어 냈다.

인간 세상에서 놀이는 어떤가?

우선 재밌어야 하고, 새로워야 한다. 그래야 눈길을 끈다. 또한 놀이에는 사회성도 포함되어야 한다. 그래야 올바른 놀이가 된다. 어렸을 때부터 성숙된 놀이 문화 환경에서 자란 아이는 얼굴 표정이 밝다. 그런 아이일수록 매사 긍정적이고 성취동기가 높다.

때문에 요즘 기업에서 신입사원을 선발할 때도 잘 노는 사람, 친화력이 높은 사람을 선호한다. 그만큼 잘 노는 사람은 상대방의 마음을 읽는 태도를 보인다. 왜냐? 잘 노는 사람은 일을 하든지 경영을 하든지 사람의 마음을 잘 아는 까닭에 사람을 이끄는 능력이 앞선다.

더더구나 조직을 이끄는 지도자라면 자기 일만 바득바득 챙기기보다 노는 능력을 갖춰야 한다. 부하 직원에게 깐깐하게 일머리를 따지고 드는 상사보다는 조금의 여유를 갖고 노는 시간을 배려하는 게 지도자로서 필요한 능력이다. 그는 놀 줄 아는 사람이다. 그런 사람이라면 상대방을 배려할 줄 알고, 혼자 놀기보다 같이 놀아야 더 재밌고, 결속력이 더 강하게 다져진다는 걸 안다. 기분 전환이 잘되면 그에 비례해서 참신하고 다부진 생각이 분출된다.

근데 요즘 아이들은 그다지 놀 줄 모른다.

아니, 재밌게 놀 여유가 없다. 학교 수업을 마치면 운동장 맨흙을 밟아 보기는커녕 학원 과외로 내몰린다. 놀이는 공부하는 데 하등의 도움이 안 된다는 부모, 놀이를 잊어버린 부모의 편협한 생각이 아이의 더 큰 성장을 짓눌러 버린다. 좀 더 세상을 좋게 살려면 놀 줄 아는 게 먼저다.

성실에는 어떤 잔꾀도 필요 없다
_모든 천재성은 남다른 열정에서 발현된다

사람은 누구나 천재성을 갖고 태어났다.

아이는 날마다 새로운 일에 흥미를 가진다. 그래서 그것을 본 부모는 제 아이가 마치 천재인 양 뿌듯하다. 다들 그렇게 아이를 키운다.

흔히 천재성은 숨은 능력의 발현이고, 잠재능력을 계발해 내는 역량이다. 특별한 분야에서 재능을 발휘하는 사람을 만나면 부럽다. 타이거 우즈는 골프에서, 빌 게이츠는 컴퓨터에서 천재성을 발휘했다. 황영조는 마라톤에서, 이세돌은 바둑을 통해 제 기량을 맘껏 펼쳤다. 모두 작은 일부터 남다른 열정을 쏟음으로써 잠재적 능력을 드러냈다.

아이들을 가르치면서 무시로 희망을 이야기한다. 그런데 아이들의 생각이 허황된 데 많이 치우쳤다. 아직 제 능력을 추슬러 보지도 않았는데 판사, 변호사, 의사, 교수가 되고 싶고, 연예인이나 운동선수가 되고 싶다. 사회가 발전하고 분화할수록 직업의 종류가 다양해지는데, 아이는 부모의 바람대로 그저 편안하고, 화려하며, 돈 많이 버는 일에만 집착한다.

직업에 귀천이 없다고 가르쳐 본들 소용없다.

이미 아이는 자신의 잠재능력을 따져 보지도 않은 채 부모가 원하는 직업을 따라 읊는다. 많은 부모는 자신의 현재 삶에 만족하지 못한다. 그런 탓에 자기가 이루지 못한 꿈을 아이에게 대물려 인정받고 싶은 보상심리를 앞세운다.

아이에게 이것 하라, 저것 하라고 무조건 권하는 건 사랑이 아니다. 아이의 삶은 아이 스스로 온전하게 경영해야 한다.

아이가 천재성을 보여도 화들짝 놀랄 일이 아니다. 무엇보다 시간을 두고 충분히 기다려야 한다. 우리 집 큰아이는 중학교 들어서 제 스스로 역사학자가 되겠다는 결심을 보였다. 아이의 선택을 기꺼이 존중했다. 그런 까닭에 시중 서점의 역사책을 거의 섭렵할 만큼 독서량을 쌓았다.

누구나 자기가 하고픈 일을 할 때 삶에 대한 열정은 배가된다. 특히 중국 고전에 관심이 커 『삼국지』를 백 번 이상 읽어 각 장면을 죄다 외고, 『사기열전』과 『지전』을 열독했다. 자기 일에 매달려 최선을 다한 결과, 사범대학에서 역사윤리교육을 전공했다.

자기 잠재능력을 밝혀내는 데 걸림돌은 바로 타성에 젖는 습관이다. 남이 하는 대로 따라 하는 사람, 허세만 부리며 아무 때나 장소 가리지 않고 목소리를 높이는 사람, 진지하게 남의 의견을 경청하지 않는 사람한테서는 우러러 배울 게 없다.

독단적인 사고와 비열한 방법으로 일을 추진해서는 안 된다. 의사소통이 원활하게 이루어져야 하고, 남을 생각할 줄 아는 마음을 가져야 한다. 게다가 남의 장점을 솔직하게 인정할 줄 아는 마음을 가진 사람이면 자신의 숨은 능력이 저절로 밝혀진다.

솔직 명료한 성실에는 잔꾀가 필요 없다.

스스로 해낸다는 도전의식을 가져라

_세상일은 작은 꿈 하나로 시작된다

"장애를 가졌다고 낙심할 까닭은 없습니다. 꿈을 위해 노력하면 언젠가 이루어지기 때문입니다. 같은 꿈을 가졌다면 모두 같은 사람일 뿐입니다. 진짜 장애는 팔, 다리를 잃는 게 아니라 도전을 하지 않고 불평만 늘어놓는 처사입니다. 최선을 다해 꿈을 향해 나아가고, 어떤 상황에도 포기하지 않아야 합니다!"

올림픽 사상 첫 여성 장애인 수영선수였던 나탈리 뒤 투아Natalie Du Toit의 인터뷰 내용이다. 그녀는 남아프리카공화국 수영선수로 활약하였으나, 2001년 교통사고로 왼쪽 무릎 아래를 절단하고 넓적다리에 티타늄을 삽입하는 장애를 가졌다. 그러나 그녀는, 그나마 '수영을 할 만큼 다리가 남아서 다행'이라며 다시 수영을 시작한다.

그녀의 도전은 처절한 몸부림이었다. 마침내 그녀는 당당하게 장애를 이겨 내고, 여자수영마라톤 10km에 도전하여 올림픽 출전권을 획득했다. 그리고 지난 베이징올림픽에서 여자수영마라톤 10km 경기에서 2시간 49초 9를 기록하였다. 비록 메달은 따지 못했지만, 자신의 최고 기록을 경신하여 많은 사람들에게 깊은 감동을 안겨 주었다.

뒤 투아의 도전은 아름답다.

그래서 많은 걸 생각하게 한다. 그녀는 '진짜 장애는 조금 어렵다고 자신이 해야 할 일을 피하거나, 환경과 여건을 탓하며 쉽게 포기하고, 절망하는 삶의 태도'라며 불굴의 도전의지를 보여 주었다.

요즘은 누구나 어렵고 힘들다. 그래서 하찮은 일 하나도 쉽게 포기하거나 좌절한다. 몸은 멀쩡해도 마음에 깊은 장애를 가졌다. 세상일들 크고 화려한 게 더 빛나겠지만, 세상일은 정말 작은 꿈 하나로 시작된다.

뭇 동물들은 태어난 지 불과 수분 만에 제 힘으로 걷는다. 오랜 야생의 습성이다. 약육강식의 논리가 지배하는 자연 상태에서는 그렇게 하지 않으면 살아남지 못한다. 그렇기에 가젤은 호랑이나 사자보다 더 빨리 뛴다.

그러나 사람은 이와 다르다.

갓 태어나서 제 스스로 하는 일이라곤 본능적으로 젖을 빨거나 울어 젖히는 일밖에는 도무지 하는 게 없다. 그래서 오랜 수유 기간이 필요하고, 그동안 제 삶의 바탕을 만들어 간다. 누구나 처음부터 온전한 사람은 없다.

자동차가 생활필수품이 된 지금, 주변에 뜻하지 않게 신체장애를 입은 사람들이 많다. 장애 이후 그들은 뒤 투아의 말처럼 도전하기보다 절망을 먼저 한다. 애써 살아야겠다는 삶의 의지를 갖기보다는 '어떻게 나한테 이런 삶의 고통이 지워질까' 하는 좌절감을 키운다.

그렇지만 이 좋은 세상에 한탄만 하고 살 수는 없다. 습관이 바뀌고 행동이 바뀌면 마음이 새롭게 변한다.

행동이 바뀌면 마침내 운명까지도 달라진다.

조진규 미용사_
머리를 깎는 그의 손놀림은 세세하고 민활했다.
다 마무리 지은 듯한데도 손님에게 거울을 쥐어 주면서
앞뒤좌우 모습을 다듬어 준다.

　세상은 혼자 사는 게 아니다. 사람에게는 운명적으로 '함께 가야 할
사람'이 많다. 그래서 그와 좋은 관계를 원한다. 하지만 좋은 관계란 원
하기만 하면 무조건 얻어지는 게 아니다. 실행에 옮겨야 한다. 매일 한
번씩 좋은 말을 하고, 따뜻한 소식을 전하는 조그만 일이 멋진 관계를
맺기 위한 첫걸음이다. 그게 실천하고 도전하는 삶의 바탕이 된다.

　불평과 불만은 누구나 쉽게 한다. 그렇지만 칭찬과 격려는 아무나 못
한다. 왜냐면 칭찬과 격려의 밑바탕에는 좋은 말과 좋은 생각이 뒤따라
야 하기 때문이다. 견식이 깊은 사람은 남을 쉽게 비난하지 않는다. 그
렇듯이 자신이 처한 운명을 달게 받아들이는 사람은 반드시 좋은 울림
으로 거듭난다.

　바람 앞의 촛불만큼이나 위태로운 현실을 생각하면 마음이 착잡해
진다, 산적한 현안을 한꺼번에 해결하는 비책이 보이지 않는다. 다만 일

들을 해야 하는 과정이 어떠해야 하는지를 알 뿐이다. 그러나 누구도 혼자서는 그 일을 하지 못한다. 나를 위해 주고, 나를 대신하여 아파해 주는 사람이 함께여야 가능한 일이다.

자신이 처한 운명을 달게 받아들이는 사람은 자기 일을 꼼꼼하게 처리한다.

뒤 투아의 경우도 처음 시작은 미미했다. 그러나 스스로 해낸다는 도전의식으로 하나에 몰입한 결과, 실로 놀라운 결과를 이루어 냈다. 아무리 어렵더라도 새로운 의지로 다시 선다면 반드시 그 꿈을 이루어 낸다.

신은 왜 하찮은 잡초를 만들었을까
_잡초도 잡초다운 존재 의미를 가졌다

한평생 시계를 만든 사람이 아들의 성인식 날 손수 만든 시계를 선물했다. 그 시계는 특이하게도 시침은 동(銅)으로, 분침은 은(銀)으로, 초침은 금(金)으로 만들었다. 아들이 물었다.

"아버지, 시침이 가장 크니까 금으로 장식하고, 가장 가는 초침은 동으로 만들어야 하지 않나요?"

"아니다. 초침이야말로 금으로 만들어야 한다. 초를 잃으면 금을 잃는다."

그러고는 아들 손목에 시계를 채워 주며 이런 말을 덧붙였다.

"초를 아끼지 않는 사람이 어떻게 시간과 분을 아끼겠니? 세상의 흐름은 초에 의해 결정된다. 명심하고, 성인이 되는 만큼 너의 초에 책임지는 사람이 되려무나."

인생은 기나긴 여정이다. 그 여정에서 승패는 짧은 순간에 결정되며, 그 순간이 인생을 빠듯하게도 하고, 느긋하게도 만든다. 비록 분과 초가 시간에 비하여 짧더라도 그 순간순간의 소중한 의미가 모여 전체의 시간이 엮어진다.

하루나 한 달을 소홀히 여기는 사람은 일 초 단위의 시간을 대수롭지 않게 여긴다. 초는 자신의 긴 인생에서 집을 짓는 벽돌과 같다. 담벼락의 벽돌이 하나씩 빠져나간다면 결국에는 어떻게 될까? 아무리 든든하게 지은 집도 허물어진다. 짧은 시간이라도 소중하게 사용해야 한다. 성실하게 사는 사람은 결코 무너짐이 없는 튼튼한 자신의 집을 짓는다.

최선을 다하는 삶은 비단 인간만이 아니다.

작은 뿌리들의 끊임없는 노력으로 아름드리나무로 자란다. 잔뿌리야말로 실제 나무에서 가장 중요한 역할을 한다. 잔뿌리가 나무를 키워나간다. 그렇듯이 함부로 낭비하는 그런 작은 시간들로 우리는 조금씩 성장한다.

신은 왜 하찮은 잡초를 만들었을까?

잡초는 이름 없는 풀 한 포기에 지나지 않지만 버젓이 뿌리를 내린다. 비가 많이 내릴 때는 흙이 흘러내리지 않도록 땅을 에워싸고, 건조한 날에는 먼지나 바람에 의한 피해를 막아 준다. 진흙땅에 튼튼한 뿌리를 뻗어 강둑을 이루기도 한다. 이렇듯 하찮은 잡초는 묵묵히 제 할 일을 다 한다.

세상에 쓸모없는 물상은 없다.

꽃은 꽃다운 옷을 입었고, 잡초도 잡초다운 존재 의미를 가졌다. 잡초가 하찮다는 생각은 인간의 거만함 때문이다. 풀꽃은 한데 얼려 살면서 서로에게 최선을 다한다. 우리 사는 세상도 그런 잡초 같은 사람들이 만든다. 그래서 언제나 밝은 빛을 잃지 않는다.

진정한 친구 셋만 두어도 행복한 인생이다
_친구는 일생을 두고 나의 삶에 가장 영향을 주는 사람이다

동갑내기와 만나면 으레 철부지 적 추억을 훑는다. 그때면 누구나 목소리가 높아진다. 나이 들수록 수구초심 하듯 마음을 벌써 고향 언저리로 달려간다. 덩달아 얼마나 크게 떠들었던지 옆자리 손님들로부터 몇 번이나 눈 흘김을 받았다. 그만큼 친구를 만나는 날은 아직도 마음이 달뜬다. 배꼽 친구는 지연으로 만났어도 평생을 두고 참 좋은 친구다.

"친구를 만들지 않고 사는 부자는 벼랑 끝에서 잠자는 나그네와 같다."

신은 하나로 충분하지만 친구는 하나로 충분치 않다. 오랜 친구보다 좋은 거울은 없다. 그래서 친구가 없는 사람은 혼이 없는 사람과 같다.

친구는 일생을 두고 나의 삶에 가장 큰 영향을 주는 사람이다.

좋은 북돋움을 나누는 친구로 만나지만, 때로 서로 얼굴을 붉히기도 한다. 친구는 좋은 일 궂은일 가리지 않는다. 진정한 친구라면 바늘구

아이들의 해맑은 웃음_
세상 가장 아름답다는 일 다 모아도
아이들 웃음만큼 예쁜 게 또 없다.

멍이라도 두 사람이 빠져나가지만, 원수가 되어 버린 친구에게는 세상
도 너무 좁다. 그렇다고 친구를 가려 사귀어서는 안 된다. 똑똑한 적은
사람을 현명하게 만드나, 어리석은 친구는 사람을 오만하게 만든다.

친구가 좋고 나쁜지는 식탁이 아니라 감옥 안에서 결정된다고 한다.
담는 그릇이 나쁘면 포도주가 냄새가 난다. 친구와 책은 좋은 걸로 조
금만 가져야 한다. 물이 들어가면 우유가 상하듯이 귀찮게 굴면 친구는
나에게서 멀어진다. 항상 부유하게 사는 사람은 누가 자기 친구인지 잘
알지 못한다.

친구는 일 년이 걸려도 생기지 않지만, 친구를 잃는 데는 한 시간
도 안 걸린다. 그러니 아는 사람은 많을지라도 친구는 조금만 두어야
한다.

세상에는 세 가지 친구가 함께한다.

먼저, 음식과 같은 친구다. 매일 곁에 없어서는 안 될 친구다. 또 약과 같은 친구다. 그런 친구는 이따금 만나도 된다. 그렇지만 병(病)과 같은 친구는 피하지 않으면 안 된다. 가장 참다운 친구는 내가 어려울 때 도와주는 친구다.

친구는 단지 물질적인 도움 자체를 따지지 않는다.

마음으로 따뜻하게 감싸 주는 배려만으로도 좋은 친구다. 그래서 그런지 누구나 학창 시절에 만난 친구들을 좋아한다. 서로가 순수할 때 만났고, 세속적인 이해관계가 개입되지 않았기 때문이다.

아무리 좋은 친구라 해도 이해관계로 만난 친구는 일단 그 이해가 끝나면 멀어지게 된다. 권세와 야합하여 서로 낯붉히면 끝 간 데가 빤하다. 그렇지만 순수한 열정으로 만난 친구는 언제 만나도 반갑고, 우정이 오래 지속된다.

좋은 친구를 사귀려면 먼저 내가 그의 좋은 친구가 되어야 한다. 물론 그것은 쉬운 일이 아니다. 친구를 사귀는 일은 마치 꽃을 기르듯이 정성을 들여야 한다. 친구에 대한 취향은 사람마다 다 다름을 인정해야 한다. 그래야 그 친구는 나의 거울이 된다.

『법구경』에서 말하는 친구는, "나보다 나을 게 없고 내게 알맞은 길벗이 없거든 차라리 혼자 가서 착하기를 지켜라. 어리석은 자의 길동무가 되지 말라"라고 일깨운다. 또한 『논어』 계씨편에 나오는 공자의 말씀은, "벗에는 유익한 세 벗이 있고, 해가 되는 세 벗이 있다. 정직한 사람, 신의가 있는 사람, 견문이 많은 사람이 유익하다. 겉치레만 하는 허식적인 사람, 아첨 잘하는 사람, 말을 잘 둘러대는 사람은 해가 된다"라고 했다. 이는 친구에 대한 만고불변의 진리다.

사람은 혼자 살 수 없다.

긴 인생에 좋은 친구를 만나서 의좋게 지낸다면 그 무엇에 비견할 수 없는 행복이다. 그런 친구를 사귄다면 친구 따라 지옥을 간다고 해도 주저할 까닭이 없다.

왼손잡이에 대한 부정적 편견

_소수에 대한 작은 배려가 성숙한 사회를 만드는 힘이다

난 지독한 왼손잡이다.

그 때문에 어렸을 때 만만찮은 홀대를 받았다. 농촌에 태어났으니 틈나는 대로 일손을 거들어야 했다. 일 바쁠 농사철이면 부지깽이도 나서야 할 판인데, 낫질과 도리깨질이 안 되니 있으나 마나 한 존재였다.

오죽했으면 덩치가 컸어도 새참 심부름만 시켰을까? 그야말로 내 유년은 아무 일도 못하는 병신, 밥벌레였다.

지금도 마찬가지다. 왼손잡이는 생활 전반에 걸쳐 갖은 편견과 부정적 인식을 감수해야만 한다. 농기구 사용뿐만 아니라 공공시설이나 운동기구, 수도꼭지나 화장실의 경우만 보아도 왼손잡이에 대한 이해나 배려가 턱없이 부족하다.

세상은 우선 다수의 편을 든다. 난 하루에도 몇 번씩 공책 정리를 하다 말고 삐져나온 왼손잡이 아이들의 자세를 바로잡는다. 우리 반에는 나 말고도 왼손잡이가 셋이다.

대부분의 사람은 평생에 한 번도 진지하게 생각해 보지 않을 사소한 일을 왼손잡이는 매일같이 되풀이한다. 운전하기 위해 자동차 시동을 걸거나 기어를 바꿀 때, 컴퓨터 마우스를 움직일 때, 야구를 하거나 기

타를 칠 때, 볼링을 할 때, 계란 프라이를 뒤집을 때, 가위로 종이나 옷감을 자를 때, 코르크 마개를 딸 때, 대학 강의실에서 ㄱ자 책상에 앉을 때면 왼손잡이는 매번 불편하다.

또한 왼손잡이는 지하철 개찰구, 화장실, 수도꼭지, 출입문 손잡이, 사진기, 캠코더, 컴퓨터 키보드, 디저트 스푼, 피처 컵, 시계, 줄자, 망치, 낫, 호미, 연필깎이, 자, 골프채, 낚시 릴, 볼링 아대, 야구 글러브, 헬멧, 부메랑, 기타, 피아노, 가위, 칼, 손목시계, 벽시계, 계량컵, 깡통따개 등 각종의 기계공구류, 사무용품, 스포츠용품, 의류, 액세서리, 가위, 주방용품에 이르기까지 적나라하게 당혹스러울 때가 많다. 그래서 그런지 나는 낚시나 골프는 아예 담을 쌓고 산다.

일반적으로 오른손잡이의 시각에서 왼손잡이들을 보면 어떤 생각이 들까?

대개 '시원찮다거나' '어색하다'고 동정하려 들거나, 나아가 '답답하다'거나 '불길하다', 심지어 '보기 싫다', '재수 없다'며 회피하려 든다. 이런 부정적 통념과 굴레는 과학적으로 전혀 검증되지 않을뿐더러 그릇된 사회적 편견일 따름이다.

그렇지만 이렇게 허튼 사회적 편견 때문에 왼손잡이나 그 부모는 그냥 넘기기 어려운 고통을 감내해야 한다.

전 세계적으로 열 사람 중 한 사람은 왼손잡이라고 한다.

많은 연구자들이 과거 50세기 동안 왼손잡이와 오른손잡이 비율이 거의 변하지 않고 일관되게 유지되어 왔다는 데 동의한다. 다만 각 나라마다 왼손잡이에 대한 억압 정도에 따라 그 비율이 다르게 나타날 뿐이다.

왼손잡이와 오른손잡이는 결코 우열의 대상으로 볼 수 없다. 그것은 단지 개인차의 개념으로 이해되어야 한다. 지금까지 왼손잡이는 이러한 사회적 통념으로 무시되거나 방치되어 잠재적 가능성을 빼앗겼다.

뿐만 아니라 일부 몰지각한 사람들은 왼손잡이를 오른손잡이로 고쳐야겠다는 우격다짐으로 핍박하며 뇌의 구조를 아예 뜯어고치겠다는 위험한 발상마저 서슴지 않는다.

왼손잡이 현상은 단지 그 수가 오른손잡이에 비해 적을 뿐이지 그 자체가 기이하다거나 장애라는 특이한 현상이 아니다. 왼손잡이는 오른손잡이와 다른 독특한 사고와 특성을 지녔으며, 오히려 오른손잡이보다 창의력이 뛰어나다.

때문에 오른손잡이로 고치도록 무언의 사회적 압력이나 강제, 강요하지 않아야 할뿐더러 오히려 자유롭게 사용하도록 왼손을 살려 줘야 한다. 왼손잡이에 대한 사회적 편견과 굴레, 터무니없는 사회의 부정적 인식이나 편견을 바로잡아야 한다.

더불어 왼손잡이들이 자유롭게 생활하도록 사회적 배려가 뒤따라야 한다. 즉, 손잡이와 날의 방향이 바뀐 가위, 왼손으로 돌리는 코르크 따개, 왼손으로 들고 눈금을 보는 계량컵 등 왼손잡이 용품 개발과 칼이나 가위, 캠코더, 야구장갑, 골프클럽, 게임기, 키보드, 마우스, 시계 등 왼손잡이를 위한 전문 쇼핑몰과 일반 가게에서도 일정 비율 판매에 관심을 가져야 한다.

이를 위해서는 왼손잡이에 대한 바른 이해와 인식 전환이 필요하며, 국가·사회적인 공감대가 형성되어야 한다.

특히 유치원 초·중등학교 교사와 학부모들의 실제 체험하는 '왼손잡이 이해 교육'이 필요하다. 또한 왼손잡이와 오른손잡이가 공용으로 사용하는 각종 공공시설과 왼손잡이 용품을 개발하여 공급하는 정부나

민간 차원의 시스템이 절실하다.

예나 지금이나 왼손잡이에 대한 부정적 인식이나 편견은 별로 변한 게 없다. 오히려 왼손잡이에 대한 바른 이해나 기초적인 지식을 가진 사람을 찾아보기 힘든 현실이다. 무엇보다도 일상생활이나 학교생활을 통해서 왼손을 살려 잠재능력을 발휘하는 여건을 마련하고, 왼손잡이에 대한 편견이나 부정적 인식은 분명 바로잡아야 한다.

소수에 대한 작은 배려가 성숙한 사회를 만드는 힘이다. 왼손잡이에 대한 이해나 배려도 마찬가지다. 왼손잡이에 대한 미신과 편견들은 오늘날까지도 사람들의 무의식 속에 내재되어 쉽게 뿌리 뽑히지 않지만, 왼손잡이는 하나의 자연스러운 행위일 뿐 신기해하거나 낮추어 보아야 할 대상이 아니다.

사람마다 제각기 특성이 다르듯이 왼손과 오른손에 주어진 오랜 부정적 인식을 떨치고 왼손잡이 문화도 또 하나의 보편화된 현상으로 왼손잡이를 존중하는 문화로 자리 잡았으면 좋겠다.

좀 더디 가더라도
충분히 기다려 주어야 한다

_부모는 아이에게 먼 장래를 내다보는 눈을 키워 주어야 한다

요즘 아이들 참을성이 없다.

아이들 하는 행동을 지켜보면 그러한 생각이 들 때가 많다. 공부뿐만 아니라 노는 데도 진득하지 못하다. 끈기 부족은 책 읽는 데도 마찬가지다.

애써 책 읽기를 주문하지만 얄팍한 책 하나도 끝까지 읽지 못한다. 하는 일마다 쉽게 싫증을 낸다. 이것저것 다가들었다가도 어정쩡하다 쉬 물러선다.

더러 인내심을 길러 보겠다고 수련회나 캠프 활동에 참여하지만, 그곳에서 불과 며칠 만에 녹진한 심성이 길러지지 않는다. 의례적으로 이루어지는 과정들이 아이들을 힘들게 할 뿐이다. 아이는 먼저 이해하고 인정하며 다가서야 한다. 많이 챙겨 준다고 해서 아이의 마음이 열리지 않는다. 아이의 눈높이에 맞춰야 한다.

우리 반 아이는 스물네 명이다.

몸놀림이 활달해서 교실에 매였다기보다 공차고 뛰놀기를 더 좋아한다. 온통 살아서 펄펄 나는 아이들이다. 그런 아이들에게 공부 타령만 하고, 앉아서 책을 읽으라고 다그치면 고통이다. 학교에서도 답답하지

만 집에 가면 해야 할 일이 더 많다. 학원 과외 학습지로 붙잡히는 시간이 너무 많다. 어른의 관점만 고집한 결과다.

아이들의 고민을 들어 보면 충분히 이해가 된다.

부모로부터 간섭을 덜 받았으면 하는 게 대부분이다. 텔레비전도 실컷 보고, 인터넷을 맘껏 해 보고, 오락도 양껏 했으면 하는 마음이 간절하다. 그런데 부모는 무조건 공부하라고만, 학원 가라고만 닦달한단다.

다 그런 건 아니지만, 요즘 부모는 학교 공부로만 만족하지 못하고, 학원 과외로 벌충해야만 아이가 공부를 한다고 생각하는 듯하다. 학교 교육의 불신이 커 내 반의 경우 거의 대부분이 학원 공부를 필수(?)적으로 한다.

세상일 길게 보아야 한다.

학부모 수업 공개의 날_
필자는 해마다 학부모 수업 공개의 날 '특설 단원 수업'으로
아이들과 어머니의 대화의 시간을 마련한다.

아이를 키우는 일은 더욱 그러하다. 불나비처럼 단순하게 한 계절만 미적대다가 사라질 삶이 아닌 다음에야 아이들에게 먼 장래를 내다보는 눈을 키워 주어야 한다. 그게 부모로서 바람직한 도리다.

당장에 좀 더 나은 점수 받았다고 해서 아이의 삶이 장밋빛으로 아름다워지지 않는다. 진정으로 아이를 사랑한다면 제 하고픈 일을 하는 삶 속으로 내달아 가도록 담담하게 지켜봐야 한다.

아이와 마주 앉아 자주 대화하고, 경청하며, 공감하는 가운데 생각을 함께 해야 한다. 아무리 바쁘더라도 아이의 마음을 먼저 헤아려 주는 게 먼저다. 답답한 아이의 마음을 시원하게 열어 주는 배려도 중요하다.

오직 공부만이 아이를 좋게 키우는 게 아니다.

인터넷 중독은 나부터 먼저 바로잡아야 한다

_사이버 중독의 예후는 관심을 가지는 만큼 빠르다

일반적으로 인터넷 중독은 의사소통 장애로, 비현실적 의사소통 방법에 의존한 결과이다. 그렇기에 중독 현상을 보이는 아이는 컴퓨터 앞에만 앉으면 겨를 없이 자판 두드리는 데 바쁘다. 말이 필요 없다. 다른 친구에게 관심을 두지 않는다. 오직 컴퓨터 화면에서 눈을 떼지 못하고 인터넷 접속 자체에만 강박적인 집착을 갖는다.

또한 이들은 인터넷 접속 상태에서 자기 의지로 벗어나지 못한다, 종료 후에도 인터넷상에서 일어나는 일을 궁금해하고 내내 불안한 증상을 보인다.

통계에 따르면, 정보 검색이나 채팅, 게임 등을 위해 인터넷을 이용하는 우리나라 10~30대 3명 중 1명꼴로, 중·고등학생의 40%가량이 인터넷에 중독됐다는 보고다.

조사 결과, 개인이 느끼는 소외 수준이 높을수록, 인터넷 이용 시간이 많을수록, 인터넷 접속을 게임과 채팅, 메일 등 비현실적 의사소통 방법만을 고집할수록 인터넷 중독의 정도가 심했다. 학업 성적이 낮은 경우도 마찬가지였다.

인터넷 중독의 양태는 여러 가지로 나타난다.

인터넷 채팅이나 게임 중독에 빠지면 사람 만나기를 꺼려 하거나, 불안하고, 조급해하는 일이 겹쳐진다. 대인관계 회피나 강박관념의 여러 증상이 심화되기 때문이다.

뿐만 아니라 대부분의 평범한 인간관계에서 얻지 못하는 관심과 흥미를 채팅이나 게임 등을 통해서만 해결하려고 몰입하는 까닭에, 심한 경우에는 환각 등의 정신병 증세를 나타낸다.

그 폐해는 마약이나 음주와 비견된다. 특히 인터넷에 대한 의존성이 높을수록 개개인이 느끼는 무력감이나 규범 상실감의 정도가 크고, 고립감과 소외 수준 또한 높아 폐쇄적인 성향을 보인다.

인터넷 중독은 사회 병리 현상으로, 청소년의 정신을 파괴할 뿐만 아니라, 가정과 사회의 불행을 초래한다. 현재 우리나라 청소년 중 10.6%가 심각한 게임 중독이다.

물론 성숙한 게임 문화가 제대로 자리 잡지 못한 탓도 게임 중독을 심화시키는 이유다. 게임 중독이 무서운 까닭은 중독되면 습관성 마약의 경우처럼 치료하기가 쉽지 않고 덧날 가능성이 높기 때문이다.

인터넷 중독의 병폐가 이러한데도 왜 청소년들이 게임에 몰입하는 걸까?

지난 98년에 등장한 '리니지' 온라인 게임의 경우 기존의 게임과는 달리 청소년을 매료시킬 만한 충분한 관심거리다. 이후 온라인 게임은 끝없이 진화했다.

미성숙한 청소년은 자신의 행위에 대한 옳고 그름을 따져 생각하는 판단력이 부족하기에 쉽게 게임에 빠진다. 성인이 게임에 심취하는 이유와 똑같은 맥락이다.

우선 새롭게 진화한 온라인 게임은 시간을 두고 투자한 만큼 게임 속의 캐릭터가 성장한다. 그러니까 게임을 오랫동안 할수록 여러 아이템을 확보하며, 자신이 소망하는 캐릭터의 힘도 강해진다. 때문에 실제 게임에서 상대방을 제압하려면 자연 오랜 시간을 투자할 수밖에 없다. 스스로를 통제할 능력을 갖추지 못한 청소년이 이렇게 집착하는 건 당연하다.

이런 게임의 속성을 모르는 어른이 '무조건 게임을 하지 말라'고 닦달하며 강요하는 데서 빚어지는 대화의 단절이 더 큰 문제다.

이미 기성세대도 1920년대 라디오에, 1970~1980년대 텔레비전에 중독됐고, 90년대 말부터 인터넷 전염을 겪었다. 앞으로 전이될 새로운 '중독'을 쉽게 예견할 수 없다. 최근의 스마트폰 중독도 이런 문화 변용 현상의 하나로 보아야 한다.

청소년의 게임 중독을 치유하려면 어떻게 하나?

무엇보다도 기성세대가 청소년을 매료하는 여러 게임의 속성을 제대로 알고, 게임의 폐해만을 따져 생각하는 고정관념을 바꾸는 게 우선이다. 그보다 청소년 스스로가 게임을 적절하게 통제하도록 그 방법을 가르쳐 주어야 한다. 게임 중독 기간이 짧으면 그만큼 빨리 치료된다.

다음으로 아이와 충분한 의사소통 채널을 가져야 한다. 의사소통 결과 합의점이 도출되면 폐쇄된 공간에의 인터넷 사용 시간을 줄이고, 현실적 공간에서 가능한 한 신체적 활동 시간을 늘려야 한다.

취미 활동과 연극, 영화, 콘서트와 같은 문화생활도 마찬가지다. 아이가 컴퓨터로부터 대안 활동을 하는 공간을 마련해 주는 게 최선의 처방이다.

한때 아편이 중국인의 정신을 피폐시켰다. 그렇듯이 이제 인터넷이 우리 사회의 정신과 윤리를 파괴시킨다. 바쁜 일상이지만 가족 간의 대화 시간을 늘리는 노력이 필요하다.

단지 인터넷 중독을 바로잡겠다는 명목으로 행해지는 꾸중과 질책이 더 이상 문제 해결에 도움이 되지 않는다. 컴퓨터 중독증은 나부터 바로잡아야 한다.

인터넷 중독을 보이는 아이에 대해서 무조건적 강압적 제지보다는 대화를 통해서 인터넷 사용에 대한 통일된 견해와 입장을 공유해야 하며, 스스로 문제 사태를 인식하도록 도와주고, 배려하는 건전한 인터넷 문화를 만들어 가야 한다.

정부와 학교, 학부모와 게임 업체가 상호 협력하여 게임 중독을 치유하려는 시스템 구축도 시급한 과제다.

지금 이 시간에도 아이들은 쓰레기 메일spam mail이 범람하는 가운데 각종 음란물이나 폭력 게임, 욕설과 바이러스에 무차별적으로 노출되었다. 때문에 혼자만의 밀폐된 공간에서 사이버 중독에 감염된 인터넷 환자들이 부쩍 늘었다.

더 이상 강 건너 불 보듯 아이들을 방치해서는 안 된다. 사이버 중독의 예후는 관심을 가지는 만큼 빠르다.

세상을 보는 참한 눈
_세상은 어떤 눈으로 보느냐에 따라 달라진다

영국의 어느 일간지가 '누가 이 세상에서 가장 행복할까?'라는 현상 모집을 했다. 거기에서 1위로 당선된 얘기는 놀랍게도 '모래성을 쌓는 어린아이'였다. 다음으로 '아기를 목욕시키는 엄마'였고, 3위가 '큰 수술을 가까스로 성공하고 막 수술실을 나서는 의사', 4위가 '작품의 완성을 앞두고 콧노래를 흥얼대는 예술가'였다.

어린이가 모래성을 쌓는 일은 어른의 시각에서 볼 때 하찮은 짓에 지나지 않는다. 어떠한 모래성도 불과 한두 시간 지나면 파도가 씻어가 버린다. 그러나 아이들한테는 이보다 더 즐거운 일이 없다. 그들은 무엇과도 바꿀 수 없는 꿈을 쌓기 때문이다.

또한 어머니가 아기를 목욕시키는 일이나, 의사가 환자의 생명을 구하는 일, 예술가가 자기 정열을 쏟는 일도 마찬가지다. 마음을 담뿍 쏟아내는 일은 그냥 즐겁다. 그래서 그들은 그 하나만으로 행복하다.

많은 사람들이 저마다 행복에 대해서 이야기한다. 그렇지만 아직 '이것이다' 딱 잘라서 매듭짓지 못한다. 인간의 내적 욕망의 소산인 행복은 사람에 따라 다르다. 그것은 단지 '행복지수'로 그 가치를 가시화할 뿐이다.

행복은 누구에게나 다 골고루 주어지지 않았다. 원한다고 해서 누구에게나 다 찾아오는 피앙세도 아니다. 우연히 만나지만, 부단한 노력에 의해서 찾아오고, 반면 붙잡아도 하루아침에 잃어버린다.

행복은 원래 몸이 약해 힘이 없었고 불행은 몸이 튼튼해서 힘이 세었다. 그래서 불행은 자기 힘만 믿고 행복을 만나기만 하면 못살게 굴었다. 행복은 불행의 등쌀에 못 이겨 피해 다니다가 마침내 하늘로 다시 올라갔다. 그리고는 주신 제우스와 상의를 했다.

제우스는 행복으로부터 자초지종을 듣고 이렇게 결론을 내렸다.

"네가 여기에만 머물겠다면 당장은 불행을 피해서 좋겠지만, 너를 애타게 기다리는 인간들도 생각해야 할 게 아니냐. 그러니까 이렇게 하려무나. 여기서 머물다가 꼭 필요한 사람이 생기거든 바로 내려가도록 해라. 그러면 불행한테 붙들릴 염려도 없을 테고 꼭 만나야 할 사람도 곧바로 찾아갈 테니 좋지 않으냐?"

"네, 알겠습니다."

이렇게 되어 인간은 좀처럼 행복을 만나기가 힘들고 불행만 자주 만나게 되었다.

사람 사는 일, 커다란 존재에만 의미 부여를 할 까닭이 없다. 조그만 물상 하나에도 만족하며 참 좋은 사랑을 우려낸다면 그것으로 족하다. 좋은 사람을 만나면 행복하듯 사랑은 모두를 가능케 한다.

내가 웃으면 세상이 웃는다. 세상은 우리가 보는 대로 보인다. 해변에 사는 사람에게 바다가 보이지 않는다. 그러나 어느 날 저녁, 문득 바라다본 수평선에 저녁달이 뜨는 순간, 아, 그때서야 그는 아름다운 바다의 신비에 취하게 된다.

세상은 내가 느끼는 대로 보이고, 또 보이는 물상만 존재한다. 그러나 우리는 너무나 많은 대상을 그냥 지나친다. 느끼지 못하고 보지 못한다. 하늘이, 별이, 저녁놀이, 날이면 날마다 저렇게도 찬란하게 열렸는데도 우리는 그냥 지나쳐 버린다.

우리는 너무 슬픈 일만 보고, 너무 언짢은 대상만 생각하고 산다. 속이 상하다 못해 좌절하고 자포자기까지 한다. 희망도 없는 그저 캄캄한 날들만 지켜본다. 하지만 세상이 원래 어렵지 않다. 어렵게 보기 때문에 어렵다. 그렇다고 물론 쉬운 일도 아니다.

세상은 우리가 어떤 눈으로 보느냐에 따라 달라진다. 반 컵의 물은 반이 빈 듯 보이고, 반이 찬 듯 보이기도 한다. 비었다고 불평하든지, 찼다고 만족하든지, 그건 자기 의지다.

세상은 내가 보는 대상만 존재하고, 또 보는 대로다. 내가 보고 싶은 대로 존재하는 세상이 그래서 좋다. 비바람 치는 캄캄한 날에도 저 시커먼 먹장구름을 꿰뚫어 보는 눈을 가졌다면, 그 위에는 찬란한 태양이 빛나는 평화스러운 나라가 보인다. 세상은 보는 대로다. 어떻게 보느냐, 그것은 자신의 책임이다.

두루 너른 눈을 가진 사람이 많아졌으면 좋겠다.

세대가 다른 사람들과
친밀하게 접촉하게 하라
_느낌이 좋은 사람을 만나면 스스로 행복해진다

요즘 이웃끼리 인정으로 부대끼는 일이 뜸해졌다.

대부분 아파트와 같은 다세대 주택에 사는 까닭에 문 닫으면 남이 되는 세상이다. 대문 밖을 나서면 무시로 사람을 만났던 골목이 사라졌다. 활기로 넘쳤던 길거리마저 잡풀이 진을 친다.

자가용이 걷는 사람을 그냥 두지 못한다. 사람이 주인 되지 못하는 세상, 인간 존재의 의미가 빛바랬다.

그러나 뭐니 해도 사람 사는 세상을 망치는 건 컴퓨터 탓이 크다. 첨단 컴퓨터 정보통신의 발달로 '평범한 능력을 가진 인간'은 점점 필요 없는 존재로 내몰렸다. 회사 작업장에는 로봇들이 일급 기술자가 되어 다품종 소량생산 체제를 만들어 낸다.

단지 편리한 생활을 위해서 만든 기계들로 인해 되레 인간이 일자리를 빼앗기게 되었다.

불과 얼마 전까지만 해도 건물 하나를 짓는 데 몇십, 몇백의 사람이 필요했다. 그러나 지금은 그렇게 많은 사람은 필요치 않다. 달랑 컴퓨터 한 대면 거뜬하게 해낸다. 다른 일도 마찬가지다.

인간의 가치를 물질적 수치로 평가해서는 안 되겠지만, 지금과 같이 능력만을 최고로 대접하는 세상이 계속된다면 머잖아 지구상에는 극소수의 천재만 필요하게 되고, 대부분의 인간은 점점 설 자리를 잃는다. 알파고 이야기가 더 이상 남의 일이 아니다.

인간이 얼마나 허약한 존재인지를 알게 되면 뜨악해진다. 인간은 모기의 침 한 방으로도 죽고, 멧돼지나 황소에 힘을 비할 바가 아니다. 하물며 호랑이나 표범의 민첩함에 따르지 못하고, 달리기도 말에 미치지 못한다. 냄새를 맡는다고 해도 개 코를 당해 낼 수 없다. 인간의 눈이 아무리 밝다고 해도 수탉보다는 못하다.

인간은 그렇게 밋밋한 존재로서 허약하다.

그렇지만 넉넉한 사랑으로 서면 그 모든 일을 가능케 한다. 그런 까닭에 느낌이 좋은 사람을 만나면 누구나 좋게 어울리고, 자잘하게 상대방을 잘 챙겨 주는 사람을 만나면 삶이 푸근해진다. 먼저 알아서 관심을 가져 주는 사람, 그런 사람을 만나면 행복하다. 사람은 사랑받는 존재지만, 사랑을 베풀 줄 알기 때문에 사람은 더욱 위대하다.

그러나 지금 우리 사회는 알게 모르게 정도에서 벗어났다.

마치 브레이크가 고장 난 기관차처럼 마주 보고 달리는 형국이다. 해서 언제 어디서 충돌할지 모르는 아슬아슬한 순간을 산다. 어찌 보면 우리 사회가 이렇게 좌충우돌하는 건 그동안 쉼 없이 달려온 결과다.

오직 일등만을 지상 과제로 남을 밟고 선 개념 없는 일을 자행했던 탓이다. 그래서 우리에게는 만족하며 웃는 얼굴이 드물다. 조금만 비켜서서 심호흡하면 세상이 보이는데, 그저 죽자고 앞으로만 내달아 간다. 그런 사람은 사랑에 둔감하다.

어제 반 아이들과 식당에 점심을 먹으러 갔다가 그곳에서 제자 민아를 만났다. 녀석, 불현듯 만나 나를 보고 당혹해하면서도 반갑게 맞아

풍자와 해학의 '굿모닝! 허도령'
2008 안동국제탈춤페스티벌 공식 지정 큰들의
'굿모닝! 허도령'은 제22회 비사벌문화예술제 초청 마당극이다.

주었다. 고2인 민아, 아직은 제 앞가림을 하기도 만만찮을 텐데, 어려운 가정 형편을 도우려고 방학 동안 식당에서 아르바이트를 한다고 했다. 고만고만할 때면 노는 데 온통 정신이 팔릴 때다.

녀석, 다소 주저하고 멋쩍어했지만, 주방에서 애써 그릇을 부시는 건강한 웃음이 미더웠다. 그림이 참 좋았다.

사람 사는 일, 그다지 큰 의미 부여를 할 까닭이 없다.

조그만 일 하나에도 크게 만족하며, 참 좋은 사랑을 우려낸다면 그것으로 만족한다. 느낌이 좋은 사람을 만나면 행복하듯 사랑은 모든 걸 가능케 한다.

우리 사는 세상, 제자 민아와 같이 어렵고 힘들어도 꿋꿋하게 제 할 일하는 사람에게 보다 큰 의미를 부여하고 싶다. 우리 사회 건강성을 대변하는 젊은이다.

가족이 함께하는 식사 시간을 잘 활용하라
_아이의 식사 습관 바로잡기 힘들다

평소 아이들의 행동 양태를 보면, 조그만 일 하나부터 '이건 아니다'는 생각이 드는 때가 많다. 물론 아직 여물지 않은 아이들이라 좋게 받아들이면 크게 문제 삼을 일은 아니다. 그래도 반드시 꼬집어 주고, 따끔하게 충고하고픈 마음을 억누르기가 쉽지 않다.

사람이 사는 데 기본은 의식주다. 제아무리 뛰어난 능력을 가졌다 해도 먹고, 입고, 안주할 여유를 가지지 못한다면 좋은 결실을 얻기 어렵다.

그래서 해마다 새로운 아이들을 만날 때면 기본에 충실하라고 다그친다.

교육은 의식화의 과정이다.

안 되면 되게 하라고 하였듯이 끊임없는 반복이야말로 아이들의 삶을 충실하게 챙겨 주는 바탕이 된다. 요즘은 특히 음식을 대하는 데 남다른 관심을 갖는다. 점심시간은 물론, 수학여행 때나 수련 활동 중에 아이들이 음식 대하는 버릇을 세세하게 지켜본다.

대부분 크게 걱정 삼지 않으나, 개중에 식탐이 두드러져 보이는 아이가 눈에 띈다. 어떤 음식이든 많이 먹고 빨리 먹으려고 한다. 성장기 아이들이라 가리지 않고 잘 먹는 걸 탓할 이유가 없다.

그렇지만 무조건 많이 먹으려는 데만 욕심 부리는 아이들한테는 제재가 필요하다.

요즘 부부는 아이가 원하는 대로 챙겨 주는 게 사랑인 양 과신한다. 넘치는 자식 사랑이 마침내 과식하기에 이르고, 비만한 아이로 키운다. 고도비만을 겪는 아이들을 보면 대개 먹성이 좋다. 그런 아이들의 경우 친구관계나 학습 활동이 더디고, 신체 활동 또한 재바르지 못하다. 때문에 그러한 스트레스를 먹는 데 푼다.

아이의 식사 습관은 여간해서 바로잡기 힘들다. 학교 급식 시간에 먹는 양으로 따지자면 덩치에 관계가 없다. 물론 몸이 푸짐한 아이들이 많이 먹는다. 하지만 그런 경우는 일반적인 고정관념일 뿐 사실과 크게 다르다.

아이들 중에는 오히려 몸집이 왜소하거나 빼빼 마른 아이가 먹는 양이 더 많다. 일정하게 주어지는 양이 날마다 적다고 한두 번 더 받아 먹는다. 급식 지도를 하지만 그때마다 뜯어말릴 수도 없다.

아이들 스스로 많이 먹는다는 사실을 인정한다.

여자아이들도 별 거리낌 없이 얘기한다. 요즘 세상에 끼니를 굶을 정도로 영양 공급이 부실하지 않다. 그런데도 몇 번이나 말려도 끝내 더 먹기를 마다하지 않는다. 아이들이 먹어 대는 음식 양이 만만치 않다. 음식을 많이 먹이고, 너그럽다고 사랑이 아니다.

아이들은 자기가 먹어야 하는 양을 가늠하지 못한다. 조금이라도 자기 입맛에 맞는 음식을 대하면 그냥 먹어 댄다. 그런 까닭에 적절한 식사 지도가 따라야 한다.

요즘 세대는 대부분 맞벌이 가정이다.

때문에 따뜻하게 음식을 챙겨 줄 시간적 여유가 없다. 그런 까닭에 손쉬운 즉석식품이나 가공식품으로 아이들을 키운다. 예전의 '밥상머리 교육'이 사라지고, 부모의 말씀이 빛을 잃었다. 아이들의 식사 습관에 대한 자잘한 문제는 거기에서 비롯된다.

한 번쯤 곰곰이 따져 보아야 할 문제다. 자녀가 예쁘고, 귀엽고, 사랑스러울수록 관심을 가져야 한다. 세 살 버릇 여든 간다. 아이의 장래를 생각해서 애써 돈을 버는 일도 중요하지만, 인간 생활에 기본이 되는 식사 습관을 바로잡아 주는 밥상머리 교육이 무엇보다 절실하다.

단지 비만아가 문제가 아니다.

왜 아이가 책을 읽지 않을까

_아이들이 책을 멀리하는 이유는 딴 게 아니다

왜 아이들이 책을 읽지 않을까?

무엇 때문에 소똥 닭똥 피하듯 꺼리는 걸까?

집안에 번드르르한 책이 많고 적음이 문제가 아니다. 먼저 책이 아이의 눈이 닿는 곳곳에 놓였는지 살피고, 부모가 책 읽는 모습을 보여야 한다. 부모는 신문이나 잡지, 텔레비전으로 시간을 때우면서, 아이는 책도 안 본다고 쌍심지 켤 일이 아니다.

부모가 책 읽는 모습을 보고 자란 아이는 당연히 책을 가까이한다.

아이들이 책을 멀리하는 이유는 딴 게 아니다.

비싼 전집을 책장 빼곡히 쌓아 놓아도 아이는 질려 버린다. 책은 남 보이기 위한 허세나 장식용이 되어서는 안 된다. 책은 소중(?)하니까, 찢어질까 봐, 때 탈까 봐, 닳을까 봐 내치는 저지는 아이를 책으로부터 멀어지게 한다.

책은 무시로 읽어야 하고, 군데군데 밑줄이 작작 그어져야 하며, 손때가 듬성듬성 묻어야 한다. 혹 아이가 무슨 책을 읽는지. 무엇을 읽었는지 꼬치꼬치 캐묻지 않는가? 아이가 책을 읽자마자 독서 감상문을 쓰라고 닦달하지는 않는가? 만화는 무조건 읽지 말라고 책망하지는 않는가? 또 옆집 아이와 비교해서 책을 읽히지 않는가?

부모의 지나친 보살핌이 되레 아이한테는 책과 멀리하게 되는 원인이 된다.

한꺼번에 전집을 왕창 사 주거나, 아이의 수준보다 어려운 책을 골라 주고, 아이가 읽고 싶은 책보다 부모가 읽히고 싶은 책을 읽히지 않는가? 아이가 좋아하며 동화책을 읽는데 글자를 가르치려 들지 않는가? 아니면 아이가 같이 책을 읽자고 하는데, 읽어 달라고 하는데 바쁘니까 혼자 읽으라고 손사래 친 적은 없는가? 별로 마음에 두지 않았던 자잘한 일들이 모여 아이가 책을 멀리하게 된다.

아이와 시간을 정해 놓고 서점에 가 보라.

여러 가지 책을 구경하면서 새 책을 골라보는 즐거움을 느끼게 해 보라. 평소 신문이나 인터넷을 통해 읽고 싶은 책, 좋아하는 책의 목록을

습관. 일등과 꼴찌는 습관이 다르다_
부모가 자녀에게 사 주고 싶은 책,
가장 친한 친구에게 선물해 주고 싶은 책이다.

아이 스스로 만들어 보면 좋다. 서점에 가기 전에 아이랑 어떤 책을 고를지 미리 이야기를 나누어도 좋다.

다양한 분야의 책을 고르는 태도를 길러 주어야 한다. 대부분의 부모는 동화책만을 좋은 책으로 생각하는 경향이 있다. 하지만 아이의 상상력은 동화 속에서만 계발되는 게 아니다. 동화뿐만 아니라 과학, 역사, 상식 등 여러 분야의 책을 골고루 접하게 하는 게 좋다.

아이는 여러 책들 속 미지의 세계, 신비한 자연 현상, 아주 오랜 옛날 이야기를 통해서도 무한한 상상력을 키운다. 음식도 편식을 하면 균형 잡힌 영양가를 섭취하기 어렵듯이 책도 편식을 하면 한쪽 부분의 영양분이 부족하게 된다.

아이와 책을 읽고 난 다음 그 내용을 이야기하거나, 토론도 좋은 방법이다. 그럴 때 아이는 책 읽는 즐거움을 만끽하게 되고, 책만 봐도 신이 나서 책과 더불어 지내는 시간이 늘어난다. 서점 가면 나올 줄을 모르는 아이가 된다.

아이에게 책을 사 줄 때는 전집류보다는 낱권이 좋다. 명작동화나 위인전 같은 전집류는 전개 방식이 비슷할 뿐만 아니라, 한꺼번에 너무 많은 책을 읽어야 한다는 부담감으로 책에 대한 흥미가 떨어진다. 책을 몽땅 안기면 아이는 쉽게 싫증을 낸다. 아이 스스로 읽고 싶은 책을 고르도록 해 보라. 제아무리 교육 전문가가 추천하고, 교육적 의미를 가진 책이라고 해도 그것은 어디까지나 어른들의 눈으로 보기에 그렇다는 얘기다.

아이가 서점에 갔다는 사실만으로 만족해야 하고, 아이가 읽고 싶은 책을 고를 때까지 기다려 줘야 한다. 아이는 아이의 눈으로 책을 봐야 한다. 서점 못지않게 도서관 이용하기도 책 읽는 올바른 습관을 들이는 데 좋다. 대출 카드도 만들고 자료 이용도 함께 해 보라. 아이가 무척 좋아한다. 책의 보고인 도서관을 이용하면 공짜(?)라는 매력이 아이와 부모에게 책에 대한 부담을 덜어 준다.

책을 다 읽고 나면 따지듯 줄거리를 요약한다고 독후감을 강요하지 않아야 한다. 억지 춘향 놀음을 아이는 달가워하지 않는다. 단지 줄거리만을 요약하는 강요된 독후감은 암기력 측정 외에는 별다른 효과도 없다. 그것은 너무나 구태의연한 책 읽기다.

그러한 타성에서 벗어나야 한다. 올바른 독후감 쓰기 지도는 책을 읽고 머릿속에 남는 장면이나 대화, 또는 인물을 이해한 만큼만 그려 내면 그것으로 만족해야 한다.

방법을 찾자면, 먼저 아이가 읽는 책의 내용을 부모가 대강이라도 읽어 보고 알아야 한다. 어떤 인물의 성격이나 행동, 또는 재밌거나 몹시 슬픈 사건 등에 대해서 이야기를 나누고, 아이의 의견을 최대한 반영하고 존중해 주어야 한다.

그런 다음 부모와 나눈 이야기를 쓰게 한다. 이때 못다 한 말을 다 써 보도록 하는 게 중요하다. 어느 정도 습관이 들 때까지 부모도 독후감을 써서 서로 바꿔 보는 것도 필요하다.

아이에게 책 읽는 버릇을 들이는 게 그리 쉽지 않다. 그렇지만 아이들은 부모가 책을 읽는 모습을 보고 자연스레 책 읽기의 중요성을 깨닫는다. 아이와 책을 읽는 게 좋다. 함께 책을 읽으며 토론하는 시간을 가지며 식구들이 대화를 나누면 서로에 대한 이해를 높이는 기회가 된다. 서로의 고민을 책 읽기를 통해서 풀어 보는 계기가 되어 안온한 가족 울타리가 여며진다. 책 읽는 소리 낭랑하게 울려 퍼지는 집안 풍경은 그 어떤 그림보다 아름답다.

이음새 같은 친구

_친구는 별스러운 대상이 아니다

하찮은 오해로 친구와 연락이 끊긴 한 사내. 그는 자존심 때문에 전화를 하지 않았으나 친구와 별 문제가 없으리라 생각했다.

어느 날 사내는 다른 친구를 찾아갔다. 그들은 자연스럽게 우정에 대해 이야기를 나눴다. 소원하게 지내는 친구와의 일도 터놓았다. 그러던 중 친구가 창밖으로 보이는 언덕 위를 가리키며 말했다.

"저기 빨간 지붕을 얹은 집 옆에는 헛간으로 쓰이는 꽤 큰 건물이 하나 있었다네. 매우 견고한 건물이었는데 건물 주인이 떠나고 얼마 지나지 않아 허물어지고 말았지. 아무도 돌보지 않았으니까. 지붕을 고치지 않으니 빗물이 처마 밑으로 스며들어 기둥과 대들보 안쪽으로 흘러들었다네. 그러던 어느 날 폭풍우가 불어와 조금씩 흔들리기 시작했지. 삐걱거리는 소리가 한동안 나더니 마침내 와르르 무너져 내렸다네. 헛간은 졸지에 나무더미가 된 거야. 나중에 그곳에 가 보니 무너진 나무들이 제법 튼튼하고 좋은 재목들이었지. 하지만 나무와 나무를 이어주는 나무못의 이음새에 빗물이 조금씩 스며들어 나무못이 썩어 버리게 되어 결국 허물어지고 말았지."

두 사람은 언덕을 내려다보았다. 거기엔 잡초만 무성할 뿐 훌륭한 헛간이었다는 흔적이 남은 게 없었다.

"여보게 친구, 인간관계도 물이 새지 않나 하고 돌봐야 하네. 헛간 지붕처럼 자주 손봐 주어야 하지. 편지를 쓰지 않거나, 전화를 하지 않거나, 고맙다는 인사를 저버리거나, 잘못을 해결하지 않고 그냥 지낸다거나 하는 일들은 모두 나무못에 스며드는 빗물처럼 이음새를 약화시킨다는 말일세. 그 헛간은 좋은 헛간이었지. 아주 조금만 노력했으면 지금도 저 언덕에 훌륭하게 서 있었을 것이네."

사내는 친구의 마지막 말을 진심으로 새겨들었다. 집으로 돌아가는 발걸음을 재촉했다. 옛 친구에게 전화를 걸기 위해서.

흉허물 터놓는 친구 셋이면 족하다. 물론 친구는 많을수록 좋다. 하지만 이 바쁜 세상에 잇속 따지지 않고 무시로 얼굴 맞댈 친구는 드물다. 지천명에 이르면 손금 보듯 세월이 읽힌다. 더러 연락하고 지내지만 까맣게 잊고 지내는 친구가 더 많다.

거울에 비친 내 얼굴을 훑어본다. 오늘 보니 거울에 비친 내 모습이 낯설다. 그새 머리는 하얗게 새었고 주름투성이다. 얽히고설켜 움푹 골이 파였고, 다달다달하게 닳아서 밋밋해진 둔덕도 생겼다. 종잡아 친구들도 외양은 비슷하리라.

그 많은 사람들 중에서 내게 참 좋은 친구는 누구일까? 거울과 같은 친구, 그림자 같은 친구, 끝을 볼 수 없는 우물같이 맘 깊은 친구면 더 바랄 게 없다. 좀 더 욕심 갖는다면 넓이를 가늠할 수 없는 바다와 같은 친구, 농익은 친구 하나만 더 두었으면 참 좋겠다.

때론 마음을 놓고 나쁜 마음을 먹었을 때 넌지시 능청 떨며 바로잡아 주는 친구, 숨긴 마음 금방 알아채고 '너 잘못 생각하고 있구나.' 하고 웃어 주는 친구, 가끔은 '너는 참 좋은 친구다' 북돋워 주며 위로해 주는 친구, 삶이 어려워 비척댈 때 살며시 어깨를 빌려주며 다독여 주는 친구, 외롭다고 전화 한 통만 하면 쪼르르 내 곁으로 달려와 '친구야, 본래 사람은 외로운 거야'라고 너스레를 떨며 마음을 정리해 줄 그런 친구를 두었다면 인생은 성공 작품이다.

친구는 별스러운 대상이 아니다.

늘 입고 다니는 옷가지처럼 부담스럽지 않고, 마음으로 서로를 향해 웃음 짓는다면 무조건 내게 필요한 친구다. 그런 친구 하나면 지천명의 삶에 중간 점검할 필요가 없다. 왜냐? 지금껏 잘 살았다는 증거다. 그렇지만 인간관계에 물이 새지 않나 하고 돌봐야 하는 헛간 지붕처럼 자주 손봐 주어야 한다.

어제 아내랑 양산 원동매화마을로 가서 친구들을 만났다.

만날수록 살가운 마음을 다 내어주는 고교동창들이다. 그새 30여 년의 세월이 후딱 지나쳤건만, 어디 하나 모난 데도 없고, 흉물스럽게 찌그러진 흔적도 없이 다들 야무진 인생을 산다. 베풀 줄 알고, 서로를 위하는 마음 애틋했다. 넉넉한 자리를 초대한 친구는 햇미나리에 삼겹살을 대접하고도 모자라 매실 장아찌와 매실 액을 바리바리 챙겨 주었다. 아직도 그가 베푼 봄 향기 폐부 가득하다.

이음새 같은 신실함을 가진 친구다.

3장

자라는 아이에게
부모만큼 훌륭한 선장은
또 없다

작은 학교 운동회_
시골 작은 학교 운동회는 아이들보다 학부모들 한마당 잔치다.

진실로 자기 아이를 이해하려고 하는 부모는 이상이라는 틀로 자식을 바라보지 않는다. 자식을 진정으로 사랑한다면 아이 존재 그대로 보고, 아이의 성격이나 기분, 버릇과 적성에 관심을 갖고 살핀다. 그러나 자식을 사랑하지 않는 부모는 아이에게 성급하다. 자식을 통하여 자기 욕망을 채우려고 자식에게 이러저러한 사람이 되기를 요구하고, 이상의 굴레를 씌운다.

　_'나는 어떤 부모일까'에서

아이들에게 꾸지람보다 칭찬을 듬뿍 안겨라
_자라는 아이에게 칭찬은 최고의 보약이다

사단법인 행복가정재단이 최근 전국 7개 도시 1033명의 청소년을 대상으로 한 '행복에 대한 만족도' 조사에서, 청소년은 가족관계(29.6%)를 행복의 가장 중요한 요소로 꼽았다. 이 밖에 나 자신에 대한 긍정적 생각(21.4%), 경제, 외모, 건강 같은 물리적 조건(19.8%), 친구와의 좋은 관계(19.7%)를 행복의 중요 요소로 들었다.

그러나 이 조사에서 3명 중 1명(35%)은 '부모에게 인정받지 못한다'고 답했다.

왜 청소년이 부모로부터 인정을 받지 못할까?

청소년은 부모와의 관계에서 영향을 많이 받는다. 자녀가 불행하기를 바라는 부모는 없다. 그러나 자녀를 불행하게 만드는 부모는 적지 않다. 아이가 집에 들어오자마자 인터넷 게임을 하면 그저 가만두지 못한다.

"지금 게임할 때야!"

"넌 왜 그렇게 엄마 속을 썩이니?"

"네 하는 꼬락서니를 보니 내가 못 살겠다."

하며 부아가 치밀고 속이 부글부글 끓어오른다. 그래서 결코 해서는 안 될 말을 툭 내뱉는다. 어깨 너머로 그 말을 듣는 아이의 심정은 어떨까?

어른만 스트레스를 받는 게 아니다. 아이도 어려움을 겪는다. 그런데도 먼저 자녀의 마음상태를 무시하고, 아이를 다그치면 긁어 부스럼이다. 아이는 부모가 자기 처지를 헤아려 주지 않고, 닦달하는 게 고통이다. 엄마의 잔소리가 '왕짜증'이란다.

물론 아이는 엄마의 잔소리가 잘되라는 말인 걸 안다. 그러나 아무리 좋은 칭찬이라고 해도 되풀이되는 이야기는 싫다.

칭찬은 아이의 성장에 필요한 최고의 보약이다. 그러나 부모가 아이의 부족한 점, 잘못한 점을 지적하면 아이는 자존감이 낮아지고, 자신감도 부족해진다.

칭찬할 때는 아이가 잘한 부분을 찾아내 구체적으로 해야 한다. 칭찬을 많이 받은 아이는 건강하게 자란다.

무엇보다도 좋은 부모는, 아이의 성장을 지켜보고, 참을 줄 안다. 어떤 일이든 세 번 이상 같은 말을 되풀이한다면 그것은 잔소리다. 일주일 중 하루를 정해서 '오늘은 잔소리하지 않는 날'이라고 아이와 약속을 정해도 좋다.

어떤 경우라도 잔소리를 하지 않을 테니 네가 잘하는지 보여 달라고, 알아서 할 때까지 기다려 주면 아이가 제 할 일을 처리하는 힘을 가진다.

그러나 무엇보다 아이와 터놓고 이야기하는 시간이 중요하다. 사안에 따른 논리적인 대화는 자기 문제를 해결하는 힘을 기를 뿐만 아니라, 부모와 자식 간에 더 이상의 불협화음을 만들지 않는다. 그래서 이때만큼은 아이가 엉뚱한 얘기를 해도 화내거나 윽박지르지 않고 들어주어야 한다.

가족 대화에서 반드시 지켜야 할 예절은 아버지의 말을 어머니가 전하거나, 아이의 말을 어머니가 아버지에게 전하지 말고 직접 이야기하도록 해야 한다. 그게 아이에게 보내는 전폭적인 지지다.

또한 아이의 행복감을 높이기 위해서는 아이와 함께 놀아 주는 일이 중요하다. 이야기를 할 때도 일방성이 아닌 쌍방통행으로 언제 무엇을 하자고 지시하지 말고, 아이가 부모와 함께 하고 싶은 일이 무엇인지 이야기를 나누면서 정하면 좋다.

이렇듯 행복감이 높으면 성취동기가 높아진다. 아이가 공부 잘하기 바란다면 우선 행복하다고 느끼도록 배려해 주어야 한다.

성인의 경우 사랑에 빠지면 우선 얼굴빛이 달라지고 웃음이 헤퍼진다. 그런데도 오직 내 방식대로 아이를 키우겠다고 고집한다면 진정한 사랑을 해 보지 못한 사람이다. 학창 시절 공부와 담을 쌓고 지냈던 부모일수록 자녀에게 공부하라고 다그치고 점수만 챙긴다. 아이에게서 대리만족을 느끼고자 하는 마음이 앞서기 때문이다.

어디 공부가 마음대로 잘되는가? 그렇잖아도 공부해야 한다는 중압감에 짓눌린 아이에게 부모마저 한통속이 된다면 불행한 일이다. 부모가 조금만 더 관심을 가진다면 공부에 지친 아이는 활기가 달라진다. 그렇다고 해서 모두를 품어 주어야 한다는 건 아니다. 아이가 아이답게 행동하고 스스로 제 할 일을 해낼 때 칭찬하면 된다.

그러나 어떠한 상황이 연출되더라도 아이의 존재를 믿어 주고, 실수하면 위로해 준다는 확신 좌표를 가져야 한다. 단지 아이가 몰라서 그렇게 하지 않는 게 아니라 아직 잘하지 못할 뿐이다. 부모가 신뢰하고 기다려 줄 때 아이는 보다 자신감을 갖는다.

때론 아이가 하는 짓을 보면 머리끄덩이가 곤두서는 일이 한두 번이

아이들, 잘 놀아야 잘 큰다_
아이들은 놀고 싶다. 특히 요즘같이 학교 공부보다
학원 과외를 우선시하는 때일수록 더욱.

아니다. 그래도 부모라면 어떤 잘못을 해도 화내지 않아야 한다. 부모가 화를 내면 꾸짖는 내용보다는 화를 퍼붓던 상황만 기억에 남아 오히려 아이는 분노를 배운다. 맞고 자란 아이, 핀잔을 받고 자란 아이는 폭력성을 잠재하고 자란다.

감정을 조절하기 어려울 때는 아무 말도 하지 않아야 한다. 그래도 한마디 해야겠다면 일정한 시간이 지나고 난 뒤 스스로 감정이 조절될 때 말하는 게 좋다.

좋은 부모는 거저 만들어지지 않는다.

부단한 자기연마가 필요하다. 한 사람을 소중하게 사랑하는 일도 마찬가지다. 그냥 입에 발린 소리로는 아름다운 사랑의 하모니가 일어나지 않는다. 사랑은 변함없는 관심이다. 부모로서 그런 열정을 가졌다면 아이가 지치지 않도록 따뜻하게 보살펴야 한다. 특별히 격려할 게 없으면 애써 만들어서라도 다독여 주어야 한다. 그것은 곧바로 아이의 잠재력을 발휘하는 힘으로 나타난다.

논밭의 알곡이 농부의 발자국 소리를 들으며 여물듯이 아이도 부모가 쏟은 관심만큼 자란다.

훌륭한 선장은 충분히 경청한다

_대화가 없는 사이에서 문제가 빈발한다

일전에 "지금 우리 교육 현장에는 19세기 교실에서, 20세기 선생들이, 21세기 아이들을 가르친다"라고 제대로 꼬집어 놓은 책을 읽었다. 정곡을 찌르는 일침이다.

요즘은 쌍둥이도 세대 차이를 느낀다. 그만큼 때깔 녹록한 기성세대가 신세대를 만나는 일은 여간 부담이 아닐 수 없다.

현재 나는 초등학교 아이들을 가르친다. 여덟아홉 살배기부터 열세 살 아이들. 그러니까 나와는 종잡아 한 세대 훌쩍 뛰어넘는다. 단순하게 수치적인 차이뿐만 아니다. 그들과는 말씨와 몸짓 하나, 생각까지 확연하게 다르다. 흔히 세대 차이라는 게 눈에 띈다. 그러나 나는 정작 학교에서만큼은 세대차를 느끼지 않고 생활한다. 왜냐고? 난 영락없는 여덟아홉 아이들 수준으로 세상물정을 잘 모른다. 친구들은 이런 나를 두고 천생 초등학교 선생이 제격이란다. 싫지 않다. 선생이 선생 냄새 나는 게 당연한 일 아닌가!

요즘 아이들은 태어나는 순간부터 부모와 두 세대가 의식적으로 함께 보내는 시간이 아주 길다. 삶의 질이 향상되고 평균수명이 연장된 까닭이겠지만, 수명이 길어지면서 여러 세대가 시간적으로 겹쳐 지내는 기간도 현저하게 늘어났다. 그렇다고 오래 사는 게 양 세대 모두에게 선물만은 아니다. 이런 상황은 모든 세대에게 기회이자 부담이다.

이 시기는 부모는 인생의 정점에 섰고, 동시에 자녀들은 이제 막 정상을 오르기 시작한 때이다. 또한 아이들은 성장함에 부모의 도움이 전적으로 필요하고, 성숙한 자식의 경우 부모가 살아온 삶의 매력을 어렴풋이 알기 시작한다.

양쪽 세대가 똑같은 힘을 가진 사람으로서 살아간다면 굳이 경쟁하며 다툴 필요가 없다. 그러나 관대하지 못한 마음과 질투와 시기, 거만함과 불순한 악의로 인해 세대 간의 진정한 공존에 걸림돌이 된다.

대화가 없는 사이에서 문제가 빈발한다.

아름다운 숲을 찾아가는 사람들의 모임_
약칭 '아차모', 그동안 내 반을 거쳐 간 제자들의 모임이다.
지난 33년 동안 참 좋은 인연으로 만나, 함께 부대끼면서
수많은 기억들을 남겼다. 하지만 늘 아쉬움이 많았다.
그래서 해마다 제자들이 주관하여 하계 만남의 날을 마련한다.
거제, 함양, 남해 상주, 지리산, 화왕산, 비슬산, 무학산,
봉림산, 장복산, 부산 이기대. 참 아름다운 자리였다.

미처 생각지도 못한 끔찍한 사건이 빚어진다. 우리가 가축들을 별 가책 없이 죽이는 일은 그들과 말이 통하지 않는, 즉 대화를 하지 않기 때문이다. 세대 간의 대화는 사랑을 전제로 한 건전한 대화여야 한다. 그래야만 부모가 가진 경험과 인식을 올바르게 전수해 주고, 자녀 또한 그 경험을 받아들이며, 새로운 일에 참여하게 된다.

생물학적으로 인간은 동물이 갖는 힘의 본능 외에 매우 효율적인 두뇌를 가졌다. 뿐만 아니라 육체적인 힘의 강약에 관계없이 스스로 어떤 힘에 복종하고 싶은가를 결정하는 의식도 가졌다. 부모라면 자녀가 하는 일에 대해서 극단적인 힘의 논리로 대응해서는 안 된다. 부모와 자녀 사이, 세대 간 대화는 본능과 감정의 문제만은 아니다. 대담한 시도와 듣기의 문제다. 젊은 세대는 과감하게 시도하고, 나이 든 세대는 충분히 경청하는 자세가 필요하다.

연장자로서 가지는 가장 큰 장점은 경험이라는 보물 상자다. 이는 젊은 사람들에게 아이디어 뱅크로 채석장과 같다. 그런데도 연장자의 적절치 못한 말과 하찮은 행동으로 경쟁심을 불러일으킨다. 간단없는 일에 두려움의 메시지를 보내며 우리는 얼마나 힘들어했는가? 자녀와 젊은 세대는 인생길을 함께 걸어야 한다.

세대 차이를 극복하는 문제는 자녀의 의사결정을 존중하고 이해하는 게 우선이다. 우리는 흔들리는 배를 같이 탔다. 자신의 행위에 대한 인식의 틀을 자녀와 같이 나누어야 한다. 물론 그동안 각자가 연마해 왔던 지식과 경험, 냉철한 사고가 적절하게 발휘되어야 한다.

항해는 계속되어야 한다. 어떤 사람은 너무 빨리, 또 어떤 사람은 너무 오랫동안 선장이 되고 싶겠지만, 생존을 위해서는 절대 그 배를 포기할 수 없다.

아무리 격한 상황으로 내몰려 우리의 삶이 송두리째 위협받는 경우라도 소통만 잘된다면 그 배는 항해를 계속하여 원하는 항구에 무사히 다다른다. 그러나 배가 뭍에 안착한 이후에도 잔잔한 바다를 항해할 때와 같이 명령과 복종보다는 대화가 더 좋다.

훌륭한 선장은 누구의 말이든 따뜻이 경청한다.

느긋하게 기다려 주는 부모

_참아 내는 힘이 인내심 강한 아이로 키운다

요즘 아이들 많이 힘겹다. 누구는 학원 과외로, 또 누구는 지나친 부모의 기대 때문에 힘들다. 아이들의 불만은 끝없다. 아이들은 크게 바라지 않는다. 그들이 힘겨워하는 이유는 딴 게 아니다. 바로 조급한 부모의 기대 때문이다.

젊은 부모는 자식에게 집착한다. 자녀 주변을 맴돌며 간섭을 멈추지 않는다. 때문에 아이는 독립심을 잃고, 다 커서도 부모에게 의존하는 응석받이로 살아간다. 부모의 빗나간 자식사랑은 언제까지나 자식 곁을 빙빙 돈다. 결국 '헬리콥터 부모'라는 신조어까지 만들어 냈다.

아이가 하기 싫다고 떼를 쓰는데도 그것을 바로잡지 못하는 부모, 더구나 아이 마음대로 하라고 부모가 서둘러 항복하는 부모로서 책임 방기다. 자라는 아이에게는 무엇이든지 다 한다는 만족감보다는, 조금은 부족해도 참아 내는 인내심을 키우게 해 줘야 한다. 그게 참다운 부모다.

날로 급변하는 세상이다.

눈만 뜨면 모든 게 '빨리빨리'만을 외쳐 댄다. 그게 우리 일상이 되어 버린 지 오래다. 그런 까닭에 어떤 일의 과정보다는 결과만을 중요시한

백일장에 참여한 학생들_
종종 백일장 심사를 나간다. 그럴 때면 글을 잘 쓰는 아이들보다
자기 생각을 골똘하게 표현하려는 아이들을 눈여겨본다.
그런 아이들의 생각하는 힘은 건강한 삶이 묻어나는 글로
생생하게 드러난다.

다. 아이들이 원하는 음식만 보아도 인스턴트 패스트푸드로 조급하다. 단지 몇 분의 조리 과정도 기다리지 못한다. 기다림의 여유가 사라졌다. 이런 환경 속에서는 아이들이 참고, 남을 배려하는 인내심을 가질 수 없다.

진득하게 기다려 주는 부모가 여유로운 아이로 키운다. 아이가 어떤 일을 함에 미적거린다고 당장 다그쳐서 화를 내면 아이는 그만큼 긴장 한다. 아이가 인내할 줄 알게 키우려면 아이가 무슨 일을 하든지 조바 심을 갖지 않아야 한다. 아이를 믿고 느긋하게 기다려 주는 게 최고의 응원이다.

아이는 원하는 바 다 챙겨 준다고 해서 바람대로 자라지 않는다. 그 보다도 아이 스스로 끈기를 갖고 문제를 해결하도록 이끄는 게 최선이

다. 아이는 조금 부족하면 부족한 대로 스스로 채워 가며 만족하는 법을 배운다. 그래야 자기가 원하는 바를 가지려면 기다려야 된다는 사실을 알게 된다. 아이는 그렇게 자라야 한다.

그러나 그 무엇보다도 좋은 부모라면 먼저 정기적으로 아이와 의견을 나누는 자리를 가지고, 아이의 개성과 행동 특성을 꼼꼼하게 살핀다. 그런 헤아림이 아이의 삶을 지지한다면, 세상은 자신의 뜻대로만 되는 게 아니라, 참아 내는 힘이 필요함을 스스로 깨닫는다.

그런 끈기라면 아이는 조금 힘들더라도 쉽게 포기하지 않고 그 어떤 문제도 깔끔하게 해결한다.

좋은 부모는 그냥 만들어지지 않는다
_보통의 부모는 아이의 안내자로 만족한다

아이들은 크게 욕심내지 않는다.

그렇지만 부모나 주위 사람으로부터 '너를 믿는다', '네가 최고다', '용돈 필요하지 않니?', '좀 쉬지 그러니', '내가 도와줄 게 없니?', '뭘 먹고 싶니?', '네 하고픈 대로 해라', '아빠, 엄마는 언제나 네 편이다', '요새 보니까 머리 물들이니 괜찮더라'는 인정을 받고 싶어 한다. 따뜻한 칭찬이 아이의 기를 북돋운다.

그러나 아이들은 어른들이 불쑥 내뱉는 말 한마디에 자칫 평생 치유하지 못할 상처를 받기도 한다. 그러한 말은 아이들의 심성을 꺾어 버릴 만큼 끔찍하다. 아이에게 하는 말은 신중해야 한다. 입술에서 떠난말은 다시 담을 수가 없다. 화살이 되고 나서 후회해 본들 소용없다.

아이들은 어떤 말을 듣기 싫어할까?

대체로 '공부 좀 해라', '또 돈 타령이냐', '너는 언제 정신 차릴래', '커서 뭐 될래?', '텔레비전 컴퓨터가 밥 먹여 주니?', '동생만큼만 해라', '도대체 네가 잘하는 게 뭐냐?', '성적이 왜 이 모양이냐?'는 말을 듣기 싫어한다. 그런데도 부모는 집요하다. 마치 그게 자식 사랑이라 착각하면서. '너는 아빠의 꿈이고 희망이다', '그래도 너 때문에 산다', '공부만 열심히 하면 된다', '시키는 대로 해라. 다 너를 위한 일이다', '너는 몰라도 돼. 나중에 저절로 알게 돼', '병신 같은 게, 바보 같은 게', '네 친구들은 어째 다 그 모양이냐? 걔한테 배울 게 뭐니?', '뭐니 뭐니 해도 돈이 최고야', '이제 끝났어. 뭘 하겠다고 그래'라는 말이 쉽 없다.

평소 아이에게 함부로 내뱉은 말에 낯이 뜨겁다.

아이에게 필요한 건 스스로 할 일을 찾고, 자기 의견을 스스로 말하게 하며, 무슨 일이든 다 해 보는 선택권이다. 자기의 존재 가치를 알도록 바로 세우고, 자기 일의 소중함을 진작하도록 도와주는 친절한 보살핌이다.

그러나 무엇보다 부모는 아이에게 안내자로서의 그 역할에 만족해야 한다. 아이가 주변 사람들과 느긋한 태도를 취하고, 긍정적인 마음을 갖도록 도와야 한다. 아이와 눈높이를 같이하고, 사랑하되 사랑 안에 가둬서는 안 된다.

단순히 학원 과외 공부에 치중하기보다 책을 많이 읽히고, 남보다 '뛰어나게' 되라고 이끌기보다 남과 '다르게' 자라도록 이끌어야 한다.

세상에 부모는 많다.

그렇지만 아이의 재능을 키워 주는 부모, 앞모습이나 뒷모습이 같은 부모, 아이의 의견을 존중하는 부모, 아이와 더불어 하는 시간을 갖는 부모, 남에게 베풂을 보여 주는 부모, 사랑 안에 가두지 않는 부모, 존경받는 부모는 드물다.

좋은 부모는 그냥 만들어지지 않는다.

아이를 크게 키우는 비결

_용기를 북돋워 주는 따뜻한 말 한마디면 충분하다

우리가 가장 듣고 싶어 하는 말은 무엇일까?

'사랑해요', '아름다워요', '고마워요'라는 말 같지만 실상은 다르다.

한 헤드헌터 조사에 의하면 '잘했다'는 말이었다. 그런데 조사 결과에 따르면, 지난 1년 동안 이 말을 한 번도 들어 본 적이 없었다는 사람이 90%를 넘었다고 한다.

'잘했다'는 말은 누군가로부터 인정받고, 자신이 바라는 모습을 상대방이 표현해 주는 응원이다. 그래서 인정의 힘은 모든 생활을 능활하게 이끌어 주는 활력소다.

어떤 일을 계획하고 추진하여 그 결과를 긍정적으로 인정받으면 내면화 과정을 통해 그대로의 이미지를 유지하려고 노력하게 된다. 이러한 태도는 아이에게 확연해진다. 아이는 어른의 따뜻한 보살핌으로 안정감을 갖는다. 아이는 그저 베푸는 사랑만이 아니라, 인정받기를 원한다. 그것도 자기 눈높이에서 치켜세워 주는 격려다.

한데, 우리는 상대를 얼마나 인정할까?

여러 사람이 모인 자리에서 자기 말만 내세우는 사람이 많다. 사실 제아무리 말을 잘하는 사람이라 해도 똑같은 말을 되풀이하면 수면제가 된다. 유려한 말솜씨를 가진 사람의 이야기라도 그가 나를 향해서가 아니라 자기를 향해 말한다고 느끼는 순간 지겨워진다.

말은 듣는 사람의 처지를 생각해서 해야 한다.

때와 장소를 가리지 않고 자기에 취해 했던 말만 하고 또 하는 사람을 만나면 괴롭다. 말을 잘하고 많이 하는 게 중요하지 않다. 제대로 전달하는 게 먼저다. 상대방이 내 말을 어떻게 받아들이는지 말을 할 때는 가능한 한 부정어를 지양하고, 긍정어로 말맛을 우려내야 한다.

그 누구도 자신의 입술이 졸음을 부르는 수면제가 되기를 원하지 않는다. 말 잘하는 사람이 꼽는 화술의 비결은 듣는 사람의 처지에서 생각하고 말하는 거 하나다.

생일과 그 밖의 기념일을 맞으면 아이를 위하는 행사로 분주하다. 아이가 예쁘고 사랑스러운 날이 비단 기념일 하루뿐만이 아닐진대 여간 생색내기가 아니다. 부모가 바빠 사는 탓이다. 무턱대고 선물을 안기기보다 아이의 눈높이에서 그들이 원하는 바를 세심하게 챙겨 주고 용기를 북돋워 주는 따뜻한 말 한마디가 더 중요하다.

아이를 참하게 키우는 비결은 딴 게 아니다. 아이의 존재를 바로 인정해 주고 칭찬하면 그것으로 충분하다. 덤으로 무엇이든 해낸다는 믿음이 곁들여진다면 더할 나위 없다. 아이가 인정을 받아 '나는 반드시 해낸다'는 확신이야말로 최고의 선물이다.

아이를 단단하게 키우는 힘은 바로 칭찬이다.

아이에게 좋지 못한 행동은
서슴없이 그만둬라

_유치원에서 배운 일들이 무너질 때 아이는 혼란스럽다

그제 병설유치원 졸업식에 참석했다. 오래전, 아이가 졸업한 후엔 갈 일이 없어서 유치원 졸업식 광경이 어떻게 변했을까 궁금해 일부러 들렀다.

졸업하는 30명의 아이는 모두 고운 한복을 차려입었다. 우리 얼에 대한 사랑은 이렇게 시작되는구나 싶어 바라보기만 해도 흐뭇했다.

"파릇파릇 새싹이 자라서 나무가 되고 삐약삐약 병아리가 자라서 어미 닭이 된다"라는 선생님께 부모님께 드리는 글이 얼마나 풋풋하고 싱그러웠는지. 옹알이처럼 외워 나가는 아이들 목소리는 가슴 설레게 했다.

워즈워스의 시구처럼 살아가면서 이렇게 가슴 설레는 일이 얼마나 오래 계속될까?

사람들 행동이 엉망이면 "그러니까 유치원을 좋은 데 나와야 혀"라고 해서 나를 웃기곤 했었다. 웃긴 했지만 그건 농담 같은 진담이었다.

그런데 그 몇 년이 지난 후 정말 이런 제목의 책이 나왔다.

그건 15~16년 전 세계인의 마음을 사로잡은 『내가 정말 알아야 할 모든 것은 유치원에서 배웠다』는 베스트셀러였다. '어떻게 살아야 하는

가, 무엇을 하며 살까, 어떤 인간이 되어야 하는지에 관해 우리가 알아야 할 모두는 유치원에서 배웠다'는 감동은 지금도 생생하다.

혼자서 일어나고, 혼자서 이를 닦는 등 자기 일은 스스로 하고, 남을 위하고, 공중도덕을 지키며 이웃과 더불어 사는 일, 그것은 인간의 기본이다. 기본에 충실해야 한다는 원칙은 세월이 가도 변하지 않는 진리이다. 그리고 그 기본은 가깝고 낮은 곳에 존재한다.

유치원에서 배운 그 기본이 성인이 된 뒤에도 계속됐다면 우리 사회가 이처럼 혼란스럽지 않았다.

아마 유치원에서 배운 원칙과 기본이 제일 먼저 무너지는 곳은 가정이 아닌가 싶다. 큰아이가 유치원 다닐 때 시내를 데리고 나갔었다. 갑

잘 노는 아이_
언제 어디서든 잘 노는 아이는
얼굴 표정부터 다르다. 활력 에너지가
뿜어내는 색깔이 다양해서다.

자기 화장실이 급했던 아이를 한적한 곳에서 일 보도록 했다. 그러나 아이는 절대로 안 된다며 발을 동동 굴렀다. 이번 한 번만이라고 사정을 하면서 아무리 달래도 소용없었다.

결국, 급히 집으로 돌아올 수밖에 없었지만, 생각할수록 부끄럽기 짝이 없는 일이었다. 돌아와서 아이에게 단박에 사과했다. 유치원에서 공중도덕을 잘 배운 아이는 하면 안 되는 일을 시키는 아빠를 이해하지 못했다.

유치원에서 배운 일들이 무너질 때 아이는 혼란스럽다. 그러나 자신도 모르는 사이에 금방 그런 일들에 익숙해져서 어른처럼 행동하게 된다. 빨간불인데도 아무렇지 않게 아이 손을 잡고 건너가는 어머니의 모습은 유치원의 모든 교육을 허사로 만들어 버린다. 그것이 지금 눈앞에 펼쳐지는 우리 교육의 현주소다.

뒤에 자리한, 졸업생의 숫자보다 더 많은 부모의 모습이 더 흥미로웠다. 갓난아기를 안고 와서 아빠 엄마가 번갈아 안기도 했고, 유모차를 가지고 온 부모도 보였다. 다른 아이가 상을 받을 때는 조용하더니 자기 아이 이름이 불리자마자 환호성을 지르며 박수를 쳤다. 원장님 말씀 중에도 아이들은 모두 조용한데 학부모들이 앉은 뒷좌석은 내내 소란스러웠다.

아이들이 유치원에서 배운 대로만 자라 준다면 세상은 분명 달라진다. 그러나 그것을 제일 먼저 망치는 사람은 바로 부모다. 우리나라의 교육은 교육 당국이 아니라 바로 학부모의 손에 달렸다.

오른손으로는 벌을 주고
왼손으로는 껴안아 주라

_아이를 키우는 데는 어른의 잣대가 그리 필요치 않다

자녀가 잘못을 저질렀을 때 어떤 태도를 취하는가?

나는 그다지 명확하지 못한 편이다. 뜨뜻미지근하다고 할까? 아무튼 민주라기보다 자유방임에 가깝다. 그런데 부모가 자녀를 양육하는 데 명쾌하지 못하거나, 엉거주춤한 태도를 보이면 아이는 갈피를 잡지 못한다.

한창 자라는 아이들, 날마다 하는 짓을 보면 잘잘못을 가려 주고, 꾸짖을 게 한둘이 아니다. 그러니 하다 못한 잔소리만 늘어난다. 애써 다그치다가 결국에는 벌주는 일까지 이어진다.

그렇지만 아이는 그때뿐이다. 아무리 잘못을 일깨워 보지만 사사로운 버릇은 오래간다. 이래저래 부모의 마음만 조급해진다.

아이의 행동이 어른처럼 당장에 바로 선다면 어찌 어린애겠는가? 눈에 벗어나는 행동을 바로잡겠다고 조급해하지 않아도 좋다. 아이는 아이다운 행동을 해야 희망이다.

아이를 키우는 데는 어른의 잣대가 그리 필요치 않다.

논밭에 알곡만 가려 가며 잘 키우지만 잡초를 이겨 내지 못한다. 꽃밭에 아름다운 꽃만 골라 심어도 어느 틈엔가 잡초가 자란다. 잡초는 아무렇게나 대접을 받아도 잘 자란다.

아이는 들풀같이 잡초처럼 키워야 한다. 손이 많이 간다고 좋은 아이로 자라지 않는다. 연꽃은 진흙 펄에도 함초롬히 피어난다.

부모가 자녀에게 확실한 양육 태도를 가져야 한다. 늘 명쾌한 태도야말로 자녀의 마음을 건강하게 만드는 가장 좋은 처방이다. 애매한 태도를 갖지 말아야 한다. 분명하게 꾸짖기도 아니고, 그렇다고 용서하기도 아니며, 늘 잔소리만 거듭하는 부모의 태도에 영향을 받은 아이는 불만만 늘어난다.

언제나 구박받으며, 위협을 받은 아이는 부모를 무서워한다. 갈피를 잡지 못하고, 의기소침하며, 심리상태가 불안정해진다. 그러한 일들은 아이에게 불건강한 요소를 갖게 할 뿐이며, 아무런 득도 없다.

자녀의 잘못에 대해 명쾌한 결단을 보이지 못한 데서 오는 부모의 초조함은 결국 아이들한테는 참아 내기 힘든 스트레스로 나타난다. 부모가 분별해서 기다려 주는 명쾌한 태도만이 솔직한 아이로, 심신이 건강한 아이로 자라게 한다.

부모라면 그런 사랑을 베푸는 게 당연하다. 그러나 부모가 사사로운 정을 떠나 아이를 맹목적으로 때리는 게 아니라면 부모의 따끔한 훈육을 맛보게 키워야 한다.

체벌의 목적은 아이에게 육체적 고통을 주는 게 아니다. 어디까지나 마음 교정이다. 아이에게 상처를 입히거나 마음을 다치게 하는 체벌이 아니라면 필요한 약이다.

아이들, 시루의 콩나물처럼 밋밋하게 키우기보다 오뉴월 뙤약볕에도 이파리를 곤추세우는 콩 나무로 키워야 한다.

공부하라는 닦달
_아이들은 공부나 하라는 말을 안 들었으면 한다

아이들은 비교당하기를 싫어한다. 아이는 부모에게서 가장 듣기 싫은 말이 '친구나 형제자매와 비교하는 말'이라고 한다. 다음으로 아이들은 '공부나 해라', '컴퓨터 게임 그만해라'로 꼽았고, '약속을 번복하는 말'과 '어려서 모른다며 무시하는 말'도 듣기 싫은 말 중의 하나였다.

적어도 대한민국의 보통 이상의 부모라면 제 자식이 더 나은 대학 졸업장을 받고, 더 좋은 직장에 다니며, 풍족한 물질적 보수를 받았으면 하는 마음이다. 그러나 아이들이 원하는 세상은 부모의 바람과 판이하게 다르다.

요즘 아이들, 컴퓨터 인터넷과 정보의 바다에 자유자재로 넘나드는 까닭에 자기가 하고픈 일을 결정하는 데 해밝다.

아이들 공부하는 데 신경 쓰지 않는다고 쌍심지 돋워 애달아 할 까닭이 없다. 그들의 생활문화를 이해한다면 온라인on-line상에서는 물론, 오프라인off-line상에서 정보를 공유하고 의견을 교환하는 등의 컴퓨터 서핑surfing 활동을 존중해 주면 된다. 더 이상 '공부만 잘하면 된다'는 식으로 아이를 묶어두려 해서는 안 된다. 이제 아이들에게 글과 문서화된 틀보다는 비주얼visual로 의견을 나누고 감정을 전달하는 시대로 변했다.

그러나 걱정이다. 이웃집 아이는 이 학원 저 학원을 다니며 좋은 점수 받고 앞서가는데, 유독 내 아이만은 뒤처진다는 생각을 쉽게 떨쳐버릴 수 없다. 아이가 경쟁에서 낙오자가 된다는 데 조급해진다. 그래서 아이가 눈에 띄는 대로 '공부하라' 핏대 돋우고, '컴퓨터 게임 그만해라'고 다그친다.

부모의 과보호에서 벗어나고, 가당찮은 욕심으로부터 헤어나야 한다. 아이의 다 다른 개성을 존중하고 아껴 주어야 한다. 아이들도 어른 못지않게 영악하다. 좋은 건 좋고, 싫은 건 싫고, 하고 싶은 게 많고, 인정받고 싶어 한다.

'공부하라'는 소리 대문 밖까지 들리고, '컴퓨터 꺼라'고 닦달하면 이미 공부하고픈 생각이 달아나 버린다. 아이의 바람을 한번 챙겨 보라. 아이들은 '공부나 해라', '컴퓨터 게임 그만해라'는 말을 정말 안 들었으면 좋겠다고 입을 모은다.

우리 반 아정이_
우리 반 아정이는 책을 읽고 글 쓰는 태도가 다른 아이들에게 모범이 되고, 책 읽고 발표하는 태도가 도드라진다.

설마 내 아이만은 그렇지 않겠지?

_아이들은 은연중에 어른의 언행을 따라 한다

더러 아이들의 좋지 않은 행동을 보고도 그냥 지나친다.

고만고만할 때는 괜한 일에도 자기에 대한 애착을 보인다. 하지만 입에 담지 못할 욕설과 거친 폭력을 동반하는 거친 행동에는 신경이 곤두선다. 그렇다고 혈기왕성한 사춘기 아이들을 뜯어말리지 못해 발만 동동 구를 때가 많다.

아이들은 은연중에 어른의 언행을 따라 한다.

친구들과 떼거리로 몰려다니며 해작질도 일삼는다. 단순한 해코지 같지만 그냥 보아 넘길 일이 아니다. 어쩌면 그것은 어른들이 아이들 앞에서 생각 없이 보여 주었던 이상행동이 그대로 드러났을 뿐이다.

"이놈의 자식, 누굴 닮아 그렇게 속을 썩이나?"

"내 아무리 생각해 봐도 네놈의 행동은 이해 못해. 넌 도대체 어느 속으로 난 놈이냐?"

"어휴, 자식이 원수여! 넌 내 자식이 아니다, 아냐!"

하늘 보고 침 데데 뱉고, 가슴을 탕탕 친다. 그러나 이미 엎질러진 물, 때늦은 후회를 해도 소용이 없다.

평소 말이 어눌하고, 하는 일마다 소극적인 아이들에게 관심 가진

지 오래다. 곧잘 소리 지르고 성격이 급박하다. 그래서 친구들이 잘 놀아 주지 않아 혼자일 때가 많다. 수업 중에도 무시로 고함을 친다. 주의를 주어도 막무가내다. 손장난까지 심하다. 관심을 갖고 대하지만, 그 아이는 자꾸만 엇나가려 한다. 아이의 행동이 쉽게 바로잡히지 않는다.

그러한 행동으로 인하여 그 아이는 또래들로부터 '따돌림'을 당한다. 때문에 그 아이는 친구들에 늘 뒤처져 지낸다. 또래 집단에서 혹독한 소외를 겪는다. 그런 까닭에 쉽게 놀림을 받고, 불안해하며, 심각한 정서적 불안을 느낀다.

물론 아이의 잘못된 행동은 한둘이 아니다. 자기에 너무 집착이 강하다. 지나치게 자기중심적이고 의존적이다. 오직 제 일만 챙긴다. 공부하는 데도 강박관념이 뚜렷하게 엿보인다. 이런 아이일수록 문제행동의 단초는 부모의 잘못된 양육 방식에 기인한다.

일반적으로 아이가 따돌림을 당한다는 사실을 알았을 때 어떻게 대처해야 할까? 내 아이는 그럴 리 없다고 소리칠까? 아니면 따돌림을 당한 이유를 알아서 아이와 대처하는 방법을 의논해야 할까? 당연히 후자의 방법을 모색해야 한다. 그게 바람직하다.

먼저, 집단 따돌림 문제를 해결하려면 부모나 식구들의 도움이 매우 중요하다. 자녀 양육 방식을 되짚어 보아야 한다. 지나치게 보호해 주고, 이기적으로 키우지 않았는지. 자기중심적이고 의존적으로 키우지 않았는지. 이것 하라 저것 하라며 닦달하지 않았는지. 공부하라고만 몰아세우지 않았는지. 너무 아이의 의견을 함부로 무시하지 않았는지 아이의 입장에서 상황을 냉정하게 꼬집어 보아야 한다.

집단 따돌림의 문제는 부모도 모르게 가정 밖에서 일어나는 경우가 대부분이다. 때문에 그냥 지나치게 되면 문제가 커진다. 감수성이 예민

한 아이라면 스스로 자학하게 되고, 심하면 좌절하거나 비애감을 느낀다. 어린 아이일수록 더욱 그러하다.

행동이 느려서, 능력이 뒤떨어져서, 몸의 일부가 다른 사람과 달라서, 자신의 행위가 민활하지 못한다고 생각하는 아이는 그것만으로도 두려움을 갖게 되고, 수치심을 느껴 몸과 마음을 움츠린다. 아이의 요구와 관심을 잘 살펴보아야 한다.

아이의 삶의 영역은 그리 넓지 않다. 자기 눈높이 따라 행동한다. 그것으로 만족하기 때문이다. 자폐 성향을 가진 아이일수록, 집단 따돌림을 당하는 아이일수록, 자기중심적이고 의존적인 아이일수록 자기와 다름을 인정하도록 배려해 주고, 자기 힘으로 자제라는 힘을 기르도록 도와주어야 한다. 하고 싶은 일도 때에 따라서는 자제하는 힘이 더 필요하다.

내 아이만을 너무 사랑한 나머지 아이가 원하는 바를 다 해 주는 친절은 아이의 삶을 더욱 망가뜨린다. 그것은 부모가 아이를 망치는 나쁜 행위다.

아이의 좋은 점은 크게 살려 주고, 좋지 않은 행동을 되풀이하지 않게 환경에 적응하도록 도와주어야 한다. 그게 아이들 살리는 길이다. 아이의 성격이나 버릇, 태도가 마음에 들지 않다고 해도 강압적인 권유나 다그침은 금물이다.

그러한 일들로 아이의 마음에 상처를 주고 나쁜 행동을 유발한다. 그냥 내버려 두어서는 안 된다. 그것은 아이의 싹을 짓뭉개는 일이다. 무엇보다 아이 스스로 자신의 잘못된 행동을 깨우쳐서 고치도록 도움을 주는 게 부모의 책무다.

더구나 소심한 아이일수록 따뜻하게 응원해 주어야 한다. 설마 내 아이만은 그럴 리 없다고 한탄할 게 아니다. 아이가 가진 좋은 점을 살려 주고, 계발하는 장(場)을 가려 자신감을 심어 주어야 한다.

아이는 스펀지 상태다.

친절하게 안내하면 무엇이든지 다 받아들이는 흡습성을 가졌다.

요즘 아이들 너무 책을 읽지 않는다

_독서는 종합 비타민이다

"평소 책을 얼마나 읽으십니까?"

"도서관에 자주 가시나? 서점은요?"

"책을 읽고 나서 독후감은 쓰나요?"

"자녀들에게 얼마나 책 읽기를 권하는 편인가요?"

일전에 학부모교실 논술 강의를 하면서 수강자들에게 던진 질문이었다. 근데 반응이 그렇게 시원찮았다. 다들 바빠서 책을 읽을 겨를이 없다고 했다. 도서관은커녕 서점조차 언제 가 봤는지 까마득하다는 이야기였다.

한데도 아이에게 '책 읽으라'는 다그침은 날마다 한다고 했다. 또한 "요즘 아이들 너무 책을 읽지 않는다"라며 목소리를 높였다. 사정이 어떻든 부모가 책을 읽지 않으면 아이도 책을 읽지 않는다.

독서의 가치에 대해서는 많은 이들이 금쪽같이 밝혀놓았다. 하지만 정작 책을 읽지 않은 사람은 그 뜻을 헤아리지 못한다. 일단 독서에 취미가 붙으면 그 의미를 곱씹는다. 책은 읽으면 읽을수록 진한 맛이 저절로 우러난다. 팍팍한 생활 가운데 책 향기에 묻혀 보면 그 의미가 다르다.

더러 그깟 책을 읽는다고 돈이 생기냐 밥이 생기냐 눈을 흘긴다. 하지만 책을 통하면 새로운 세계를 만난다. 안목이 넓어지고, 오랫동안 마음에 남았던 의문이 풀린다. 알고자 하는 욕구가 채워지고, 사물을 판단하는 능력이나 정신적인 성장을 이룬다.

책을 읽으면 실제로 경험할 수 없었던 새로운 세계로의 흥미진진한 독서여행을 하게 된다. 평소 별로 관심 갖지 않았던 정치와 경제, 사회와 문화, 교육 문제를 비롯하여 국제 정세에 눈이 밝아진다. 사회 현상을 보다 잘 이해하게 되고, 그 문제점을 발견하게 되며, 대화의 폭도 넓혀진다. 더불어 사람 사는 향기가 부드러워진다.

책을 통하면 참된 삶의 가치를 깨닫게 된다.

책을 즐겨 읽는 사람들은 얼굴빛이 온화해지고, 너그러워지며, 헤아려 이해하는 마음이 커진다. 누구에게나 친절하고, 자상하며, 세상 돌아가는 사정에 밝아져서 나눔에 남달라진다. 하찮은 일에도 애틋함이 배어나고, 사랑으로 감싸 안는 마음이 생겨난다.

함께 책을 읽는 시간을 늘려 가면 부모가 일궈 놓은 삶의 궤적만큼 자란다. 지적인 호기심이 많아지고, 상상력이 풍부해진다. 언어 표현력과 사고력도 늘어난다. 정서가 풍부해지고 성격이 좋아진다. 집중력이 향상되고 차분해진다. 혼자서 책 읽기를 좋아하고, 공부하는 습관이 저절로 길러진다.

그러나 아이가 텔레비전이나 인터넷, 오락 등에 매달리는 경우가 많을수록 아이들의 정서는 메마르고 성격도 거칠어진다. 어느 가정에서나 이 문제 때문에 큰 골칫거리다.

아이가 어릴 때부터 좋은 책에서 흥미와 위안을 얻도록 도와주는 건 어른의 몫이다. 독서는 위대한 스승과의 만남이다. 단지 교과서 한 쪽, 영어 단어 하나, 수학 문제 하나 더 풀었다고 해서 만족하거나, 나은 점수를 받았다고 우쭐댈 일이 아니다.

한 권의 책을 읽어도 마음을 바로 다져 정독한다면 그 한 권의 책은 한 분의 스승이 되고, 천 권의 책은 천 분의 스승이 된다. 요즘 아이들, 학교 공부보다는 학원 과외로 내몰린다. 서너 곳 학원을 가려 다니자면 숨 고를 시간조차 빠듯하다. 아이의 순한 마음이 깡그리 짓밟힌다. 아이에게 독서하는 시간을 늘려 주면 그 어떤 공부에 집착하기보다 삶에 값진 의미를 얻는다.

어린 시절에 책을 통해서 만났던 위대한 스승들의 가르침은 위대한 가치관을 심어 주고, 그렇게 형성된 가치관 덕분에 올바른 아이로 성장한다. 모든 교육의 근본 바탕이 꾸준한 독서여야 한다. 그렇지 않은 공부는 밑 빠진 독이다.

교육혁명에 성공한 핀란드가 그렇듯이 모든 교육의 성공 열쇠는 강한 집중력이다. 아인슈타인도 베토벤도 집중력이 강한 사람이었다. 책을 읽는 동안 아이에게 공짜로 얻어지는 게 집중력이다. 일례로, 텔레비전을 볼 때 우리의 뇌는 40%만 작동되고, 만화를 볼 때는 60%만 작동되며, 책을 읽을 때는 100%가 작동된다.

이렇듯 아이들의 뇌가 늘 40%만 작동되거나 60%만 작동된다고 하면 얼마나 안타까운 노릇인가? 어려서 책을 읽지 않으면 어휘력, 이해력, 분석력, 종합력, 추리력, 사고력, 판단력 계발이 뒤처지고 얕아져서 생활 자체가 줏대가 없어진다. 수업 시간에 질문을 하면 대충 대답하는 아이, 알맹이 없이 말을 하는 아이, 머뭇거리며 자신 없어 하는 아이, 유머 감각이 빈약한 아이, 어휘력이 부족한 아이들은 모두 책 읽기가 밑

바탕이 되지 않았기 때문이다.

과거에는 단순한 지능IQ만을 집적하는 데만 온 신경을 곤두세웠다. 그러나 이제는 부드러운 심성을 통하여 자신의 감각을 최대한으로 발휘하는 감성EQ이 두드러져야 한다. 인간 에너지의 근원은 지성이 아니라 감성이다. 입력이 된 컴퓨터라야만 출력하듯이 감성을 통하여 머리와 가슴속에 입력되어 말을 하고 글을 쓴다.

사람은 자신이 표현하는 만큼 인정을 받는다. 사랑하는 마음도 이와 같다. 단지 마음속에만 담아 두었다고 애틋한 사랑이 아니다. 무시로 표현하는 사랑이 아름답다.

아이들이 학교에 다니며 공부하는 궁극은 살아가는 데 필요한 능력을 향상시키기 위한 작업이다. 그렇지만 그러한 공부와 더불어 틈틈

한 쌍의 허수아비_
가을햇살 아래 다정스레 속삭이는
한 쌍의 정겨운 허수아비.
자랑스러운 엄마 아빠 허수아비,
다정한 엄마 아빠 모습을
허수아비로 표현하였다.

이 책을 읽으면 수많은 사람과 만나게 되고, 그 사람이 겪는 삶을 통해서 똑같은 문제 상황 앞에 함께 선다. 그리고 그들이 자신의 문제를 해결하며, 성장하는 방법을 터득하게 되어 아이는 자라서 당당한 어른이 된다.

책을 많이 읽은 아이는 살아가면서 숱한 어려움에 부딪쳤을지라도 어렸을 때 읽은 주인공들이 인생을 어떻게 헤쳐 나갔는지를 반추하게 되어 문제 사태를 능히 해결한다. 그러나 책을 읽지 않은 아이들은 어떤가? 어려운 문제가 닥쳤을 때 당황하고 방황할 따름이다.

프란시스 베이컨은 "독서는 완전한 인간을 만들고, 토론은 부드러운 인간을 만들며, 논술은 정확한 인간을 만든다"라고 했다. 좀 더 배우려고 목을 매는 영어, 수학 등이 한 가지 영양소만을 가진 비타민이라면 독서는 종합 비타민이다.

나는 어떤 부모일까
_자식은 걱정거리의 존재가 아니다

가지 많은 나무에 바람 잘 날 없다.

물가가 천정부지로 치솟는 요즘, 자식 많이 둔 사람은 걱정이 많다. 공부를 잘해도 걱정, 공부 못해도 걱정이다. 나 역시도 아이들 장래를 생각하면 그렇게 마음 편치 않다.

등록금 천만 원 시대를 눈앞에 둔 시점에서 돈 걱정 없이 아이들 공부시키는 대한민국 부모가 얼마나 될까?

애써 공부를 시켜 놓아도 취업 재수생이 즐비한 요즘 세상, 어디 변변한 직장을 얻어 사람 구실하기도 만만치 않다. 부모는 이래저래 걱정거리가 많다. 한데도 주변에는 가시고기 부모가 많다. 그들은 오직 자식을 위해서 산다. 열이면 열 자식이 먼저다.

어떻게 저렇게 할까?

나 같은 부모는 죽었다 깨어나도 그 발치에 이르지 못한다.

부모라면 누구나 제 자식이 행복하게 살기 바란다. 그래서 머리끝에서부터 발끝까지 부모의 의도대로 만든다. 그런 아이는 유치원 초등학교는 물론, 중고등학교를 거쳐 대학생이 되어도 부모의 그늘에서 벗어나지 못한다.

단지 아이가 하는 일이라곤 책가방 들고 공부하는 일 하나다. 그러한데도 고슴도치 부모는 조금만 관심을 놓쳐도 내 아이가 다른 아이들에게 뒤처질까 마음이 조급하다.

이는 '자애롭기만 한 부모 유형'의 표본이다.

가장 많은 부모 유형인데, 자녀의 요구를 다 들어준다. 자녀를 단호하게 압도하기보다는 양보하며, 벌주는 자체를 잘못이라 생각하고, 말은 엄격하게 하나 행동으로 보여 주지 못한다. 때로는 극단적으로 벌을 주거나 분노를 폭발하여 스스로 죄책감을 느낀다.

이런 유형의 부모 밑에서 자란 자녀는 책임을 회피하며, 쉽게 좌절하고, 그 좌절을 극복하지 못하고, 버릇없고, 의존적이며, 자기중심적 사고를 보이며, 자신감이 부족하다.

이런 유형의 부모는 자녀에게 적절한 벌을 가해야 하며, 자신의 입장을 분명히 해야 한다. 또한 말과 행동이 일치해야 하며, 부모가 주는 벌에 대한 항의에 단호하게 대처해야 한다. 그래야 부모의 권위가 세워진다.

반면에 '엄격하기만 한 부모'는 칭찬을 많이 하지 않으며, 부모의 권위에 의문을 제기하는 일을 허락하지 않는다. 즉 자녀가 잘못을 하면 곧바로 지적하고, 잘못한 일에는 반드시 처벌이 따라야 한다고 생각한다.

때문에 이런 유형의 부모 밑에서 자란 자녀는 걱정이 많으며, 항상 긴장하고 불안해한다. 우울하고, 때론 자살을 생각하며, 죄책감을 많이 가지고, 지나치게 복종적이며, 순종적이고, 부정적인 자아 개념으로 자기 비하를 한다.

이 유형의 부모는 사회에서 이중적 성격을 가진 부류로, 고위직, 군인, 경찰, 교직 부모인 경향이 많다. 그렇기에 이런 유형의 부모는 아이의 전체를 비난하지 말고, 잘못된 행동이나 지적 받을 만한 행동만 언급하고, 자녀에게 자주 사랑을 표현하고 칭찬을 많이 해야 한다.

다음으로 '엄격하지 않고 자애롭지도 못한 부모' 유형이다.

제일 심각한 부모로 무관심하고 무기력한 부모다. 칭찬이나 벌을 주지 않고, 비난을 주로 하며, 자녀를 믿지 못한다.

이런 환경에서 자란 자녀는 반사회적 성격을 가지며, 쉽게 일탈하고, 무질서하고, 적대감이 많으며, 혼란스러워하고 좌절감을 많이 느낀다. 세상이나 타인에 대한 불신감이 커진다.

만약 이런 유형의 부모라면 자녀의 바람직한 행동에 칭찬하고, 그렇지 않은 행동에 꾸중하고 벌을 주며, 아이들 자체를 수용하고, 아이들의 욕구와 상태에 민감하게 주의를 기울여야 한다. 아이들은 자기에게 관심을 가져 주기를 좋아한다.

마지막으로 '엄격하면서 자애로운 부모 유형'인데, 가장 바람직한 부모 유형이다.

이런 부모라면 자녀가 일으키는 문제를 정상적인 삶의 한 부분으로 인정은 물론, 자녀에게 적절한 좌절을 경험하게 하며, 그것을 토대로 자기 훈련의 기회를 제공한다.

뿐만 아니라 자녀의 장점과 단점을 함께 인정하고, 잘못을 벌할 때도 자녀가 가진 잠재력을 인정하고, 자녀의 장점을 발견하고 키워 준다, 하여 자녀는 성취동기가 높으며, 사리 분별력을 가지고, 원만한 인간관계를 유지한다.

난 어떤 유형의 부모일까?

하지만 어느 부모 유형이 옳고 그름을 가늠하기가 쉽지 않다. 중요한 사실은 자녀의 행동과 부모의 지금 행동을 반성하여 적절한 방법을 찾아내는 관심과 사랑이 먼저다. 그런데도 부모가 자신의 삶의 방편만을 고집하여 자식을 나약한 존재로 만들고, 삶에 대한 두려움마저 갖게 한다. 어떠한 틀에 박힌 원칙을 바탕으로 하는 삶은 자신을 둔감하게 하며, 삶의 의지를 메마르게 한다. 지나친 부모의 간섭은 되레 무력감을 안겨 주어 아이들의 삶을 병들게 한다.

무력감에 빠진 아이들은 창의성이 파괴된다.

무엇보다도 부모가 확신에 찬 의지를 보여야 한다. 부모 노릇 어렵다지만, 아이들에게 온전한 삶의 전체 과정을 이해하도록 소신을 갖고 이끌어 주어야 한다. 아이는 부모의 삶을 거울로 삼는다.

진실로 자기 아이를 이해하려고 하는 부모는 이상이라는 틀로 자식을 바라보지 않는다. 자식을 진정으로 사랑한다면 아이 존재 그대로 보고, 아이의 성격이나 기분, 버릇과 적성에 관심을 갖고 살핀다. 그러나 자식을 사랑하지 않는 부모는 아이에게 성급하다. 자식을 통하여 자기 욕망을 채우려고 자식에게 이러저러한 사람이 되기를 요구하고, 이상의 굴레를 씌운다.

정말 참된 부모라면 아이가 지닌 기질과 능력, 장애를 주위 깊게 살피고 이해함으로써 소망하는 결과를 꿰뚫어 본다. 아이를 충분히 북돋워 주려면 오랜 시간을 두고 본래 대로의 자기를 깨닫도록 도와주어야 한다.

아이한테 부모의 인정과 사랑만큼 아름다운 보살핌은 없다. 자식을 사랑한다면 본연의 자기를 깨우치도록 이끌어야 한다. 자식은 걱정거리의 존재가 아니다.

4장

아이들,
잘 놀아야 잘 큰다

충분한 경청_
아이들의 관심은 하나다. 자기가 관심 가진 일에 귀를 기울인다.

지금 밥상머리에는 할아버지 할머니는커녕 얼굴 반찬이 없어진 게 오래됐다.

혼자 크는 아이들에게 누가 얼굴 반찬을 챙겨 줄까.

정말 아이들, 마음 붙일 데가 없는 세태다.

_'아이들 마음 붙일 데 없는 세상'에서

어느 부모가 제 아이 귀하지 않으랴

_아이를 키우는 데는 부모의 잣대가 그다지 필요하지 않다

제가 이곳에(캐나다) 와서 맨 처음 놀란 것이 있습니다.

아이를 데리고 학교에 갔는데, 그 혹한의 겨울에 아이들이 교실에 있지 않고 한 줄로 줄을 서서 교실 문 앞에 있는 겁니다. 종이 울리자 선생님이 오시고 교실 문을 여니 그때야 아이들이 차례대로 들어가더군요.

어릴 때부터 질서를 지키고, 아무리 추워도 기다려야 하는 법을 가르치고 있었습니다.

그래서 그런지 어른들도 은행이나 레스토랑, 화장실 어디든지 입구에서부터 줄을 서고 차례를 지키는 것이 이 나라의 모습입니다. 작가님의 말씀에 백배 공감하면서 '어른은 아이들의 거울이다'란 글귀가 생각나네요. 귀한 글 감사합니다.

캐나다에 사는 교포님이 내 블로그에 쓴 댓글이다.

우리의 교육 현실은 어떠한가? 만약 그랬다면 당장에 항의를 듣는다. 추운데 아이들 벌벌 떨게 했다고 신문에 날 만한 일이다. 그런데도 핀란드나 일본의 경우도 이와 비슷하다. 그들은 아이들에게 참고 이겨 내는 의지력을 기초와 기본부터 명확하게 훈습한다.

어느 부모가 제 아이 귀중하지 않겠는가?

그러나 부모가 자녀를 훈육하는 데 명쾌하지 못하면 아이들은 갈피를 잡지 못한다. 아이들은 자잘한 일에서부터 잘잘못을 가려 주어야 할 게 많다. 그래서 꾸짖고 잔소리를 한다. 그렇지만 아이들은 그 순간뿐이다. 마음에 두고 잘못을 일깨워 보지만 사사로운 버릇은 쉽게 고쳐지지 않는다. 그러니 부모의 마음은 조급해진다.

눈에 벗어나는 행동을 바로잡겠다고 애써 다그치지 않아도 괜찮다. 아이는 아이다운 행동을 보일 때 가능성이 엿보인다.

나도 아이를 키우지만, 아이한테 부모의 잣대가 그다지 필요치 않다. 논밭에 알곡만 귀중하게 다룬다. 그렇지만 그 틈새에 잡초는 아무렇게 대접해도 잘 자란다. 애꿎은 잡초를 가려 뽑아도 어느새 잡초는 또 자란다. 손이 많이 간다고 결코 좋은 아이로 자라지 않는다.

자녀에 대한 따끔한 훈육은 자녀의 마음을 건강하게 키우는 가장 좋은 방법이다.

오늘도 내 반 아이가 티격태격 싸웠다. 사이좋게 지내다가도 툭하고 불거지는 일 하나에 얼굴이 발갛도록 엉겨 붙는다. 다가가 뜯어말리고는 서로의 격앙된 이야기를 들어 보았다. 딴은 시시콜콜한 일까지 다 이야기하였지만, 정작 싸움의 사단은 별게 아니었다. 욱하는 마음을 참아 내지 못했기 때문이다. 그렇지만 잘잘못을 분명하게 가려 주었더니 이내 자기 잘못을 인정했다. 웃으며 먼저 손을 내밀며 사과한다.

그게 아이다운 순수함이다.

심한 꾸지람을 했더라도
재울 때는 다정하게 대해라

_자식의 돌봄은 부모의 의도와 큰 편차가 난다

자식 키우는 일이 만만치 않다.

코흘리개 적부터 몸집 머리 굵어질 때까지 숱한 일들로 얼마나 얼굴 붉혔던가. 그냥 두어도 무던하게 잘 자랐을 아이를 다그치고 윽박지르면서도 만족하지 못했던 때가 얼마나 많았던가. 부모의 욕심은 끝이 없다.

아이를 통해서 자기가 못다 한 일을 만족하려는 욕심이다. 그런데 그 와중에서 아이가 받았던 심적 고통은 어떠했을까?

지내 놓고 보니 그땐 왜 그랬을까 하는 후회가 꼬리를 문다. 내 아이에 대한 미더움이 야물지 못했기 때문이었을까? 부모의 극성이 아니어도 아들딸은 제 몫을 다하며 어엿하게 생활한다. 그러나 자식의 성장은 어디까지나 대화와 소통의 정도에 따라 그 빛깔이 달랐다.

그만큼 자식의 돌봄은 부모의 의도와 큰 편차가 난다.

이미 다 겪은 바이지만 부모가 아이를 대하는 방법으로 세 가지다.

그 첫째 방법은 어른이 승리하는 방법이고, 둘째 방법으로는 아이가 승리하는 방법이며, 셋째 방법은 무승부법이다(이 사실은 토마스 고든의 『아동·청소년, 그들의 세계』에 자세히 소개됐다).

그러나 안타깝게도 첫째, 둘째 방법은 승리 아니면 패배로, 양자택일의 방법이다. 즉 양쪽 편이 저마다 자신들의 의견을 밀고 나가 상대방이 받아들이도록 설득하려고만 한다.

이 방법에서는 승리하는 자는 상대방의 욕구를 존중하거나 고려하지 않아 패배자에게는 쓰디쓴 열패감을 준다.

때문에 패배한 쪽은 상대방에게 깊은 분노를 느끼게 된다. 첫째, 둘째의 방법은 모두가 권력의 싸움이다. 적대감을 가지는 동시에 승리를 위해 필요하다면 힘의 사용도 마다하지 않는 닫힌 구조로 답답한 인간관계만이 존재한다.

흔히 부모는 아이를 대할 때 첫째, 둘째 방법만을 확신한다. 엄하게 하면 어른이 이기고 관대하게 하면 아이가 이긴다고 생각한다. 그러나 이런 속에서는 아이와 인간관계는 즐거움으로 연결될 수 없다.

어쩐지 사랑이 안 가고 친밀한 관계를 갖기조차 싫어진다.

특히, 첫째 방법은 아이에게 너무나 위험한 권위주의적인 방법이다.

첫째 방법이 실시되었을 때 대개의 아이는 부모가 강제한 그 일을 실행하려는 자발적인 동기 부여가 거의 없다. 교사와 학생의 관계에서도 마찬가지다. 반발심이 일어나서 아무리 교사가 실행하려고 해도 쉽게 되지 않는다.

학생은 자신이 자기 규제를 발달시킬 기회를 상실하고 만다. 또한 학생은 비협력적으로 되고 교사는 잔소리를 많이 하게 된다.

권위적인 환경에서 자라난 아이는 성인이 되어서도 자기가 자신을 규제할 수 없는 권위적인 사람이 된다. 그럼에도 첫째 방법을 사용하는 부모나 교사는 일반적으로 아이는 어느 정도 규제하는 게 옳다고 믿는다. 권위를 사용하면 제한 없이 놀거나 예의범절 없는 행동을 막는다고 생각한다.

또 권위를 사용하지 않으면 아이는 자신들의 문제에 신경을 써 주지 않는다고, 사랑해 주지 않는다고 생각하게 된다.

아이는 권위적인 부모나 선생님을 원하지 않는다. 아이는 자신의 행동에 대해 어떤 관심을 보여 주는지 알고 싶어 한다. 자신의 행동이 변화되거나 제한을 당하지 않고 수용되기를 바란다. 하지만 그것은 아이의 바람일 뿐이다. 현실은 그렇지 않다.

아이를 대하는 셋째 방법은 '무승부법'이다.

아무도 패배가 안 되게 하는 방법이다. 어느 쪽도 상대방의 욕구에 맞도록 자신을 바꿀 수 없을 때, 그래서 욕구의 대립이 확실해졌을 때는 서로가 상대방을 희생하기보다 하나씩 대립을 해결해 나가는 게 좋다.

남이 나의 욕구를 존중한다면 나도 남의 욕구를 존중해 주어야 한다. 그 반대도 마찬가지다. 따라서 불가피하게 일어날 수밖에 없는 의견 대립의 해결책을 찾을 때는 모두가 받아들이는 방법을 찾도록 해야 한다. 그렇게 하면 서로에게 만족을 주게 되고 둘의 관계는 건전하고 즐거워진다. 어느 한쪽도 실망하지도 패배하지도 않고 모두가 승리한다.

아름다운 무승부법이다.

아이들은 크게 욕심내지 않는다
_아이의 다 다른 재능을 키워 주는 부모는 많지 않다

사랑을 아는 사람은 마음결이 고와 늘 좋은 생각을 드러낸다. 그래서 그런지 아이들이 한데 얼려 노는 모습 지켜보면 건강한 삶의 이야기가 많다. 아이들, 말을 함부로 옮겨 담지 않고, 나름대로 야무지다.

좋은 일이건 궂은일이건 그렇게 따져 들지 않고, 입에서 악취 풍겨 내지 않는다.

아이들은 크게 욕심내지 않는다.

그러나 부모나 주위 사람으로부터 '너를 믿는다', '네가 최고다', '용돈 필요하지 않니?', '좀 쉬지 그러니', '내가 도와줄 게 없니?', '뭘 먹고 싶니?', '네 하고픈 대로 해라', '아빠, 엄마는 언제나 네 편이다', '요새 보니까 머리 물들인 것도 괜찮더라'는 등등 인정의 말을 듣고 싶어 한다.

끊임없는 칭찬과 따뜻한 격려의 말 한마디가 아이를 한층 더 크게 북돋운다.

아이에게 생각 없이 툭 내뱉는 말 한마디는 자칫 평생 치유하지 못할 상처로 남는다. 그러한 말은 자라는 아이의 심성을 꺾어 버리는 흉기다. 아이에게 하는 말은 신중해야 한다. 활시위를 떠난 화살이 되고 나서 후회해 본들 소용없다.

아이들은 어떤 말을 가장 듣기 싫어할까?

대체로 '공부 좀 해라', '또 돈 타령이냐', '너는 언제 정신 차릴래', '커서 뭐 될래?', '텔레비전 컴퓨터가 밥 먹여 주나?', '동생만큼만 해라', '도대체 네가 잘하는 것은 뭐니?', '성적이 왜 이 모양이냐?'는 말을 듣기 싫어한다.

그런데도 대개의 부모는 고슴도치 사랑을 고집한다. 그게 자식 사랑인 양 착각한다.

'너는 아빠의 꿈이고 희망이다', '그래도 너 때문에 산다', '공부만 열심히 하면 된다', '시키는 대로 해라. 다 너를 위한 것이니까', '너는 몰라도 돼. 나중에 저절로 알게 돼', '병신 같은 게, 바보 같은 게', '네 친구들은 어째 다 그 모양이냐? 걔한테 배울 게 뭐가 있니?', '뭐니 해도 돈이 최고야', '이제 끝났어. 뭘 하겠다고 그래'라는 말을 가장 듣기 싫어한다.

한 번쯤 스스로 되짚어 보라. 평소 아이에게 미안한 말을 너무 많이 내뱉었다는 생각에 낯이 뜨뜻해진다.

아이에게 자존감을 크게 키우는 일이 중요하다.

스스로 하고픈 일을 지지해 주었다면 그것으로 만족해야 한다. 자기 일의 소중함을 진작하도록 격려하는 부모라면 그것으로 최고다.

더불어 아이가 주변 사람들과 다정하게 어울리도록 도와주어야 한다. 아이와 눈높이를 같이하고 사랑하되 사랑 안에 가두지 않아야 한다. 단순히 학원 과외 공부에 치중하기보다 책을 많이 읽히고, 남보다 '뛰어나게' 되라기보다 남과 '다르게' 자라도록 배려해야 한다.

세상에 부모는 많다.

그렇지만 아이의 다 다른 재능을 키워 주는 부모, 앞모습이나 뒷모습

우포 자연생태체험_
교실 수업을 떠나 자연과 친화 교감하는 현장체험학습,
자연과 직접 만나는 일이 자연을 사랑하는 시작이다.

이 같은 부모, 아이의 의견을 존중하는 부모, 아이와 더불어 하는 시간
을 많이 갖는 부모, 남에게 베풂을 보여 주는 부모, 사랑하되 사랑 안
에 가두지 않는 부모, 존경받는 부모는 드물다.

아이들 마음 붙일 데 없는 세상

_가정의 밥벌이가 어렵다 보니 아이 문제는 늘 차선이다

내가 태어나기 전에 할아버지가 돌아가셔서 할머니는 혼자 사신다.

그래서 주말이면 가까이에 사는 우리 집에 오신다.

오늘도 할머니를 배웅하러 갔다.

몇 달 전만 해도 잘 걸으시더니 이젠 예전처럼 잘 걷지 못하신다.

무릎이 많이 안 좋아진 것 같아 걱정이 되었다.

집에 와서 동생과 내가 할머니 어깨와 다리를 주물러 드렸다.

할머니께서 환하게 웃으셨다. 기분 좋았다.

할머니한테는 좋은 냄새가 난다. 흙냄새다.

나는 그 냄새가 좋다.

왠지 마음이 편안해지는 것 같다.

할머니 사랑해요.

반 아이 일기다. 요즘 드문 이야기다. 농촌이라 해도 다세대로 사는 가정이 많지 않다. 그만큼 우리 사회도 단출해졌다. 부모와 자녀세대만으로 구성된 핵가족은 어딘가 헛헛하다. 아이들이 할머니 할아버지의 사랑을 모를뿐더러 따뜻한 훈기를 느낄 짬도 없다.

경제가 바닥을 치니 가정이 온전치 못하다. 부모 어느 한쪽의 부재로 결손 가정이 숱하다. 가정 해체가 심각하다. 상대적으로 지금 농촌은 핍박하다. 농촌 경제 파탄으로 아이들이 받는 고통은 정도를 넘어섰다.

우리 반에도 조손 가정, 한 부모 가정이 많다. 반 아이 절반가량은 방과 후 부모의 돌봄은커녕 저녁도 혼자 챙겨 먹는 처지다. 적어도 아이가 잠든 시간까지는 보호자가 귀가를 하지 않는다. 가정의 밥벌이가 어렵다 보니 아이 문제는 늘 차선이다.

그래도 할아버지나 할머니의 보살핌을 받는 아이는 얼굴에 구김살이 덜하다. 손자손녀를 향한 노인네들의 잔정이 살갑다. 결손 가정이나 조손 가정의 아이들은 대개 학교에서만큼은 조력을 받는다. 학교에 보육교실이 마련되어 하교하면 곧장 보살핌을 받는다. 현재 스물 남짓 아이들이 학교 방과 후 보육교실의 수혜를 받는다.

우리 반은 그나마 할머니 할아버지가 계신 가정이 많다. 그렇지만 지금 아이들 중 홀로 지내는 아이들이 의외로 많다. 아이들은 안정적으로 보호를 받아야 하는데, 학교에서의 돌봄만으로 헛헛한 마음을 다 채워주기엔 빈 곳이 너무 크다.

지금 밥상머리에는 할아버지 할머니는커녕 얼굴 반찬이 없어진 게 오래됐다. 혼자 크는 아이들에게 누가 얼굴 반찬을 챙겨 줄까.

정말 아이들, 마음 붙일 데가 없는 세태다.

학원 가기를 좋아하는 아이는 없다
_아이를 아이답게 키우려면 무엇부터 먼저 해야 할까?

부모가 되어 아이를 키워 본 사람은 안다. 갓 돌을 지나 걸음마를 하고 옹알이를 하게 되면 날마다 내 아이는 천재로 보인다. 때문에 아이의 행동 하나하나에 집중하게 된다.

유아기 즈음 가장 두드러진 성장을 보이는 시기다. 신혼부부의 경우 첫아이에 대한 기대는 상대적으로 크다. 그래서 필요 이상의 기대치를 갖는다.

그렇지만 미운 예닐곱 살이 되면 천재 같았던 아이가 여느 아이들과 별반 다름없다. 그래서 부모는 조급해진다. 급기야 유명 유아원을 찾게 되고, 좋다는 학습지에 매달린다. 더 이상 방치했다가는 내 아이만 뒤처져 견뎌 낼 자신이 없다. 정작 아이는 아직 부모의 화급한 기대를 담는 그릇을 부시지도 않았는데 막무가내다.

"피아노와 영어는 어렸을 때부터 시작하는 게 좋아요."

"영재교육은 유아기 때부터 시작해야 해요."

신체 발육도 여의치 못한 데도 고사리 손가락으로 피아노 건반을 두드리고, 모국어조차 어눌한데도 꼬부랑말부터 먼저 흥얼거려야 한다고 닦달한다. 부모의 기대만큼 돈을 들이면 일정 정도는 아이의 가소성이 드러난다. 하지만 대개의 부모는 만족의 한계법칙이 인정되지 않기에, 아이가 싫건 좋건 자기 생각을 드러낼 겨를도 없이 학교에 입학하기도 전에 얼이 다 빠진다.

그런 까닭에 초등학교 저학년은 물론, 고학년 아이들의 경우 의도적으로 습득된 기능은 어느 정도 발현하나, 정작 음표 하나 박자 하나 제대로 가리지 못한다.

영어의 경우도 마찬가지다. 기능은 뛰어나나, 실제로 이해하고 응용하여 교과 학습에 접목하는 창의력은 미미하다. 또한 어렸을 때부터 학원 과외로 내몰렸던 아이들일수록 마땅히 자기가 해야 할 학습 수행 능력도 형편없다.

아이를 아이답게 키우려면 무엇부터 먼저 해야 할까?

부모가 아이의 존재를 인정하고, 이해하며, 칭찬하고, 격려하는 든든한 지지자로 만족해야 한다. 단지 내 아이가 능장을 부린다고 해서, 게으름을 피운다고 해서, 남보다 낮은 점수를 얻었다고 해서 얼굴 붉힐 일이 아니다.

아인슈타인의 천재성은 다방면에 걸친 수월성이 아니었다. 누구나 한두 가지쯤은 슈퍼맨이 될 가능성을 갖고 태어난다. 천재 아인슈타인은 모든 세무 정리를 회사에 맡겼다고 한다. 그런데 아인슈타인은 그저 계산만 하면 되는 세무 정리를 왜 돈을 줘 가며 회사에 맡겼을까?

그에 대해 아인슈타인은 이렇게 말했다.

"당신들은 너무 대단합니다. 어떻게 이 많은 서류 정리와 계산을 정확하게 해내죠? 나에게는 너무 어려운 일입니다."

사람에게는 각자 역할과 재능이 다 다르다.

때문에 '저 사람은 저런 능력을 가졌는데 나는 왜 그 능력이 없지?'

아이들은 자유롭게 풀려나고 싶다_
평소 학교생활을 하는 데도 빠듯한데 요즘 아이들,
학원 과외로 힘겨워한다. 아이들도 쉬고 싶다.
휴일 창녕 영축산에 오른 동포초 6학년 아이들. 해맑다.

라고 남과 비교해서 자신을 원망할 까닭이 없다. 그보다는 자신의 내면에 숨겨진 능력을 찾아서 발현시키는 게 훨씬 더 긍정적이다. 누구나 그런 가능성을 찾는 데 충실해야 한다.

남의 떡이 더 커 보인다. 학원 과외로 내모는 학부모들의 경우를 보면 아이들에게 욕심이 과하다. 학교 공부로는 안심을 못 한다. 그러니 내 아이를 학원에 보내지 않으면 옆집 아이들보다 뒤처질까 불안하다.

자라는 아이에게는 다양한 경험만큼 충분한 지지가 또 없다.

그런데도 자꾸만 길들이려 하고 틀에 가둬 두려고 하다 보니 불협화음이 생긴다. 학원 가기를 좋아하는 아이는 없다. 아이의 마음이 그러한데도 연일 학원이 미어터진다. 그만큼 점수화된 성적에만 함몰된 생각이 많은 탓이다.

천재성이 거저 얻어지는 게 아니다.

그렇듯이 아이들이 잠재능력을 계발하는 일도 결코 우연의 소산이 아니다. 아무리 될 성싶은 나무는 떡잎부터 안다지만, 그것은 지네를 잡는 데 닭고기가 제격이라는 그릇된 고정관념일 뿐이다.

생태 연구가들의 실험에 따르면 지네를 잡기 위해 삶은 닭을 항아리에 담아 땅에 묻어 둔다지만, 실상은 한 항아리에 한두 마리 이상은 잡히지 않았다. 결국 지네는 닭을 그다지 좋아하지 않는다.

"우리 엄마는 매일 학원 과외만큼은 꼭꼭 챙겨요. 단 하루라도 학원을 빼먹는 날이면 야단을 쳐요. 그뿐인 줄 아세요? 학원 선생님한테서 곧바로 연락이 와요. 더욱 화가 나는 것은 학원에서는 매일 시험을 쳐서 점수가 낮게 나오면 그만큼 손바닥을 맞아요. 그래도 엄마는 상관 안 해요."

"학원 가기가 싫어요. 재미가 없어요. 학원 가서 공부를 하고 있으면 마치 내가 앵무새가 된 느낌이에요. 무엇이든 달달 외워야 하고 정답을 맞혀야 해요. 특히 수학은 더해요. 전 컴퓨터나 전자계산기가 아니잖아요. 놀고 싶은데 시간이 없어요."

아이들을 학원 과외로 내몰면 성적이 오르고, 아이가 좋아하리라 생각하지만, 그건 어설픈 생각이다. 당장에 싫증을 낼 뿐만 아니라 그로 인한 정신적 고충이 이만저만이 아니다.

그렇다고 학원 다니는 자체가 아이의 정서를 나쁘게 하고, 해악만 끼치는 건 아니다. 무조건 학원에 다녀야 공부가 된다는 그릇된 믿음이 문제다. 적어도 자발성을 갖고 자기 일을 꾸려내는 아이만큼은 그저 '길들이고', '판박이'로 만드는 데 내보내지 않아야 한다.

흔히 아이들이 내뱉는 말투, 그 푸념 섞인 불만 중의 하나가 '학원 가기 싫다'는 얘기다. 중등학생은 논외로 치더라도 최소한 초등학생만큼은 그렇게 억눌려 하는 학원에 애써 내몰 까닭이 없다.

아인슈타인을 비롯한 천재성을 맘껏 발휘한 사람들이 누누이 말했듯이 사람의 능력은 다 다르다. 그렇기 때문에 그 잠재능력을 계발해 내고 발현시키는 일이야말로 아이를 보다 아이답게 키우는 비결이다. 내 아이가 소중하다면 먼저 아이의 존재를 인정하고 배려해야 한다.

근데도 지금 이 순간에도 얼마나 많은 아이들이 학원 과외로 힘겨워하는가?

올바른 독서는
좋은 책을 고르는 데서부터 시작해야 한다
_책을 고르는 데는 어떤 틀에 맞춘 방법이 없다

칠월 들어 모처럼 서점에 들렀다.

아들이 초등학생이었을 때는 주말 행사였다. 사는 곳이 읍 소재지나 서점 하나 없는 불모지다. 그래서 책 구경하려면 마산 창원으로 발품을 팔아야 한다. 그곳에는 교보문고와 영풍문고를 비롯하여 여러 대형 서점을 만난다.

어떨 때는 문을 열 무렵 들어가서 해가 저물도록 머물기도 한다. 워낙에 책이라면 쉽게 엉덩이를 떼지 않는다.

내가 책을 고르기는 꼼꼼하다 못해 신중하다.

아무리 읽고 싶은 책이라고 해도 선뜻 잡아채지 않는다. 책은 읽는 사람이 선택해야 한다. 그게 내가 책을 선택하는 불문율이다. 어제도 딱 세 권 샀다. 그렇지만 내가 훑어본 책은 백여 권에 이른다. 하여튼 새로 나온 책이 너무 많았다.

근데 책을 고르다 말고 언뜻 보니 맞은편에서 약간의 실랑이를 하는 소리가 들렸다. 젊은 엄마와 열 살쯤으로 보이는 여자아이였다. 읽고픈 책을 선택하는 문제였다. 가만히 지켜보니 딸아이는 요즘 유명세를 톡톡히 치르는 인기 가수가 쓴 책을 사겠다며 떼를 썼고, 젊은 엄마는 그런 책을 읽기보다 공부에 도움이 되는 책을 읽으라고 사뭇 강요하였다. 그러나 아이는 조금도 밀리지 않고 제 고집을 내세웠다. 그러니 자연 젊은 엄마의 목소리가 커졌다.

젊은 엄마와 여자아이의 실랑이는 오랫동안 계속되었다. 이미 서로 양보할 마음이 없어 보였다. 그런데 젊은 엄마가 비책의 카드를 꺼내었다. 말 안 들으면 책을 안 사 준다는 경고였다.

문제는 그다음이었다. 그러면 딸아이는 제 돈으로 사겠다며 입이 뽀로통해졌다. 모녀의 대화는 거기서 끊겨 버렸다. 모녀는 서로 데면데면한 얼굴로 계산대로 향했다. 참 안타까운 모습이었다.

아이들에게 책 읽기를 강요하면서 정작 어머니 자신이 권하는 책만 읽히겠다는 고집은 지나치다. 이 세상의 어느 부모가 자신의 아들딸이 책 읽기를 싫어하도록 내버려두는 경우는 없다.

그런데도 정작 아이가 읽고 싶어 하는 책을 얼마나 권할까? 내 부모도 거의 하루도 빠짐없이 책 읽으라고 닦달했었다. 하지만 딱히 어떤 책을 읽어야 한다는 고집을 하지 않았다.

야단치는 부모의 얼굴을 통해서는 책이 읽혀지지 않는다.

무엇보다도 아이들 스스로 읽고 싶다는 책을 안겨 주어야 하고, 어른들이 책 읽는 모습을 보여 주어야 한다. 차분히 책을 읽는 환경을 마련해 줌은 물론이다. 어떤 일을 할 때 어른들은 자기 관점으로 걸러서 받아들이지만, 아이들은 그 내용, 그 생각, 그 빛깔 그대로를 받아들인다.

올바른 독서는 무엇보다도 좋은 책을 고르는 데서부터 시작되어야 한다.

좋은 책이란 '양서'를 말한다. 그러나 모든 책이 다 양서는 아니다. 책 중에는 표지가 요란하거나 호화롭게 만든 책, 눈을 끌기 위해 욕심을

좋은 책이란 책꽂이에서 바쁜 책_
무엇보다도 재밌고, 설득력과 감화를 주는 내용,
일관된 주제를 가진 책이어야 한다. 새로운 시도를 독려하는 책,
신선하고 의욕적인 이야기를 다룬 작품이면 그것으로 충분하다.
그러나 무엇보다도 좋은 책은 책꽂이에서 바쁜 책이다.

앞세운 책도 많다.

뿐만 아니라 싸게 파는 책, 날림으로 만든 책, 남의 출판사 책을 베
낀 불량 서적, 또 잘 팔리는 책, 우습고 아슬아슬한 재미에 치우친 흥미
위주의 명랑 소설이나 공포 괴기소설 등 단순히 읽기 쉽다거나 재미있
어 선택하게 되는 책도 즐비하다. 이러한 책 읽기는 위험하다.

아이들은 좋고 나쁜 책을 쉽사리 구분하는 능력이 없다.

책을 고르는 데 그 내용이나 형식에 어른들의 세심한 배려가 필요하
고, 애정을 갖고 다정스레 이끌어 주어야 한다. 어떤 책을 고를까. 머뭇
거릴 까닭이 없다. 부모님과 선생님, 어른들이 먼저 읽고 권장하는 책이
면 다 좋다.

지금의 형편은 어떤가? 책 읽기라면 무턱대고 위인전기를 많이 권하

는 실정이다. 그러나 이러한 책은 아이들이 좋아하는 동화나 소설보다 재미가 없거나 딱딱함을 느끼게 되어 책을 멀리하는 큰 이유가 된다.

하물며 위인전기에서 흔히 보게 되는 왕이나 장군들이 높은 권위로 자리에 앉는 모습이 답답해진다. 또한 위대한 업적을 남겼다는 학자나 발명가, 예술가들이 자신의 영역에서 봉사정신과 희생정신을 실천한 사람은 드물다.

이유는 그뿐만이 아니다. 위인전은 단지 그 사람의 공덕을 칭찬하여 기리는 내용이 대부분이어서 아쉬움이 많다. 왜냐하면 아이들이 주역이 될 다음 사회는 남을 지배하고 군림하는 사람이 필요한 게 아니라, 남을 위해 봉사하고 스스로를 희생하는 인물이 더 높이 평가되어야 한다.

그렇기에 아이들이 올바른 책을 선택하는 데 자신의 삶을 값지게 하는 체험을 보여 주어야 한다. 우리 주변의 훌륭한 인물들의 얘기를 통해서 올곧은 마음을 키우고, 힘찬 용기를 주는 책을 선택하는 게 중요하다.

책을 고르는 데는 어떤 틀에 맞춘 방법은 없다.

그렇지만 아이들의 연령이나 학년, 성격 등을 생각하고, 독서 욕구나 독서 능력에 대한 개인적 수준을 고려하여야 자신에게 알맞고 유익한 책을 고른다.

우선 책의 형식면에서 좋게 소개된 책을 고르고, 지은이가 분명하고, 훌륭한 분들의 책을 선택하는 게 좋다. 출판사도 그 방면에서 인정을 받는 쪽으로 선택하면 바람직하다. 책의 발행 연도가 오래되지 않은 책이 좋다. 문장의 경우에도 알기 쉽고 내용과 분량이 적당해야 한다.

내용면에서 그 책이 삶에 충실한지, 마음을 밝고 명랑하게 이끌어 주고, 올바른 생활 태도를 길러 주는가를 살펴보아야 한다. 그리고 역사나 과학적 지식을 쌓음에 도움이 되는지, 도덕이나 예술·종교적 교양을 높임에 도움이 되는지 가려보아야 한다.

경험으로 말하건대 무섭고, 비참하고, 잔인하거나 나약하고, 안일한 감상적인 이야기의 책들은 피하는 게 좋다. 또한 옳지 못한 방법으로 승리한다거나, 약자가 강자를 무조건 골탕 먹임으로써 승리한다는 내용도 좋지 않다. 책의 내용은 정당해야 하고, 이치에 맞는 선택을 해야 한다는 뜻이다. 아이들의 경우 감상력은 뛰어나지만 비판정신은 덜 성숙하기 때문이다.

사람의 됨됨이는 어릴 때 갖추어진다.

인성은 부모의 생활 태도나 선생님의 가르침에 영향을 받기도 하지만, 보다 중요한 일은 성장기 아이들이 어떠한 책을 접하였는가에 따라 크게 좌우된다.

유럽 사람들은 불과 오 분만 틈이 생겨도 책을 꺼내 읽는다고 한다. 그런데 우리들 삶은 언제나 바쁘다. 여유를 갖고 차분하게 일상을 지켜볼 수가 없다. 갈수록 책을 가까이하는 사람들이 드문 세상이다. 고집통이 여자애는 자기가 원하는 책을 샀을까?

명쾌한 자녀 양육이 건강한 아이로 키운다

_부모라면 자녀에게 단호해야 한다

고만고만한 아이들, 하는 짓을 보면 자잘한 데서부터 손 가는 일 많다. 자연 잔소리가 많아진다. 이것 하라 저것 하라며 애써 다그치다 결국 눈알 부라린다. 그러면 아이는 주눅이 든다. 하지만 그때뿐이다.

아무리 잘못을 꼬집어 보지만 이미 되바라진 아이의 버릇은 쉬 고쳐지지 않는다. 때문에 마음이 조급해진다. 아이가 어른처럼 당장 행동을 추스른다면 어찌 어린아이겠는가?

해서 굳이 눈에 벗어나는 행동을 바로잡으려고 바동대지 않는다. 아이는 아이다울 때 희망이다.

논밭에 알곡만 가려 심고, 꽃밭에 예쁜 꽃만 골라 심지만 그 틈새에 잡초가 자란다. 그렇다고 애꿎은 잡초만 뽑아 보라. 그런다고 잡초가 깡그리 없어지지 않는다. 돌아서면 어느 틈엔가 또 쑥쑥 자란다. 아이도 마찬가지다. 보살핌을 자주 받는 아이가 더 잘 자란다고 생각하겠지만 결코 그렇지 않다.

부모라면 자녀에게 단호해야 한다. 명쾌한 태도는 자녀를 건강하게 키우는 가장 좋은 방법이다. 또 자녀의 잘못에 분명하게 꾸짖기보다 잔소리만 되풀이하는 부모에 영향을 받는 아이는 마음에 그늘이 진다.

늘 닦달 받고, 구박받으며, 위협받는 아이는 부모를 무서워하며 불안해한다. 갈피를 잡지 못하고, 의기소침하며, 심리상태가 불안정하다. 그러한 일들은 아이에게 불건강한 요소다. 그러한 보살핌이라면 차라리 아니함만 못하다.

부모의 미지근한 태도에는 자녀에게서 대리만족을 하려는 욕심이 담겼다. 자녀의 잘못에 명확한 결단을 갖지 못한 데서 오는 초조함이 결국 아이한테 참아 내기 힘든 핍박으로 나타난다. 부모가 분별해서 벌을 주는 건강한 훈육 방식은 솔직하고, 느긋하며, 심신이 건강한 아이로 자라게 한다. 결코 그늘지지 않는 자녀로 키운다.

부모 자신은 성실하지 못하면서 자녀를 어정쩡하게 훈계하고, 자녀에게만은 신념을 가진 사람이 되기를 바란다면 그것은 모순이다. 그러고도 자녀가 좋은 행동을 하도록 기대한다면 정말 형편없는 자녀 양육 방식이다.

요즈음 체벌은 야만이라는 탓에 누구도 체벌을 염두에 두지 않는다. 그렇지만, 잘못된 아이의 마음을 고치는 데 꼭 필요하다면 그 수단과 방법은 고려되어야 한다.

그저 내 아이가 귀엽다고 아이의 잘잘못에 대해서 손도 대지 않고, 자녀에게 방관자적인 태도로 일관한다거나, 체벌을 혐오하는 따위는 부모로서의 직분을 방기한 어정쩡한 태도다.

그런 만큼 아이를 키울 때는 부모의 바람보다는 아이의 본성을 먼저 키워 주어야 한다. 그게 바람직한 자녀 양육 방식이다.

아이는 어른의 거울이다.

그렇듯이 아이는 어른들의 관심을 받는 만큼 자란다.

한 아이를 키우는 데는 온 동네 사람이 필요하다.

아이의 기를 살려 내는 비책은 하나다

_아이의 존재 가치를 바로 세워 주는 일이 먼저다

아이가 어떠한 일에 힘겨워하는가?

여러 설문 결과에 따르면 대체로 부모나 교사, 또래 집단으로부터 자신의 존재 가치를 인정받지 못한 때라고 입을 모은다. 또 생활 주변 환경으로부터 자신의 존재 가치가 무시를 당했을 때 마음이 거칠어지고 벗어나고 싶은 행동을 한다고 말했다.

어떤 아이가 대접을 받는가?

그저 고분고분한 아이, 시키는 대로 잘 따라 하는 아이, 공부 잘하는 아이다. 그런 아이들에게 온화한 눈길과 따스한 손길이 넘친다. 그렇지만 자기 존재를 무시당한 아이가 느끼는 사랑의 감도는 너무나 다르다.

그들은 단지 공부를 못한다는 낙인 하나로 모든 꿈과 희망을 접어야 하는 낭패를 맛본다.

아이들의 삶 속에도 20:80의 논리가 여지없이 적용된다.

착하고 공부 잘하는 상위 20프로는 쓸 만한 존재로 사회에 도움을 준다고 부추긴다. 그러나 나머지 80프로는 하등의 도움이 되지 않을뿐더러 되레 상위 20에게 피해를 준다는 선입관이 크게 지배한다.

때문에 그들은 개밥에 도토리 신세를 면치 못한다.

이런 현상을 우리나라 초·중·고등학교 교실에 적용시켜 보면 너무나 아찔하다. 급당 평균 30명 정도라고 했을 때 채 열 명 정도만 '공부를 잘하는 아이'로 대접을 받고, 나머지 스물 명은 기껏 공부해 봤자 번듯한 대학에 원서조차 낼 수 없는 천덕꾸러기가 된다.

세상은 결코 잘난 사람만으로 짜인 판이 아닌데도 부모의 욕심은 늘 한가지다. 애꿎은 아이들만 죽어난다.

사람은 누구나 저마다의 존재 가치를 갖고 살아간다.

그렇기에 내 자식만이 최고로 소중한 존재가 아니라, 남의 자식들도 모두 소중한 존재로 인정해야 한다. 아무리 야무지게 잘 가꾼 꽃밭이라 해도 하나의 꽃만으로는 아름다울 수 없다.

사람은 다양한 존재로 귀중하다.

능력이 뛰어나다고 사회적으로 인정을 받는 사람, 별로 똑똑하지 못해서 사회에 보탬이 되지 않는 사람들도 어울려 산다. 그렇다고 해서 서로의 존재를 얕잡아 보아서는 안 된다.

그래도 우리 사회가 이만큼 좋게 굴러가는 까닭은 그렇고 그런 사람들이 제 할 일을 다 하기 때문이다.

아이들은 남을 업신여기는 마음을 갖지 않는다.

못된 마음이 덜하기 때문에 하찮은 푸대접에도 설움을 덜 받는다. 우리가 아이를 키우면서 세심하게 신경 써야 할 일 중의 하나가 바로 아이의 존재 가치를 바로 세워 주는 일이다. 자신의 존재 가치를 높이는 일은 결국 타인의 존재 가치를 인정함으로써 스스로의 존재 가치를 높인다. 타인의 존재 가치에 인색하면 자신의 존재 가치도 없다.

더불어 살아가려면 자신과 이웃하는 모든 사람들이 다 다른 존재 가치를 가짐을 인정해야 하고, 각기 다른 자존 의식을 가져야 한다. 이는 부부간에도 마찬가지다. 남편이 자신의 존재 가치를 세우려면 먼저 아내의 존재 가치를 치켜세워 주어야 한다. 아내 역시 자신의 존재 가치를 인정받으려면 먼저 남편의 존재 가치를 높여 주어야 한다. 해서 상대방의 존재 가치는 인정하지 않으면서 자신의 존재 가치만을 내세우는 사람은 지극히 이기적이고 편협한 사람이다.

힘겨워하고 맥이 풀린 아이들이 많다.

조그만 일 하나도 칭찬보다 다그침이 많았던 까닭이다. 이런저런 일에 부치는 아이들의 기를 살려 내는 최선의 비책은 따뜻한 칭찬만한 게 또 없다.

융통성이 없으면 사람 냄새가 나지 않는다

_아이는 부모의 소유물이 아니다

그저께 친구들과 오붓한 자리를 가졌다.

하여 자연스레 세상 사는 이야기를 안주 삼았다. 무엇보다도 요즘 아이들은 인터넷 때문에 책과 담을 쌓는다는 데 입을 모았다. 아이들 일상을 훑어보아도 인터넷과 스마트폰 세상이 된 지 오래다.

그렇다. 지금 아이들은 책을 읽지 않는다. 그런데 아이가 책을 읽는 데 부모가 얼마나 관심을 가질까? 아이가 책을 읽지 않는 이유는 간단하다. 부모가 책 읽는 분위기를 만들어 주지 않기 때문이다. 부모는 한 달에 단 한 권의 책도 읽지 않으면서 아이들에게만 책 읽으라는 닦달은 지독한 강요다. 더구나 부모는 버젓이 거실에서 텔레비전을 보면서, 아이에게만 방에 들어가 책 읽으라고 다그치니 이치에 맞지 않다.

아이도 어른들처럼 텔레비전을 즐겨 보고 오락을 좋아한다. 부모니까 어른이니까 언제든지 매달린다고 하지만, 아이도 그 좋은 장난감을 마다해야 할 까닭이 없다. 무엇보다 아이는 어른이 하는 모습을 그대로 따라 한다. 아이가 소유물이 아니라면 좀 더 각별하게 관심을 가져야 한다.

조그만 일 하나도 대화하며 이끄는 모습을 보여 주어야 한다.

모든 어른이 완벽하다는 논리는 더 이상 아이들이 받아들이지 않는다. 아이는 부모나 교사로부터 강요당하거나 제압당했다고 생각되면 말로써 표현하지 않을 뿐이지 불쾌감을 갖는다. 불쾌감을 가슴에 담아 두어 좋을 게 없다. 남을 이해하지 못하거나 용서하는 마음이 부족하면 결국 사사로운 싸움에 휘말리게 된다.

때문에 평소 아이가 관심 두는 일을 세심하게 챙겨 주어야 한다.

융통성이 없으면 사람 냄새가 나지 않는다.

대부분의 교사들은 날마다 만나는 아이들에게 좋은 향기가 뿜어나도록 애를 쓴다. 한 반을 맡아 아이들을 가르치다 보면 더러 얼굴 살 찌푸려지는 행동을 하는 아이도 나타난다. 그렇다고 그 아이가 밉게 보이지 않는다.

모든 아이는 무한한 가능성을 가졌다.

칭찬과 인정으로 자라는 아이_
아이는 칭찬받고, 인정받으면 하는 일이 조금 힘들고 어렵더라도 쉽게 포기하지 않는다. 또 문제에 직면하여 그것을 해결하려는 강한 의지를 보인다.

설령 제 자식이라도 마음대로 욕하거나 모욕을 주어서는 안 된다. 바람을 거슬러 흙을 뿌리면 어떻게 될까? 반드시 자기가 뿌린 흙먼지가 되돌아와 고스란히 뒤집어쓰고 만다.

아이의 양육에는 융통성을 가져야 한다.

아이를 타이를 때 좀 더 너그러워야겠고, 때와 장소를 가리고, 기분이 상하지 않도록 부드럽게 일러야 한다. 일방적인 강요보다는 기다려 주는 인내가 필요하다. 그렇지만 분명한 원칙 하나는 가져야 한다. 아이들 앞에서 떳떳하고 당당해야 한다.

어른들의 삶에서 떳떳하지 못하고, 상사의 눈치나 살피거나 청탁에 의지하는 바람에 결국 부정과 비리로 얼룩지는 비굴함을 아이에게 보여서는 안 된다.

또한 부모로서 원칙과 권한은 철저해야 한다.

반드시 해야 될 일과 해서는 안 될 일을 가려 주어야 한다. 어떻게 생각하면 이와 같은 철저함이 비인간적이고 냉정하다고 생각되겠지만, 사람을 속이지 않고 배반하지 않는 아이로 자라는 데 건강한 살이 된다. 어쨌거나 아이는 충분히 배려해야 한다. 자라는 아이들에게 진정으로 필요한 자양분은 어른들의 훈훈한 사랑이다.

아이는 자선을 통해 사회를 배운다

_서로에게 힘이 되는 믿음을 가져야 한다

희망 없이 사는 사람은 없다. 그러나 그 꿈을 이뤄 내는 사람은 많지 않다. 끈기가 없고, 의지가 박약하며, 확고한 신념이 없는 탓이다. 허황된 꿈을 이야기하는 사람한테는 이내 꿈이 빛바래고, 마침내는 참아 내기 힘겨운 고통으로 치닫는다. 세상일들 거저 얻어지는 게 없다.

누구나 커다란 성공을 바란다. 그렇지만 선뜻 만족하기가 쉽지 않다. 어렸을 때부터 남보다 좋은 점수를 받아야 하고, 좋은 대학에 가야 한다고 신화에 길들여진다.

게다가 부모의 보상심리가 더해지면 심신도야는 제쳐 두고 돈 많이 버는 직장, 사회적으로 인지도가 높은 직업을 갖는 데 더욱 매달려야 한다.

진정한 행복은 그런 게 아니다. 남으로부터 우러러 받는다고 해서 내 인생을 대신해서 살아 줄 사람은 아무도 없다. 일등이라는 안락함에 안주하려는 게걸스러움보다 절대 다수가 함께 누리는 참다운 삶에 밀착해야 한다.

때로는 최선을 다하는 꼴찌들에게도 따뜻한 박수를 보내는 너그러움과, 자신의 삶을 야무지게 살아가는 사람에게 넉넉한 애정을 보태어야 한다. 그게 진정한 행복이다.

또 하나 잘난 나와 못난 네가 맞설 게 아니라, 서로 다른 우리가 함께 일하는 손이 많아져야 한다. 일하는 사람의 손은 따스하다. 그런 손이 바로 진정한 행복을 일구는 든든한 밑불이다. 똑같은 세상일지라도 자신의 모습에 충실하며, 땀을 흘리고 난 후에 보는 세상은 더 아름답다.

세상의 모두는 가슴에서 시작된다.

인생은 눈과 눈의 대결이 아니라 마음과 마음이 맞닿아 계속 이어져 나가는 고리다. 음식을 먹을 때 우리는 소금의 중요성을 잘 느끼지 못한다. 그렇지만 소금이 들어가지 않은 음식을 먹고 난 후에 소금의 중요성을 안다.

마찬가지로 성실과, 건강과, 사랑도 역시 잃고 난 후에야 그 소중함을 느낀다. 세상을 살아가는 데는 커다란 명예도, 많은 재물도, 삿된 언약도 필요치 않다. 다만 서로에게 힘이 되는 믿음만 가졌다면 그것으로 충분하다.

오후에 목욕탕에 갔더니 기를 쓰고 아이의 등을 미는 아버지를 만났다. 일방적이었다. 못내 붙들려 때를 미는 아이는 이만저만한 고통이 아닌데. 한 번쯤 아이의 의향을 물어봤으면 하는 안타까움이 더했다. 단지 내 아이를 좀 더 깨끗하게 씻기려는 아버지의 욕심이 컸던 탓이겠지만.

아이들, 잘 놀아야 잘 큰다

_진정한 배움은 자신이 좋아서 즐기는 놀이여야 한다

새 학년 새 학기 아이와 학부모는 무척 설렌다.

담임이 궁금할 테고, 같은 반 친구가 누굴까 궁금하다. 교사도 똑같은 마음이다. 그러나 어느 선생님을 만나든, 어떤 친구들을 만나도 첫 마음으로 다가선다면 걱정할 까닭이 없다. 그런 마음이라면 친구들과 선생님과 쉽게 친해진다.

우리 학교는 그다지 덩치가 크지 않아 누구나 속속들이 빤해 짓궂은 아이가 덜하다는 게 자랑이다. 그래서 네 반 내 반 담을 쌓지 않고, 아이들이 좀 더 자유롭고, 좀 더 유연하고, 좀 더 당당하도록 도와준다. 풍부한 사고력과 상상력으로 자기의 생각과 느낌과 재치를 선뜻 표현하도록 이끌어 준다.

돈 내고 극장 가는 이유는 뭘까?

단 하나 재밌기 때문이다. 교육도 마찬가지다. 공부가 재미나면 그까짓 거창한 구호가 무슨 대수냐? 한 편의 영화를 보아도 느낌이 다 다르다. 보는 눈을 달리하면 이야기가 바뀐다. 이제 우리 교육도 똑같은 잣대를 재기보다 다 다름을 인정하는 너른 판을 짜야 한다. 그냥 지나치기 쉬운 이웃들의 삶을 바른 눈으로 들여다보고, 그들의 삶을 통하여 나와 이웃을 사랑하는 따뜻한 마음을 가지도록 가르쳐야 한다. 더불어 자연환경의 소중함을 일깨우는 교육도 중요하다.

아이들의 올바른 성장에 바람직한 북돋움은 인정과 칭찬이다.

열 번을 되뇌어도 결코 지나치지 않다. 아이들에게 칭찬만큼 흡족한 사랑은 또 없다. 한데도 오직 공부만 하라고, 열심히 책만 읽으라고, 학원 과외 빠지지 말라고 다그침은 오히려 독이다. 진정한 배움은 자신이 좋아서 즐기는 놀이여야 한다. 그것을 안다면 고정관념으로 굳어 버린 어른들의 욕심을 과감하게 걷어 내야 한다.

신명 나는 교육의 장에서 허튼 잣대는 필요치 않다. 아이들은 잘 놀아야 잘 큰다. 이는 분명한 교육 에너지다. 아이들은 들풀처럼 자유롭게 놓여나야 짙푸른 생명력을 더한다.

아무리 좋은 학교를 만나도 때론 아이들도 견뎌 내기 힘든 일이 생기고, 아픔과 슬픔을 겪게 되며, 절망감을 맛본다. 그렇지만 다 다름으로 커 가는 아이들은 그 어떤 어려움에도 굴하지 않고, 꿋꿋이 이겨 내며, 밝게 빛나는 얼굴을 가진다. 아이들은 신성함을 지녔다. 하여 그 존재를 믿고 충분하게 북돋워 주어야 한다.

아이들에게 중요한 일은 당면한 공부가 아니다.

그보다 감수성과 지적 욕구가 가장 활발한 시기에 다양한 분야에 걸친 폭넓은 경험과 안목의 깊이를 더하는 데 바빠야 한다. 교육혁명을 이룩한 핀란드나 뉴질랜드 교육은 생활 체험과 노작교육, 놀이가 중심이다. 그들은 아이들에게 건강한 생각을 바탕으로 일상의 크고 작은 일에 도전하고, 순수한 동심을 가지고, 세상에 조금씩 눈을 떠가며, 마땅한 꿈을 자유롭게 가꾸도록 모든 교육적 역량 투여가 먼저다.

그런 교육에서 아이들은 친구들과 따뜻한 마음을 나누고, 더불어 사는 아름다움을 배운다.

해서 이제 우리교육은 세상을 아름답게 사는 소박한 사람들의 이야기를 많이 들려주어야 한다. 또한 따뜻한 이야기에 크게 감동하는 마음을 가지도록 책 읽는 즐거움을 일깨워 주는 일도 빠트릴 수 없다. 더구나 상대방을 배려하는 좋은 마음 그릇을 부시는 일도 소홀히 해서는 안 된다.

그런 판짜기라면 말로써 상대방에게 깊은 상처를 주지 않고 참고 견디는 힘은 저절로 길러진다. 깜찍한 재치와 유머, 풋풋한 웃음과 재미가 배어나고, 자연과 사람을 사랑하는 마음이 두터워진다. 더불어 가족의 소중함을 알고, 스스로의 문제를 끈기로 해결하는 지적 호기심이 발현된다. 아이들에게는 그런 교육 잣대가 필요하다.

그렇지만 무엇보다도 아이들은 다 다름을 인정받고, 제 빛깔을 피워 낼 너른 꽃밭을 만들어야 한다. 혼자서는 작지만 어우러져서 큰 꽃을 피우는 재미가 쏠쏠하도록.

가장 좋은 말은 오래 생각한 뒤에 한 말이다

_감정에 치우쳐 내뱉는 말에는 가시가 돋아난다

문득 내뱉은 말 한마디 때문에 불면의 밤을 보낸 적이 없는가?

속으로 삼키지 못하고 그냥 툭 던진 말로 서로 마음의 벽을 쌓고 지낸 적은 없는가? 마땅히 해야 할 말은 내뱉어야 속이 시원하다.

그렇지만 그로 인하여 서로에게 너무나 아픈 상처를 준다. 말만 번지르르하게 꾸며서 하는 말은 좋은 일이 아니다. 가장 좋은 말은 오래 생각한 끝에 한 말이다.

가루는 칠수록 고와지고, 말은 이 입에서 저 입으로 옮아갈수록 보태어져서 거칠어진다. 온정이 깃든 말은 삼동의 추위도 녹이고, 친절한 말은 봄의 햇살처럼 따사롭다.

남을 폄하하거나 빗대어서 하는 말은 질이 좋지 못한 사람의 손찌검보다 더 나쁘다. 말로 입은 상처는 칼에 맞아 입은 상처보다 더 아리다.

대개 사람은 마음이 장미꽃처럼 아름다워서 향기로운 말로 나직이 속삭인다. 그런 대화의 자리에는 서로를 배려하는 마음이 넘쳐난다. 마음으로부터 우러나온 말은 듣는 사람으로 하여금 마음을 움직인다.

근데도 우리는 무심코 허튼소리를 한다. 흔히 행동이 재바르지 못한 아이에게는 더 심하다.

"이 바보 멍청아, 그것도 못해. 뭘 그렇게 꾸물대!"

그런데 그 말을 듣는 아이의 마음은 어떠할까?

활달한 아이도 그 말을 듣는 순간 정말이지 바보가 되고 만다.

아이의 모든 행동을 강제할 만큼 말의 힘은 강하다. 그러나 남을 헤아리는 따뜻한 말은 누구에게나 용기를 주고, 희망을 준다. 그런 말이라면 듣는 사람으로 하여금 평온하게 한다. 부드러운 말 한마디가 허튼 마음을 진정시킨다.

좋게 말하는 태도는 자신의 얼굴을 깨끗하게 부시는 일이다. 옷감은 염색에서, 술은 냄새에서, 꽃은 향기에서, 사람은 말투에서 그 됨됨이를 안다.

때론 말꼬리에 잡혀 기가 막힌 일이 생긴다. 그땐 어떻게 대처하나? 당장에 얼굴을 붉히고 목청을 돋우지 않나? 보통 사람이라면 그러한 감정표현이 오히려 솔직하다. 그러나 어처구니없는 일을 당했더라도 감정적 대처는 좋지 못하다. 감정에 치우쳐 내뱉는 말에는 가시가 돋아난다.

그럴 때는 충분한 시간을 두고 후에 얘기해도 늦지 않다. 약간 뜸을 들이면 스스로의 낯짝을 붉히는 일을 막는다.

아이는 스펀지 상태로 무엇이든 금방 흡수한다. 어른이 하는 말을 판단하지 못하고 여과 없이 받아들인다. 부모가 하는 말버릇이며 습관 하나까지 놓치지 않고 따라 한다. 아무리 화가 치밀어 올랐다 해도 아이한테는 감정을 억눌러야 한다.

혀는 강철이 아니더라도 사람을 벤다.

미련한 자는 그 입으로 망하고, 그 입술로 스스로를 옭아맨다. 놓아버린 말은 두 번 다시 되돌아오지 않는다. 사람은 누구나 그가 하는 말

3분 스피치_
우리 반은 매주 월요일 '3분 스피치'를 통해
친구의 강점을 칭찬하고, 북돋워 준다.
남의 마음을 따뜻하게 데우는 말은 서로의 가슴을 트게 한다.
정말 좋은 말은 오래 생각한 뒤에 한 말이다.

에 의해서 그 자신을 나타내고 평가된다. 말 한마디가 남 앞에 자기의
초상을 그려 놓는 셈이다.

말의 노예가 되어서는 안 된다.

말이란 정신생활의 목록일 뿐만 아니라 지표여서 그와 함께 자신의
삶이 풍부해지고 그와 함께 쇠약해진다. 우리의 마음을 기쁘게 해 주
는 말이 많다.

샷된 말은 남의 가슴에 못을 박지만, 향기로운 말은 찡그린 얼굴에
꽃을 피운다.

아버지의 권위는 자녀의 정신적 기둥이다
_가장은 먼저 가족을 챙기는 따뜻한 훈기를 지녀야 한다

"가장이 변해야 가족이 행복하지요."

어느 모임자리에서 친구 부인이 하소연하듯 내뱉은 말이다. 뜬금없는 이야기였지만, 듣는 순간, 좌중은 숙연했다.

"그냥 잘해 주면 뭘 해요. 아내 마음 하나도 선뜻 이해하지 못하는데……."

부부는 살을 맞대고 살면서도 여전히 남이다. 일하고, 밥 먹고, 자고, 아이 낳아 키우는 게 전부가 아니다. 결혼생활 이십여 년이면 아내는 마흔 중후반의 나이다.

그때까지 오직 남편과 아이들 뒷바라지를 하다가 문득 자신의 존재를 추슬러 본다. 까닭 없이 헛헛하다. 남편은 바깥에서 어느 정도 대접을 받고, 아이들은 우뚝 자라 제 앞가림을 한다. 게다가 이제는 자신의 조력을 그다지 필요로 하지 않는다.

'난 무어냐? 여태껏 남편 하나 자식들 해바라기만 하였던 나는?'

어느 순간에 거울에 비친 얼굴은 잔주름이 자글자글하다.

제각기 일터로 향하고 난 뒤 홀로 남겨진 자신의 처지에 스스로 주눅이 든다. 집안 두루 야무진 아내로, 다정한 엄마로 칭송이 자자했으

나, 지금에 그것들이 무슨 대수냐. 친구의 아내는 외롭고 우울하단다.

막상 이 글을 쓰려고 하니 나도 어느 남편과 다르지 않다. 여느 아빠들의 모습과 별스러운 게 없다. 그럼에도 이 글은 쓰는 이유는, 세상의 남편들을 폄하하기 위한 글이 아니다.

세상살이가 어렵다 보니 우리 사회의 생활 모습이 많이 변했다.

한때 흥청망청됐던 가정 경제가 급기야 내핍 생활로 꼬리를 여미고, 직장에서도 구조조정으로 이 땅의 사오십 대 가장은 어느 때보다 어렵고 힘들다.

이들 세대는 찢어지게 가난했던 보릿고개로 물질적 결핍을 직접 몸으로 겪으면서 살아왔다. 칠팔십년 대 그들은 밤낮을 밝혀 가며 공부했었고, 경제 개발 붐에 편승하여 젊음을 불사하며 아득바득 일했다.

그런 덕분을 이제는 어느 정도 살 만하다고 허리 한번 펴려니 세상은 얄궂게 그들을 헌신짝 버리듯이 '왕따'시키려고 한다.

더욱이 세계화 사회로 진입한 지금, 외국어 구사나 컴퓨터 인터넷 운용에 신세대들에 밀려난다. 첨단정보통신 사회는 일에만 파묻혀 살았던 사오십 대의 무작스러운 헌신과 열정을 바라지 않는다. 그만큼 세상이 변했다.

지금 사오십 대 가장은 직장에서도 설 자리를 잃었다.

그들이 세상을 경영하며 살았던 지난 시절에는 단지 우직함과, 자신감과, 의지만으로 그 모든 일이 가능했다. 밤낮을 가리지 않고 오직 자기 일에만 매달려도 가장으로서 존경받았다. 패기만만한 도전의식으로 늘 장밋빛 세상이었다.

그런데 지금의 그들은 단지 하고자 하는 열의만 충만하였을 뿐 차츰 일터 밖으로 밀려난다. 첨단 컴퓨터에 의해 운용되는 사무 자동화는 더 이상 머리를 싸매고 피땀을 쏟으며 무지막지하게 일만하는 비효율성을 용납하지 않는다. '최소한의 비용으로 최대한의 효과'를 누리는 시대 경영에 뒤떨어졌기 때문이다.

그러한데도 그들 세대는 급변하는 세상의 편린을 인정하려 들지 않는다.

그들 세대가 고정관념으로 체득하는 권위주의와 보수성이 앙금처럼 남았고, 자존심이란 허울이 세월의 켜만큼 또렷하게 각인됐다. 그들은 세상의 변화를 그대로 받아들일 수 없다. 그렇다고 변화무쌍한 시대에 걸맞지도 않은데 오직 자기만 옳다고 고집하며 우겨 대는 사람이 대부분이다.

기성세대가 자랑삼았던 세상은 이제 다시 오지 않는다. 지금 순간 그것을 바란다면 단지 향수병에 취한 넋두리다. 생각이 변해야 한다. 다변적인 상황이지만 터 잡이 가능하다면 그간의 열정으로 다시 잡아야 한다.

사오십 대 가장들이 사회경제적으로 싸잡히는 이유는 비단 직장생활을 통해서만도 아니다. 권위적이고 비민주적인 구습에 젖은 대부분의 가장들의 경우, 직장 다녀오면 자기 할 일을 다 했다는 듯이 능청을 떤다. 가장으로서 대접받고, 아내로부터 아이들한테 존경받고 싶을 따름이다.

대부분의 가장들은 퇴근하고 나면 손 까딱하지 않고, 아내가 저녁 준비에 아무리 바빠도 거들떠보지 않는다. 그것은 당연하게 아내의 일이라고 여긴다. 그러니 대접받지 못한다. 더구나 거실에 모로 누워 리모컨을 쿡쿡대거나 컴퓨터 오락에 심취한 가장의 모습은 그리 존경스럽지 못하다.

한데도 아이들 다그치는 소리는 높다.

물론 직장에서 받았던 스트레스 탓이겠지만, 아버지의 위치에서 다정스레 다가서는 친근함이 부족하다. 잔소리는 심해진다. 그러니 그런 모습에 열불을 켜지 않을 주부가 없다.

그러나 결혼 생활 채 십 년에 이르지 않은 신세대 부부들은 이와 다르다. 우선 가정과 사회, 직장이란 개념부터 기성세대와 달리한다. 그들의 사고 체계는 남녀의 역할이 평등하고 동등하다. 가정생활 전반에 걸쳐 '함께 하고', '나눠서' 하고, 반드시 '그렇게 해야 한다'는 철칙을 가졌다. 그러니 날마다 되풀이되는 가정살림에 아내 된 입장에서 넌더리가 날 까닭이 없다. 남편 역시 가장으로서 자신의 위치를 당당하게 주장한다.

서로를 인정하고, 이해하며, 배려해야 하는 자리에서 그 어떤 불만족이나 저해하는 언행을 하지 않는다. 아내가 집안 청소를 해도 본체만체하는 남편, 아이들만 닦달하는 남편의 모습은 결코 존경받지 못한다. 더구나 아내를 마치 물건처럼 자기 소유물 정도로 여기는 남편들이라면 찬밥 신세가 될 날이 그리 멀지 않았다.

세상이 변했는데도 아직까지 시대 조류에 발 담그지 못한 가장으로 건재하다 자신한다면 안타깝다.

지금 세상은 누구나 어렵고 힘이 든다.

마치 미궁 속을 헤집듯 어둠이 걷힐 기미가 보이지 않는다. 희망 빛을 밝히려고 해도 힘이 나지 않는다. 그러나 생각을 바꾸면 모든 게 달라진다. 무엇보다도 가정에서 가장의 모습이 달라져야 한다. 가장의 모습이 변하면 가족의 몸짓이 새로워지고, 삶의 향기도 달라진다.

가장이라면 내가 먼저 가족을 챙기고 아우르는 따뜻한 훈기를 지녀야 한다. 오직 대접만 받으려고 다그칠 게 아니라, 가정살림에 군살 박힌 아내의 고생을 먼저 헤아리고, 공부하느라 고군분투하는 아이의 고충을 먼저 챙겨 주어야 한다. 그러면 원치 않아도 마음으로 우러나는 존경을 받는다.

직장에서도 마찬가지다. 모두가 내 탓이고, 네 덕이라는 마음가짐으로 다시 선다면 아무리 세상이 변해도 아직은 녹슬지 않은 존재로 인정받는다.

5장

세상을
깨끗하게 하는 힘

남양초등학교 6학년 아이들_
벌써 16년 전 일이다. 필자가 한창 젊었을 때 만난 아이들.
햇볕 따뜻한 봄날 함께 찍은 사진이다.
아이들. 지금 무엇을 하며 지낼까? 궁금하다.

일하는 사람의 손은 거칠다. 그런 손이 많아져야 한다. 그 손이 바로 진정한 행복을 일구는 아름다운 손이다. 성실은 누구에게나 통하는 믿음이다. 같은 세상일지라도 자신의 모습에 충실하며, 땀을 흘리고 난 후에 보는 세상은 더 아름답다.

　_'성실은 누구에게나 통하는 믿음이다'에서

내가 싫어하는 일은 남도 싫다
_착한 사람들이 피해를 보지 않는 세상을 만들어야 한다

여우가 어슬렁어슬렁 들판을 거닐었다.

문득 나뭇가지에 앉은 까마귀 한 마리가 눈에 띄었다. 까마귀는 먹음직스러운 고기를 한 덩어리 물었다.

'흐음, 잘됐다! 저 고기를 빼앗아 먹어야지.'

여우는 속으로 기뻐하면서 나무 밑으로 다가갔다.

"안녕하세요, 까마귀님. 날씨가 참 좋지요?"

여우가 다정하게 말을 건넸지만 까마귀는 멀뚱멀뚱 밑을 내려다보았다.

여우는 계속해서 말했다.

"가까이에서 보니, 까마귀님은 정말 훌륭한 깃털을 가지셨군요. 푸른 하늘을 배경으로 보니, 윤기 흐르는 그 까만 깃털이 아주 멋져 보입니다그려."

뜻밖에 여우의 칭찬을 들은 까마귀는 몹시 기분이 좋았다.

그때, 여우가 다시 말했다.

"게다가 까마귀님께서는 노래 또한 일품이라던데, 그것이 사실입니까? 그 훌륭한 깃털에 아름다운 목소리를 갖추셨다면 '새의 임금'이

라고 해도 지나친 말이 아니겠지요."

우쭐해진 까마귀는 자기의 노래를 들려주기 위해 입을 크게 벌리고 큰 소리로 노래했다.

"까옥, 까옥, 까옥!"

까마귀가 물었던 고깃덩어리는 밑으로 떨어졌고, 까마귀가 목청껏 노래하던 사이, 여우는 고깃덩이를 맛나게 먹어 치웠다.

많은 이솝 이야기가 여우처럼 교활한 정도의 꾀를 인정하면서, 그 꾀에 속아 넘어가는 동물들의 어리석음을 지적하고, 좀 더 세상을 악하게 살라고 충고한다. 남을 속이는 자들의 부도덕함을 지적하기보다는, 순진하게 남의 말을 믿었던 자들에게 정신 차리라고 경고한다. 결국 '항상 남을 의심하라'고 가르친다.

현실에서 여우와 같은 사람들이 '수완 좋다'는 말을 듣는다. 예나 지금이나 남을 속이고, 영악스러운 사람들이 잘 산다. 때문에 입만 뻥긋하면 책임지지 못할 말들을 내뱉는 정치인이 되겠다고 목을 매는 사람들이 부지기수다. 수완만 좋으면 내가 하기 싫은 일은 남에게 대신 시키는 세상이니까.

아무런 거리낌 없이 제품의 용량이나 성분을 속이고, 가짜 고춧가루나 가짜 참기름, 불량 제품을 만들어 건강을 해치는 양심 없는 생산자들이 많다. 부실 공사를 예사로 하는 건설업자나 부정부패한 짓을 밥 먹듯이 하는 공무원도 많다. 그뿐만 아니다. 남을 속이는 치사한 사기꾼, 자신의 이익을 위해 나라까지 팔아먹는 뻔뻔한 사람도 많은 세상이다. 아니꼽게도 제 잘난 맛에 사는 사람들이 기를 펴고 산다.

반면에 전혀 남을 의심하지 않고, 남에게 도움을 주려다가 되레 손해를 보는 사람도 많다. 심지어는 사람들의 웃음거리가 되기도 한다. 선의로 빚보증을 서 주었다가 그나마 얼마 되지도 않는 재산을 송두리째 빼앗긴다. 아는 사람의 권유로 돈을 투자했다가 속아서 돈을 날린 사람도 많다.

하지만 이런 일이 생겼을 때, 주위 사람들의 반응은 어떤가?

안타깝게도 십중팔구 그 사람에게 '못난이'니, '멍청이'니 하는 비난을 퍼붓는다. 당사자는 입이 열 개라도 할 말이 없다. 그냥 당하는 사람은 언제나 여우의 밥이다.

이렇게 본다면, 이솝 이야기는 세상의 그릇된 일면을 보여 준다. 단순히 여우 같은 사람에게서 삶의 지혜를 배워야 한다고 가르치고, 남을 믿기보다는 의심하고, 남을 속여서라도 자신의 이익을 챙기는 게 현명한 양 따르도록 이야기한다는 게 부담스럽다.

왜냐하면 건전한 상식을 가진 사람이라면 오히려 까마귀에게 연민의 정을 느끼는 게 당연하다. 그런데도 우리 사회는 애틋한 인간의 정을 나누고, 정정당당하게 '페어플레이'하는 당연함보다는 야비한 일이 우선이다.

진정 착한 사람들이 피해를 보지 않는 세상이 되려면 어떻게 해야 할까?

그 무엇에도 비굴하지 않은 당당한 힘을 지녀야 한다. 착한 사람들이 힘을 지녔을 때만 나쁜 사람들을 물리치고, 부정하고 불의한 인간들을 바로잡는다. 그럴 때만이 까마귀같이 연약한 사람들도 자신의 의지로 바로 선다.

사람을 외모로 취하지 말라
_진주를 가려보는 눈은 따로 가졌다

어느 돈 많은 재벌 부부가 살았다. 그런데 그들에게는 자식이 없어 긴 여생을 쓸쓸하게 보냈다. 그래서 노부부는 그 많은 재산을 유익한 일에 쓰고 싶었다.

"우리, 전 재산을 교육 사업에 헌납하기로 해요."

다음 날 부부는 미국의 명문 하버드 대학을 방문하였다. 막 정문으로 들어서려는데 허름한 옷차림의 두 노인을 발견한 수위가 그들을 불러 세웠다. 그러고는 불친절하게 따지듯이 물었다.

"노인 양반들, 지금 어디로 가려는 거요?"

"총장님을 좀 뵈러 왔는데요."

수위는 아주 경멸하는 태도로 괄시하며 대꾸했다.

"총장님께서는 댁들을 만날 시간이 없소!"

노부부는 수위의 거친 태도가 불쾌했지만 마지막으로 한마디 더 물었다.

"이만한 대학교 설립하려면 돈이 얼마나 듭니까?"

"내가 그걸 어떻게 압니까? 또 댁들 같은 사람들이 그건 왜 묻습니까?"

영산초 6학년 아이들_
고향에 근무한 지 3년째, 후배들이어서 그런지
너무나 정감이 가는 아이들이다.
세 반 아이들과 함께한 시간이 참 아름다웠다.

마음에 상처를 받은 노부부는 기부하려는 돈을 없던 일로 하고 직접 학교를 짓기로 결심했다. 그들이 가진 전 재산을 투자하여 설립한 대학이 바로 지금 미국에서 제일가는 대학 중 하나인 '스탠퍼드 대학'이다.

한편, 이 사실을 뒤늦게 안 하버드 대학에서는 그날의 잘못을 반성하며 아쉬워했다. 그 후부터 하버드 대학 정문에는 다음과 같은 글귀가 붙었다.

"사람을 외모로 취하지 말라!"

사람은 무엇을 통해서 보나?

눈으로 본다. 그러나 눈을 가졌다고 해서 다 보지 못한다. 아무리 밝은 눈을 가진 사람이라 해도 볼 수 없는 게 많다. 먹장구름이 하늘을 덮어 달도 별도 없는 밤, 빛도 없는 깊은 산속에서는 제아무리 눈을 크게 떠도 보이는 게 없다.

마음으로 보지 않으면 보이지 않는다.

마음을 딴 데 두면 눈앞에 물상 하나도 보지 못한다. 아내가 머리를 새롭게 단장하고 새 옷을 사 입었는데도 관심을 갖지 않으면 눈에 보이지 않듯이. 그래서 공자도 '마음이 거기에 없으면 보아도 보지 못하고, 들어도 듣지 못하고, 먹어도 맛을 모른다'고 하였다.

눈만 가지고는 무엇 하나 똑바로 볼 수 없다.

빛이 살아야 보이고, 마음이 담겨야 보인다. 무엇보다 사람을 함부로 보아서는 안 된다. 처음 가졌던 생각이 잘못되었다고 느낄 때가 많은데도 우리는 섣불리 사람을 판단하는 편견을 갖는다.

깊은 산속에서 나무의 수를 헤아린다 해도 결코 정확하게 파악할 수는 없다. 어느 정도의 거리에서 바라볼 때, 비로소 나무가 몇 그루인지 보인다. 조급한 판단으로 소중한 사람을 잃어버린다면 슬픈 일이다.

살면서 우리는 수많은 사람을 만난다.

그 무엇보다 좋은 인연을 맺기 위해서는 편견을 버려야 한다. 편견은 커다란 부분을 보지 못하게 하는 색안경과 같다. 편견을 버리려면 사소한 부분까지 깊이 꿰뚫어 보는 통찰력을 길러야 한다.

그러나 불행하게도 우리는 사물의 가치를 물질로 평가한다. 현대 물질문명의 병폐다. 사람을 평가할 때도 대부분 돈의 가치가 먼저 잣대로 적용된다.

사람의 가치는 물질로 평가될 수 없다.

길가에 핀 들꽃의 물질적 가치는 하찮다. 그렇지만 우리에게 추억과 아름다움의 여백을 채워 주는 면에서는 가치를 따질 수 없다. 특히 개인적인 감상의 잣대로 보면 그 어떤 보석보다 더욱 값지다.

　사람의 가치를 돈으로 잴 수 없다. 그렇듯이 우리 사는 세상의 모두
는 그 가치의 잣대가 다르다. 진주를 가려보는 눈은 따로 가졌다.

어떤 얼굴을 가졌는가
_평생 동안 사람의 얼굴은 열 번 변한다

H. 자크는 사람의 얼굴은 하나의 풍경이고, 한 권의 책이며, 그 용모는 결코 거짓말을 하지 않는다고 했다. A. 링컨 역시 마흔을 지낸 사람은 자기 얼굴에 책임을 져야 한다고 했다.

우리는 자기 얼굴을 선택하는 자유가 없다.

부모로부터 재주나 체질과 마찬가지로 운명적으로 결정되었기 때문이다. 천차만별인 얼굴에는 수많은 이야기가 담겼다. 그래서 마음의 정직함이 그려진 얼굴은 아름답다.

하루 동안에도 수많은 얼굴을 만난다.

양의 얼굴을 만나는가 하면, 고양이 얼굴을 만나고, 원숭이 얼굴을 만나는가 하면, 사람의 얼굴을 만난다. 거울에 비치는 자신의 얼굴을 들여다보면 낯을 찡그렸을 때 괴로움이 묻어나고, 환하게 웃는 얼굴에서 마음이 편안해진다.

우리는 얼굴을 통해 한 사람을 평가하며, 그 사람의 개성과 운명까지도 판단한다. 그만큼 얼굴에는 한 사람의 모든 개성이 잘 나타난다.

아무리 미운 사람의 얼굴에도 애상과 환희가 겹쳐진다. 늘 좋은 얼굴이 없듯이 언제나 나쁘게만 보이는 얼굴도 없다. 그 표정은 온갖 바람결에도 달라지고, 모든 대상을 그 안에서 다 꿈꾸게 한다. 화가 나면 얼굴이 붉으락푸르락하고, 기분 좋을 때면 달맞이꽃처럼 하얗게 피어난다. 어떤 때는 심술이 뚝뚝 떨어져 한 대 쥐어박고 싶고, 어느 때는 무척 고상해서 반하고 싶은 얼굴도 만난다. 하나같이 똑같은 얼굴은 없다. 그래서 여러 얼굴을 만나면 행복하다.

평생 동안 사람의 얼굴은 열 번 변한다.

벌레 먹은 배추 잎 같거나, 나태한 고양이 상을 가졌어도 자신이 만든 얼굴이다. 객줏집 칼도마 같아도, 동방 누룩 뜨듯 떴어도 자기가 빚은 얼굴이다. 말고기 자반 같아도, 밥이 얼굴에 더덕더덕 붙은 얼굴 생김을 가졌어도, 스스로가 애써 가꾼 얼굴이기에 결코 싫어할 까닭이 없다.

얼굴은 자신의 성격을 말하며, 마음을 드러내는 거울이다. 어떤 얼굴을 가졌는가? 시시때때로 바꿔야 하는 가면의 얼굴이 필요한가? 아름다운 얼굴은 요리의 한 코스와 맞먹는다. 낯을 찡그리고 살면 세월이 괴롭고, 편안한 얼굴을 가지면 하루하루가 꽃밭이다.

얼굴은 마음의 인덱스index다.

입은 날카로운 도끼다
_천박한 말보다 침묵이 더 아름답다

그냥 툭 내뱉는 말 한마디로 크게 상처를 입는다.

말실수는 다시는 주워 담지 못한다. 그만큼 낯부끄러운 말을 함부로 하며 산다. '부끄러운 말filthy language'은 여러 가지 의미를 가지는데, 음란한 말, 더러운 말, 천한 말, 어리석은 말, 추한 말, 욕하는 말, 남을 비하하는 말을 다 포함한다.

인간은 본성적으로 아름답고 선한 말보다는 부끄러운 말, 음란하고, 더럽고, 추한 말, 어리석고, 천한 말을 더 좋아한다. 아니, 남을 닦달하고, 폄하하며, 시기하고, 질투하는 말에 혀가 더 가볍다. 겉으로는 아닌 듯 치장하고 감추어도 그 내면에는 그런 부끄러운 말에 대한 동경이 숨겨졌다. 다만 그 표현을 완곡하게 뱉어 내는 차이뿐이다. 말속에는 그 사람의 밑천이 빤히 드러난다.

누군가에게 욕하는 말, 추한 말이 쏟아져 나올 때, 조용히 그 분위기를 바꾸어야 한다. 함께 욕하고, 흉보고, 저주하는 말을 하면 낯빛이 추해진다. 부끄러운 말은 입 밖으로 드러내지도 말고, 내 안에 머물지 못하게 해야 한다.

중세 작가 보카치오(1313~1375)가 쓴 『데카메론Decameron』에는 당시 사회를 풍자한 내용도 많았으나, 음란하고 외설적인 내용도 빈번했다. 때문에 보카치오가 처음 그 책을 냈을 때 아무도 그 책에 관심을 가지지 않았다. 그래서 보카치오는 '어떻게 하면 책이 잘 팔릴까?' 이런저런 궁리를 하다가 한 가지 묘안을 내었다. 그것은 바로 신부님들에게 그 책을 한 권씩 무료로 보내 주는 거였다.

보카치오가 보내 준 책을 읽은 신부님들은 외설적인 내용이 많은 '이런 책을 교인들이 읽어서는 안 되겠구나' 생각하기에 이르렀다. 그래서 미사 시간에 이렇게 말했다.

"여러분, 지금 시중에 『데카메론』이란 책이 나왔는데, 그 책은 너무 외설적인 내용들이 많은 음란한 책이니 절대로 사 보지 마십시오!"

그런데 이상하게도 그날 이후로 그 책이 베스트셀러가 되었다. 왜냐하면 외설적이고 음란한 책이라고 '절대 읽지 말라'고 하니까, 교인들이 너도나도 가서 사는 바람에 유명한 책이 되었다. 죄악으로 물든 인간은 하지 말라는 일은 더 하고 싶고, 못된 일이라고 버려야 한다는 건 더 갖고 싶어 한다.

천한 말들을 하지 말아야 한다. 그런 말은 우리에게 전혀 도움이 되지 않는다. 그런데도 사람들은 그런 말을 너무나도 좋아한다. 그래야 살맛이 나니까.

우리가 하는 말은 세 종류로 나뉜다.

유익한 말과 무익한 말, 그리고 해로운 말이다. 유익한 말은 생명을 살리고, 화평케 하며, 덕을 세우고, 축복을 나누는 말이다. 또한 칭찬과 웃음과 기쁨을 주는 말이다. 그리고 무익한 말은 흔히 쓸데없는 말인데, 해도 그만 하지 않아도 그만인 말이다. 즉 무의미한 말이다.

그러나 해로운 말은 바로 생명을 죽이는 말이며, 분쟁을 일으키는 말이고, 화를 자초하는 말이며, 험담하는 말이다. 또한 나쁜 소문을 퍼뜨리는 말이며, 저주하는 말이다.

서로 만나 말을 주고받는 데 3초를 기다리지 못한다.

너무 조급하다. 따질 일은 따져야겠지만, 오가는 말은 날 선 공박뿐이다. 그런 말에는 관용과 은유가 없다. 나무둥치를 찍어 대는 도끼다. 용렬하고 천한 말과 남을 괴롭히는 말은 쉬 내뱉지만, 멋들어지고 도리에 맞는 말, 조복하게 하는 말, 때에 맞게 헤아려 결정한 말을 듣기는 어려워졌다. 안타깝게도 요즘 말에서는 고약한 냄새가 난다.

천한 말과 욕설, 남을 해롭게 하는 말은 고스란히 천박한 사람에게로 되돌아간다. 그렇기에 즉각적인 응대가 능사는 아니다. 욕설을 욕설로 되받아치는 성급함은 어리석다. 만약 누군가 나를 욕했다고 해서 욕설로 되받아치면 욕설의 오감은 끝이 없다. 욕설과 거친 말은 발을 씻은 대야 속의 물과 같다. 누구든 그 물로 세수나 양치질을 하지 않는다. 누구든 먼저 발을 씻은 대야 속의 그 물은 버려야 한다.

천박하고 치졸한 몇 마디의 말보다는 침묵이 더 아름답다. 침묵은 더 많은 사람의 마음을 움직인다. 입은 날카로운 도끼와 같아서 그 몸을 스스로 깬다. 입으로 여러 가지 악한 말을 하면 도리어 그 도끼의 말로 그 몸을 해친다. 말을 해야 할 때와 침묵을 지켜야 할 때가 분명하다.

적절한 침묵은 우레와 같다.

곁가지를 자르는 일
_아무리 하찮은 일이라도 함부로 대해서는 안 된다

한때 권투 경기에 매료되었다.

숱한 일들로 몸과 마음이 피폐했던 때라, 희망의 빛이라곤 바늘구멍만큼도 비치지 않았다. 그러던 어느 날 나락에 빠진 내 삶에 활력을 충전할 거리가 생겼다. 바로 권투 경기 관전이었다. 경기 내내 몸을 부대끼지 않는 여타 운동과 달리 권투는 활기가 드셌다.

경기를 보며 사각의 링 위에서 사투를 벌이는 선수와 동일시하여 피를 튀겨 가며 싸웠다. 그럴 때면 답답했던 마음이 후련하게 풀렸다.

그러나 그 짜릿한 대리만족은 오래가지 않았다.

어느 날 내가 동일시했던 그 선수가 라운드마다 형편없는 경기를 했다. 싸워 이기겠다는 투지는커녕 근성도 없이 시종일관 흐느적거리며 피해 다녔다.

그뿐만이 아니었다. 경기가 끝나자마자 더욱 황당한 일이 벌어졌다. 곤죽이 되도록 얻어터진 그가 링 위를 펄쩍펄쩍 뛰어다녔다. 마치 자기가 이겼다는 듯이.

순간, 그렇게 화가 날 수가 없었다.

이만저만 졸전이 아니었는데, 그는 아직도 힘이 남았다는 듯이 얄랑

대었다. 그렇게 펄쩍대며 최종 라운드까지 힘이 남았다면 왜 매 라운드 빌빌댔냐? 그는 손을 치켜들고 연방 잽과 훅, 어퍼컷을 날렸다. 내가 사는 모습도 저와 같지 않을까 하는 자괴감이 들었다. 주어진 일에 집념하지 못하고 헐렁대다가는 결국 저처럼 낭패를 본다.

'아무리 하찮은 일이라도 함부로 대해서는 안 된다.'

이 말은 일본 교토에 위치한 MK택시 유봉식 회장의 경영 비법이다. 그의 경영철학은 '친절택시' 벤치마킹으로 집약된다. 그는 신용과 친절을 앞세워 일본 택시업계의 성공신화를 창조한 사람이다. 그에게는 '최선'이 '최고'의 '비책know-how'이었다. 그의 성공신화는 무던한 자기 내적 성숙이었다. 아무리 하찮은 일이라도 함부로 대해서는 안 된다는 치밀한 삶이 바로 그것이다.

지금 우리 사회는 어느 모로 보나 도덕적 정의가 온전치 않다.

정치경제는 물론, 교육과 종교도 별반 다르지 않다. 오십보백보다. 사회정의가 공황 상태에 빠졌다. 실로 경우에 어긋나는 짓을 저질렀다고 해도 자신의 편익을 위해서 덮어 주고 묻어 주는 '너그러운 아량(?)'까지 지녔다. 얼이 빠진 채로 한통속이 되어 버렸다.

이는 모두 자기 역할에 충실하지 못한 결과요, 각자의 위치에서 최선을 다하지 못한 대가이다. 잘못 짚어도 너무나 잘못 짚었다. 가히 치유 불가능한 오류인 세상이다.

철인 소크라테스는 '반성 없는 생활은 살 가치가 없다'고 갈파했다.

진지한 성찰은 깊고 심오한 각성을 일깨워 준다. 누구나 자신을 비추는 거울은 야무지게 닦는다. 그러나 남의 거울에 자신을 비춰 보면 사뭇 부끄러운 얼룩이 확연해진다. 함부로 대했던 일들에 낯부끄러워진다.

개인적으로 조그만 일에 쉽사리 얼굴 붉히고, 스스로를 제어하지 못한 이기심이 곧장 고개를 치켜든 적이 많았다. 좀 더 가지려고 바둥댔던 일들은 손가락을 다 꼽고도 남는다. 오직 내 일만을 챙기는 데 눈이 어두워 남을 헐뜯고, 막돼먹은 행동을 숱하게 반복했다.

정녕 이렇게 살아서는 안 되는데……. 거친 쇠붙이도 대장간 화덕에서 충분히 달궈진 다음에야 야무진 연장으로 거듭난다. 그러면서도 까닭 없이 그러한 일들을 되풀이한다.

좋은 열매를 맺게 하려면 가지치기를 할 때 욕심을 부리지 않아야 하듯, 쓸데없는 곁가지를 자르지 않고서는 좋은 상품의 과실을 기대할 수 없다.

사랑도 사람이 하는 일이라 온전한 생각을 갖고 최선을 다해야 한다.

독서가(Reader)는 지도자(Leader)다

_책을 읽지 않는 지도자는 독선과 편협함으로 일을 그르친다

사람은 한평생 배워야 한다.

배우며 사는 인생은 한 편의 감동적인 드라마다. 그래서 뭔가 하나라도 더 배우고 싶어서 머리를 조아리는 열의는 아름답다. 별일 아닌데 배우려는 사람을 만나면 가슴이 따뜻해지고, 그런 사람과 더불어 지내면 마음이 고아해진다.

우리 주변에는 평생 배워야 할 일들로 가득하다. 인생을 멋지게 사는 사람은 끊임없이 배운다. 어디 배울 게 없나? 무엇을 더 추슬러 담을 게 없나? 이 같은 생각이 노릇노릇 퇴화하지 않고, 파릇파릇하게 진화하는 인생의 매력이다.

나이를 초월해서 사람을 끌어당기는 힘은 배움에서 되살아난다.

얼없는 사람은 대학 졸업장 하나로 평생을 우려먹고 산다. 학창 시절 지겹게만 느꼈던 공부 때문일까. 그 때문에 책과 담을 쌓고 지내는 사람이 많다.

인생은 배움을 통해 담담하게 나아가야 할 여정이다. 도서관에서 책을 벗 삼는 칠팔십 노익장을 자주 본다. 참 아름다운 모습이다. 배움에는 정년이 없다.

요즘 젊은이는 그다지 책을 읽지 않는다. 설령 여유 시간이 생겼다고 해도 책 읽기보다 스마트폰 터치가 먼저다. 그게 세태를 반영한 모습이다. 독서가Reader는 지도자Leader다. 그래서 책을 읽지 않는 사람은 지도자가 될 수 없다.

왜냐하면 책을 읽지 않는 지도자는 명민하지 못한 탓에 독선과 편협함으로 일을 그르치고 만다. 오죽했으면 책을 읽지 않는 사람과는 교유하지 말라고 했을까?

그러나 책 읽는 데 부담을 가질 까닭이 없다. 책은 일주일에 한두 권 정도면 충분하다. 한 달에 한두 가지 정도 주제를 정해서 그것과 관련된 책들을 폭넓게 읽어도 좋다. 그것도 여의치 않으면 신문잡지를 읽어도 좋다.

그러면 그 분야에 대한 나름대로의 식견도 생기고, 세상을 보는 안목도 넓어진다.

사람은 일생 동안 세 권의 책을 쓴다. 제1권은 '과거'라는 이름의 책이다. 그렇지만 이 책은 이미 집필이 완료돼 책장에 꽂혔다. 제2권은 '현재'라는 이름의 책이다. 이 책은 지금의 몸짓과 언어 하나하나가 그대로 기록된다. 제3권은 '미래'라는 이름의 책이다.

셋 중에서 가장 중요한 책은 제2권이다. 1권이나 3권은 부록에 불과하다. 오늘을 얼마나 충실하게 사느냐에 따라 인생의 방향이 완전히 달라진다.

학교에서 만나는 아이들 하나같이 공부에 짓눌렸다. 요즘 부모는 아이를 너무 학원 과외로 내몬다. 좋은 점수 받아 원하는 대학을 들어가는 게 최선의 목표다. 그렇지만 누구나 다 똑같아지는 삶, 무작정 시류에 휩쓸려 가는 삶이 아이에게 얼마나 큰 행복을 담보할까?

독서토론회_
한 달 동안 우리 반 아이들이 읽은 동화책들이다.
『열 평 아이들』, 『완득이』, 『개구리 선생님의 비밀』,
『6학년 1반 구덕천』, 『경청』 등 그 의미가 새롭다.

부모가 책 읽으면 아이도 따라 한다.

어렸을 때부터 책을 통해서 얻은 좋은 생각은 바른 행동을 일깨우고, 바른 행동은 장차 무던한 습관으로 배어든다.

부모의 잣대로 아이를 키워서는 안 된다.

아이는 새롭게 깨우치는 일에 충분한 시간을 가져야 한다. 그 열정이 책 읽는 일이라면 더할 나위가 없다. 이는 평소 책을 놓고 사는 어른도 마찬가지다. 책 읽는 소리가 낭랑한 집안은 서로 낯 붉힐 일이 없다. 그만큼 시간을 충실하게 산다.

아이가 똑같아지는 삶을 살기보다 자기 의지로 살도록 바라보면 안 될까?

꼴값하기

_지금 세상은 얼굴 껍데기가 우선한다

'꼴값'은 '얼굴값'을 같잖거나 격에 맞지 아니한 행동을 하는 사람을 속되게 낮잡아 이르는 말이다. 그래서 꼴답잖다거나 꼴불견이라는 말을 들으면 괜히 꼴사납게 말꼬리가 잡힌다. 누구나 나름 꼴값하기 위해 산다.

그러나 지금 세상은 얼굴 껍데기가 우선한다. 헌칠한 키에 얼굴이 잘생겼으면 속 빈 강정이어도 후한 대접을 받는다. 거기다가 직장 좋고, 돈 많다면 그는 바로 '킹카'다. '배○○, 당신은 모두를 가진 남자다'라는 광고 카피는 잘생기고, 돈 많고, 무엇이든 다 해결해 주는 이 시대의 능력 좋은 남자로 대표가 된다. 하지만 그와 같은 필요충분조건을 갖춘 이 땅의 남자는 과연 얼마나 될까?

지금껏 얼굴이 잘생겼거나, 가진 게 많거나, 서로가 헤집고 사는 세상이 크게 다르지 않다고 허허대며 살았다. 그런데 날개 돋친 듯이 비상하는 이즘의 변화로 세상살이가 너무 비정해졌다. 지금 세상은 '얼짱'만이 대접받고, '쥐뿔'이라도 가져야 사람 형세를 한다. 허깨비 천지다. 오죽했으면 못생긴 남자는 용서되어도 돈 없는 남자는 용서할 수 없다고 할까.

동갑내기를 만날 때면 서로 안타까워진다.

누구는 잘나가던 회사에서 명퇴당해 집안에 뙤릴 텄고, 또 누구는 자진해서 창업한다며 직장을 마다하고 나왔단다. 말이 좋아서 명예퇴직이고, 창업이지 실상은 퇴출이다. 김치 된장 간장은 묵은 게 감칠맛난다. 그렇지만 사람은 그렇지 않다. 똑같은 일을 처리하는 데 아날로그 세대와 디지털 세대의 일처리 방식이 확연하고, 이익 창출 효과가 다르다. 그러니 당연히 편차가 난다.

기업은 절대로 이성적이거나 감성적이지 못하다. 그들의 궁극적 목표는 하나다. 이윤 창출의 극대화다.

그렇다고 나도 암울한 시대 상황을 벗어나지 못한다.

남만큼 얼굴이 잘생기지도 못했거니와, 키가 헌칠하지도 않다. 돈 많은 사람도 아니다. 게다가 성격이 유하지 못한다. 반골 기질이 강하며, 시대와 불화가 깊다. 그 누구에게도 사랑받지 못할 모순 덩어리인 셈이다. 그게 지천명을 사는 내 삶의 보고서다.

그러나 이제부터는 '꼴값하고 살자'는 신망을 내걸고 싶다.

그렇다고 크게 내세우지 않는다. 그동안 공감을 받지 못한 아집으로 너무 팟대 나게 살았고, 크게 역마살이 돋았다. 그런 까닭에 근본 심성과는 다르게 주의주장이 강하다는 평을 받았고, 가쁜 현실에 빗대어 그렇게 너그럽지도 못했다. 문제 사단을 두고 상대방을 먼저 배려하기보다 불협화음이 많았다. 늘 자충수를 두고 살았다.

이제는 다르다. 나는 무엇보다도 나 자신이 멘토Mento와 멘티Mentee로서 충분한 궤적을 가졌다. 멘토와 멘티 관계는 누구에게나 필요하다. 누구나 멘토라면 그 사람이 어떻게 사는지, 무엇을 좋아하고 무엇을 중요하게 여기는지 알고, 나를 어떻게 보고 평가하는지 안다. 나의 멘토가 잘되면 내가 행복하고, 그가 실망하면 나도 우울해진다. 나와 나의 멘토는 심리적으로 거의 동일체이다.

그런 점에서 나는 사소한 일상에 매달리지 않고, 사회정의와 걸맞지 않은 모두를 떨쳐 버렸다. 이제까지 쉬 놓쳤던 조그만 일 하나도 함부로 내치지 않고 만족할 나이다. 그러한 멘토의 바탕은 반드시 가정이란 울타리여야 한다. 아내는 소중한 집이란 걸 알기 때문이다.

그게 지천명을 사는 내 '꼴값'이다.

우리 삶에 고난의 언덕이 없으면
_나의 권리가 소중하듯이 남의 권리도 소중하다

만족할 줄 아는 사람은 마음이 평온하다.

그 사람은 겉으로는 가난한 듯하지만 속으로는 부유하다. 현실에 만족하기 때문이다. 그러나 대부분의 사람은 많이 가지면 가질수록 만족할 줄 모른다. 그건 허욕이다. 탐욕이며, 죄악이다. 물론 많이 가지면 좋겠지만, 현재 자신이 지닌 돈이나 지위, 능력이나 명예가 중요하지 않다. 다만 그것으로써 어떤 일을 하고, 얼마나 헌신성을 높이는가? 삶의 가치를 밝히는 게 중요하다.

이 세상에 영원한 건 하나도 없다.

한 뿌리에 난 가지도 어느 한쪽 가지에 이상이 생기면 나무 전체가 견뎌 내지 못한다. 사는 이치도 이와 같다. 적은 데 만족할 줄 알아야 한다. 그래야 넉넉해진다. 날마다 무수한 사람들과 부대끼고, 자잘한 일들로 머리가 아프다.

그렇지만 우리 삶에 고난의 언덕이 없으면 자만심이 고개를 쳐든다. 잘난 체하고, 자기만이 최고라고 우겨 대는 사람은 결코 남의 사정을 모른다. 그런 사람은 친구 간에도, 부부 사이에도, 직장 동료 사이에서도 사치스러운 마음을 갖는다.

사람에게 가장 중요한 건 인생에 대해서 어떤 태도를 취하고, 어떻게 사느냐다. 책임감을 갖고 행동을 하고, 절망적 상황에서도 의연한 자세를 잃지 않고, 좋은 향기가 나게 처신해야 한다.

사랑하는 일도 그렇다. 냄비에 물 끓듯이, 죽 끓듯이, 쉬 달궈진 쇠처럼 살아서는 그 어떤 존재 가치도 담아낼 수 없다. 칠전팔기하듯 인생의 대업을 이룩한 사람들, 그 창조적 소수의 삶을 본받아야 한다.

스스로의 삶에 거짓과 허위, 위선과 속임수로 가득 찬 마음을 옳게 다스려야 한다. 방탕하고, 방종하며, 방만하고, 방자하며, 방심한 마음을 바로잡아야 한다. 무엇보다도 오만불손한 태도를 버려야 하고, 질소검박(質素儉朴)해야 한다. 소아(小我)의 노예가 되거나 이기해타(利己害他)의 포로가 되지 않아야 한다. 자기 분수를 알고, 자기만을 생각하지 말고, 마음을 가다듬어 겸허하게 살아야 한다.

나와 생각이 다르고, 입장이 다르며, 주장이 다르다고 해서 남을 매도하거나 미워하고 적대시하는 것은 옹졸한 사람의 본보기다. 큰 그릇을 가진 사람의 품성은 그렇지 않다. 이해하며 배려하는 폭이 커서 너그럽다. 보다 여유롭고 안온하며, 진리와 정의의 편에 선다. 상대방은 늘 사악함과 불의의 편에 선다는 생각 자체가 독선이고, 편견이며, 비인간적인 사고방식이다.

똑같은 일을 두고도 어떤 사람은 만족할 줄 알고, 어떤 사람은 불만으로 살아간다. 만족의 힘은 모든 일을 긍정적으로 풀려나게 하지만, 불만족의 힘은 하는 일마다 흡족하지 못해 얼굴을 찌푸리게 한다.

행복의 그릇을 크게 키우려면 눈앞의 이익에만 매달리지 말고, 먼저 자기 마음을 닦아야 한다. 빈 마음으로 지극히 사소하고 일상적인 일에 행복의 씨앗이 들었음을 맨눈으로도 보는 혜안을 가져야 한다.

나의 권리가 소중하듯이 남의 권리도 소중하다. 이분법적 단순 사고를 지양하고, 관용의 마음을 가지고 남을 대해야 한다. 다양하고, 자유롭고, 다원적인 사고방식이 먼저다. 남만 과오를 범하는 게 아니다.

관대한 사람은 남을 이해하고, 용서하며, 배려하는 마음이 크다. 그는 마음이 넓으며, 속이 탁 트였고, 정신도 활달하다. 우리 그렇게 살아야 한다. 어렵고 힘든 때일수록 더욱더.

아름다운 나눔
_사랑은 나눌수록 더 커진다

가난한 의과대학생. 하루는 돈이 필요해 몇 권의 책을 헌책방에 팔기로 했다. 그런데 그날따라 책방이 문을 열지 않았다. 그는 어쩔 수 없어 집으로 발걸음을 돌렸다. 돌아오는 도중 너무 힘들어 냉수 한 그릇 얻어 마시러 어느 집으로 들어갔다.

때마침 그 집에 어른은 없었고, 어린 여자아이 혼자서 집을 지켰다. 그는 그 아이에게 먹다 남은 음식을 좀 주겠느냐고 물었다. 아이는 부엌으로 들어가서 우유 한 병과 옥수수떡 한 조각을 가져와서는 이렇게 말했다.

"이것은 엄마가 일하러 가면서 점심 때 저 먹으라고 남겨 준 거예요. 괜찮으시면 드세요."

그는 그것으로 허기를 채우고 난 뒤에 고마운 마음으로 그 집 주소를 적었다. 또 아이와 그의 어머니 이름까지도 받아 적었다.

의대생은 가난했지만 그렇게 공부를 계속했다. 여러 해가 지나고 그는 어느 부인의 수술을 맡게 되었다. 다행스럽게 수술은 성공리에 끝났다. 그러나 부인의 딸은 어머니의 건강이 회복되었다는 데 기뻤지만, 엄청난 수술비로 인해 불안했다.

딸은 떨리는 마음으로 병원비 계산서를 받아 들었다. 그런데 계산서에는 깜짝 놀랄 만한 내용이 적혔다.

"병원비는 모두 우유 한 병과 옥수수떡 한 조각임. 그 값은 이미 지불되었음."

어려운 형편에도 배고픈 이를 그냥 돌려보내지 않았던 어린아이의 마음은 결국 그의 어머니를 낫게 하는 데까지 이르렀다. 이래저래 얽히고설키어 가며 누군가에게 도움을 주는 마음은 소중하다. 또한 그러한 일을 서로 나누고 베풂은 아름답다.

그다지 눈을 홉뜨지 않아도 우리 주변에는 어렵고 힘겨워하는 사람이 많다. 사회복지시설 보육원, 양로원, 소년소녀가장, 거택보호노인, 생활보호대상자 등 현상적 실태가 확연하게 드러나기도 하나, 직장을 잃고 무작정 거리를 나도는 노숙자들의 어두운 그림자는 첨예하게 대립의 날을 세우는 우리 사회 양극화의 슬픈 단면이다.

더불어 사는 의미는 함께 나눔이다. 나눔은 곧 베풂이다. 나눔은 대가를 바라지 않고 거저 주는 거다. 조그만 일 하나도 일단 네 편 내 편 점찍어 놓고 보면 생각이 달라진다. 남을 헤아려 이해하는 폭도 그러하다.

아무리 사소한 일이더라도 남의 탓으로 지칭했을 때는 경우가 달라진다. 흔히 좋은 일은 자기 자랑으로, 궂은일은 다른 사람에게 트집을 잡는다. 결코 아름답지 못한 일이다. 세상은 모두 네 덕이요 내 탓이라고 여길 때 그 향기가 진하다.

"거저 얻어먹어도 그것은 주님의 은총입니다"라고 했던 걸인 최귀동 할아버지의 울림이 더 크게 다가온다. 무엇 때문일까? 그 울림이 결국 지금의 꽃동네를 일궜고, 수천수만의 헐벗고 굶주린 이들이 수백만의 기부자들의 사랑을 받기에 이르렀다.

사랑은 나눌수록 더 커진다.

눅진한 민들레 사랑법
_참 좋은 사랑은 자기 의지로 만들어 나간다

어떤 사람이 정원을 가꾸기 시작했다. 흙을 가져다 붓고 자신이 좋아하는 온갖 씨앗을 심었다. 그런데 얼마 후 정원에는 그가 좋아하는 꽃들만이 아니라 수많은 민들레가 피어났다.

민들레는 아무리 뽑아도 없어지지 않았다. 어디선가 씨앗이 날아와 또 피어났다. 민들레를 없애기 위해 모든 방법을 써 봤지만, 결국 성공할 수 없었다. 노란 민들레는 다시 또 피어났다. 해서 정원 가꾸기 협회에 전화를 걸어 물었다.

"어떻게 하면 내 정원에서 민들레를 없앨까요?"

정원 가꾸기 협회에서는 그에게 민들레를 제거하는 몇 가지 방법을 알려 주었다. 하지만 그 방법들은 이미 그가 다 시도해 본 일들이었다. 그러자 정원 가꾸기 협회에서는 그에게 마지막 한 가지 방법을 일러 주었다.

그것은 이것이었다.

"그렇다면 민들레를 사랑하는 법을 배우세요!"

그렇다. 우리가 함부로 대하는 잡초, 그들은 아무리 짓밟히고 차인다 해도, 무작정 뽑히거나 베이는 좋지 않은 환경이더라도 그 자리를 박차고 떠나지 않는다. 단지 하찮은 잡초에 지나지 않지만, 나름의 존재 의미를 가졌다.

흔히 우리는 밟히고, 뽑히고, 베이면서도 다시 자라나는 잡초를 보고 '강하다'고 부추긴다. 과연 그럴까? 뜻밖에도 본래 잡초는 결코 억센 식물이 아니다. 억세기는커녕 오히려 연약하다. 약한 그들이 굳세게 사는 비결은 놀랍다.

온갖 곤란한 일이 뒤이어 덮쳐 와도 잡초는 뿌리내린 그곳을 물러서지 않는다. 그게 잡초의 생존 전략이자 삶의 '키워드'다.

그런데 우리 삶의 모습은 어떤가? 너무나 사소한 일에 쉽게 얼굴 붉히고 목소리를 높인다. 지지고, 볶고, 시기하며, 질투한다. 서로 이해하는 입장에 서기보다는 남을 헐뜯는 일에 더 신경을 쓴다. 자기에게로

동네 아저씨 같은 선생님_
아이들과 나는 꼬박 40년 나이 차이가 난다.
그러니까 얼추 할아버지뻘이다.
나는 애써 나이를 감추며 동네 아저씨처럼 곧잘 어울린다.

향한 욕심이 많은 탓이다. 자기만을 챙기려는 욕망의 눈을 더 크게 떴기 때문이다. 묵묵한 사랑은 꽃밭의 민들레를 돌보듯 가꾸어야 한다.

진정으로 사랑한다면 상대방을 자유롭게 놓아주어야 한다.

한데도 사소한 말투 하나로 상대를 힘들게 하는 행위는 미덥지 못하다. 말을 함부로 하지 않아야 한다. 거친 말은 사람의 마음을 상하게 하고, 화나게 하며, 힘들게 한다.

인간은 감정의 동물이자 이성의 동물인 만큼 두 경계를 넘나드는 간극에서는 상충되는 지점을 만난다. 사랑한다면 상대방의 반응과 감정을 함께 나누고, 의견과 감정을 자연스럽게 표현하도록 배려해야 한다.

참 좋은 사랑은 헤아림을 받기보다 자기 의지로 만들어 나간다. 당신이 나를 얼마나 사랑하느냐고 다짐받아야만 사랑받는 게 아니다. 건강한 사랑은 자신의 의지로 복잡다단한 삶을 경영할 때 가능하다.

그렇잖으면 논밭의 잡초를 뽑아내듯 허망스럽게 자취를 감춰야 한다. 항상 보호받고 인정받으려고 애쓰는 사랑은 애달다.

잡초의 생존 전략 중에서 바랭이와 민들레는 본받을 만하다.

바랭이의 생존 비밀은 튼튼한 마디에 감췄고, 민들레의 생존 전략은 홀씨에 두었다. 그들이 숱한 역경 속에서도 오뚝이처럼 버티고 사는 힘은 거친 현실적 고난을 무던하게 받아들이는 치밀함이다. 이 얼마나 치열한 사랑법인가?

우리가 세상 사는 방편도 이와 같아야 한다. 조금 마음이 아프다고 해서 쉬 물러서고 머리 싸매 가며 열 올리는 사랑은 낯부끄럽다.

그렇기에 올바른 사랑으로 거듭나기 위해서는, 내가 살아가면서 계속 성장하고, 변화하고, 많은 일을 시도해 보아야 한다. 자신의 기준에 따라 자아정체성을 높이고, 삶에 대한 나의 상식이 실용적이고 안정적인 접근 방식을 찾아야 한다.

뿐만 아니라 나의 창조성과 호기심, 독창성도 인정받아야 한다. 내가 상대방에게 얼마나 소중한 존재인지를 말해 주고, 내가 느끼는 감정을 상대방에게 나누기 전에 먼저 개인적인 생각을 따로 정리해야 한다.

너무 쉽게 고백하고, 너무 쉽게 변하고, 너무 빨리 끝나는 요즘 사랑은 인내가 필요하다. 또한 무조건 소유하여 과시하려 들고, 조금도 양보하지 않으려는 사랑에는 서로를 인정함이 필요하다. 서서히 녹아들어 온전히 하나 되는 사랑, 아무리 사소한 문제라도 그것을 해결하려는 정직한 태도와 솔직한 감정을 보여야 한다. 보다 자신의 전문성을 키우고 새로운 일들에 도전해 보려는 나의 의지를 가져야 한다.

그게 눅진한 민들레 사랑법이다.

인터넷 제국 건설자 빌 게이츠는 독서광

_컴퓨터가 책을 대체하지는 못한다

평소 책을 얼마나 읽는가?

출판계 보도에 따르면, 우리나라 성인 기준으로 월평균 0.8권을 읽는다고 한다. 이는 책을 거의 읽지 않을 뿐만 아니라, 한 달에 문화비로 지출하는 비용도 미미하다는 얘기다.

왜 많은 성인이 한 달에 달랑 책 한 권을 읽지 않을까?

단지 바쁘기 때문에? 책 읽을 겨를이 없다고? 그보다도 대중매체를 통한 즐거움에 길들여진 탓이다. 아줌마 서넛만 모이면 연속극 얘기가 화젯거리다. 그러한 모습은 아이가 책과 담을 쌓게 하는 불쏘시개다.

일전에 미국 다국적 여론조사 기관(NOP 월드)이 각국의 인쇄매체 접촉 시간을 조사 발표해 화제가 됐다. 그런데 조사 국가 30개국 중 우리나라는 꼴찌였다!

물론 이 조사는, '독서량'이 아닌 '인쇄매체 접촉 시간'을 조사하였기에 인터넷이나 영상 환경이 발달한 선진국일수록 낮게 나타나는 한계를 가졌으나, 한국인이 책을 읽지 않는다는 결과는 명확한 사실이다. 이러한 결과는 OECD(경제협력개발기구) 국가별 통계와도 그렇게 큰 편차를 보이지 않는다.

실로 우리나라의 독서 현실은 안타까울 정도다.

언제부턴가 지하철이나 카페에서 책 보는 사람이 드물어졌다. 그 대신 휴대폰을 만지작거리거나 들여다보고, 무시로 이어폰을 낀 사람들이 그 자리를 차지했다.

외국 명문 대학에 진학한 한국 학생들은 입학 성적이 우수하다. 그럼에도 시간이 지날수록 창의성이 부족하고 논리적 감각이 떨어져 공부하는 데 무척 애를 먹는다고 한다. 평소 독서를 통한 사고 습관과 논리적 글쓰기가 바탕이 되지 않은 탓이다.

첨단산업사회로, 지식정보화사회로 이행될수록 독서의 중요성은 더욱 커진다. 세상은 언제나 책 읽는 사람들이 움직여왔다. 책 읽는 사람이 바로 지도자였다. 그래서 많은 책을 읽은 이는 두고두고 소중하게 우러러 섬겼다.

책을 읽는다고 당장에 무엇이 생기지 않는다. 다만 책 읽기를 게을리하면 찬연한 미래가 없다. 남의 지식을 읽고 이해하는 일은 선택이 아닌 필수다. 해서 아무리 컴퓨터 인터넷이 활개를 치는 세상이어도 활자 매체만은 우리 생활 가장 가까이 존재한다.

'인터넷 제국 건설자' 빌 게이츠는 독서광이었다.

컴퓨터 황제인 그는, 공식 석상에서 "컴퓨터가 책을 대체하리라고는 생각하지 않는다"라고 말해 눈길을 끌었다. 그는 바쁜 일과 중에도 매일 한 시간씩, 주말에는 두세 시간씩 책을 읽고, 출장 갈 때는 꼭 책을 챙겼다.

1997년 게이츠도서관재단을 설립했고, 이후 연방정부 외에 단일 기부자로는 최고액인 2000만 달러를 여러 도서관에 기부했다.

"사회에서 성공을 하고 부를 쌓은 모든 사람은 어떻게 사회에 부를 환원하고 불평등을 개선할 것인가를 깊이 생각해야 한다. 성공은 운이 따라야 한다. 나는 운이 좋게도 성공한 사람으로 선택받았다. 아내(멜린다 게이츠)도 같은 생각이어서 함께 봉사 활동을 펴고 있다."

"가장 힘을 쏟는 것은 아내와 함께 만든 비영리 재단(Gates Foundation) 일이다. 예를 들어 개발도상국가의 난치병 어린이를 돕거나, 질병 연구소의 연구 활동을 지원하는 데 관심을 갖고 있다. 부를 축적한 사람들이 세계의 불평등을 개선하는 데 좀 더 많은 관심을 가졌으면 한다."

사회적으로 성공한 빌 게이츠가 필생의 사업을 접고 이제는 사회 기부 활동에 매진한다. 게이츠 재단은 미국 내 소수민족 학생을 위한 장학금으로 18억 달러를 기부했으며, 또 아프리카 어린이 말라리아 퇴치 등을 위해 32억 달러를 내놓았다. 이러한 빌 게이츠가 탄생하기까지는 그의 무한한 독서력이 기본 바탕이 되었다고 한다.

부럽다. 우리 사회도 그들처럼 도서관마다 아름다운 기부 문화가 꽃피어서 특별한 분위기가 만들어지고, 언제든 사람의 마음을 넉넉하게 사로잡는 고상한 자리로 만들 수 없을까? 책 읽는 소리 낭랑하게 들리는 그곳에 사는 사람들은 얼마나 행복할까?

성실은 누구에게나 통하는 믿음이다

_오아시스에서 사는 사람은 오아시스를 모른다

우리는 날마다 새롭게 맞이하는 일 하나하나에 중요한 의미를 부여한다. 작지만 소중한 데 더 큰 믿음을 갖는다. 하여 세상은 똑같은 일보다 다 다른 일들로 아름답다. 세상은 참 다른 모습과, 참 다른 성격과, 참 다른 환경 속에서 너와 내가 만나서 비로소 제 빛깔을 가진다. 세상은 서로 다른 우리가 함께여서 아름답다.

오아시스에서 사는 사람은 오아시스를 모른다.

오아시스를 벗어나 불타는 사막에서 목마른 고통과 험난한 생사의 고비를 겪은 사람만이 진정으로 오아시스의 소중함을 안다.

세상에 희망을 갖지 않고 사는 사람은 없다. 그렇지만 소망하는 그 꿈을 이뤄 내는 사람은 많지 않다. 의지가 박약한 사람한테는 고통이 따르고, 허황된 꿈만 이야기하는 사람에게는 고통이 뒤따른다.

어렸을 때부터 남보다 좋은 점수를 얻고, 좋은 대학에 가야 한다고 길들여진 아이는 참다운 행복을 맛보지 못한다. 게다가 부모의 보상심리가 덧칠된다면 인격적 도야는 제쳐 두고 단지 돈을 많이 버는 직장을 얻거나, 사회적 인지도가 높은 일이 성공이라고 단정하고 매달린다. 결국 아이 자신이 키워 왔던 꿈은 헌신짝이 되고 만다.

누구나 커다란 성공과 사회적인 명예를 바란다. 하지만 진정한 행복은 그런 허상이 아니다. 성공은 자신이 꿈꾸는 일을 하는 사람, 자신이 하고픈 일에 충실한 사람에게 주어지는 월계관이다. 그게 진정한 행복의 실현이다. 사람은 자신의 일에 충실할 때 가장 아름답다.

행복을 바란다면 우러러 받는 일에 열광할 까닭이 없다.

자기 인생을 대신해서 살아 줄 사람은 아무도 없다. 단지 일등이라는 허상에 안주하기보다는 일등을 제외한 그 외의 절대 다수가 함께 누려 가는 참다운 삶에 헌신해야 한다.

때로는 최선을 다하는 꼴찌에게도 따뜻한 박수를 보내는 순정한 마음을 가져야 하고, 제 삶을 야무지게 사는 사람들에게 넉넉한 애정을 베풀어야 한다. 잘난 나와 못난 네가 아니라 서로 다른 우리가 함께하기에 세상은 참 아름다운 곳이어야 한다.

나는 손이 참 거칠다.

일하는 사람의 손은 거칠다. 그런 손이 많아져야 한다. 그 손이 바로 진정한 행복을 일구는 아름다운 손이다. 성실은 누구에게나 통하는 믿음이다. 같은 세상일지라도 자신의 모습에 충실하며, 땀을 흘리고 난 후에 보는 세상은 더 아름답다.

세상의 모든 일은 가슴에서 시작된다.

인생은 눈과 눈의 대결이 아니라, 마음과 마음이 맞닿아 이어져 나가는 고리와 같다. 음식을 먹을 때 우리는 소금의 중요성을 잘 느끼지 못한다. 그렇지만 소금이 들어가지 않은 음식을 먹고 난 후에 소금의 중요성을 실감한다. 성실과, 건강과, 사랑도 역시 잃고 난 후에야 그 소중함을 안다.

불꽃같은 감정으로 첫눈에 반해 버리는 사랑은 오래가지 않는다. 사랑은 은근하고, 끈기 있고, 한결같아야 한다. 더불어 동등하고 서로의 존재 가치를 인정해야 한다. 제 모습에 성실하다면 사랑은 지극히 느리고, 더디게, 서서히 길들여진다. 세상을 사는 데는 커다란 명예도, 많은 재물도, 헛된 야망도 필요치 않다. 다만 서로에게 변함없는 힘이 되고, 믿음이 되면 그것으로 충분하다.

사랑과 배려는 공존의 원칙이다

_사회적 약자들을 배려하는 마음이 절실한 때다

세찬 바람이 휘몰아치는 이른 아침, 길모퉁이 버스 정류장에 여덟아홉 살 정도의 사내아이가 칠순의 노인을 부축하고 섰다. 노인은 맹인이었는데, 몸놀림도 온전치 못했다. 그들의 옷차림이 꾀죄죄한 걸로 봐서 일정한 거처 없이 떠돌아다니는 듯했다.

밤새 한데서 얼마나 떨었는지 얼굴이 귓불만큼이나 빨갰다. 사내아이는 연방 손을 호호 불어 댔다. 새까만 손등은 다 부르텄다. 그러나 사내아이의 태도는 사뭇 당찼다.

대체 이들을 어떡하면 좋을까.

하지만 빠듯한 출근길에 더 이상 눈길 주지 못하고 버스에 올랐다. 평소 노선버스로 출퇴근한다. 그런 까닭에 아침저녁으로 버스 안에서 만나는 사람들과는 눈인사를 하고 지내는 터다. 시골에 살면 자연 어느 집 밥숟가락이 몇 개인지 훤해진다. 그만큼 무시로 부대끼며 산다. 근데 사내아이와 노인네는 낯설었다.

버스는 희붐한 안개를 헤치며 냅다 달렸다. 그렇지만 마음이 편치 않았다. 잠깐만이라도 '무슨 사정이냐?'고 말 붙이기를 해 보았더라면 하는 안타까움 때문이었다. 왜 본체만체했을까. 그들은 아직도 차가운 바람이 휘몰아치는 거리에 당그랗게 남아 돌돌 떨고 섰을 텐데……

학교에 도착하니 방학 중 특기적성교실 꼬맹이들이 춥다며 발을 동동 굴렸다. 연방 언 손을 호호 녹인다. 조금 전에 만났던 사내아이 또래다. 공부방에는 이미 온풍기가 돌고 사위가 후텁지근했다. 근데도 아이들은 연방 추워서 견디기 힘들단다. 옷을 따습게 입고 장갑모자까지 단장했으면서도.

요즘 아이들, 사는 형편이 나아 영양도 좋아졌고 몸집도 커졌다. 그렇지만 참을성이 부족하다. 그런 까닭에 나보다 남을 먼저 헤아리는 마음이 부족하다. 이는 어른들도 마찬가지리라. 당장에 오늘 아침 나 자신부터 강추위에 몸을 떠는 이들을 보고도 모른 체하지 않았던가.

세상에는 아름다운 보석이 많다.

그중에서 가장 아름다운 보석은 사랑하는 이들이 나누는 웃음이다. 웃음은 참으로 신비한 힘을 지녔다. 삶이 힘들고 지칠 때, 내 모두 이해하고 감싸 주는 웃음을 마음에 담으면 어느새 평안해진다. 불안해질 때마다 나를 헤아려 주는 믿음직한 웃음을 만나면 든든하다.

밤새 차가운 칼바람을 맞으며 마음이 허했던 그들도 따뜻한 웃음을 만났다면 얼마나 마음이 푸근했을까.

연말연시 어렵게 사는 이웃을 돕기 위한 온정의 손길이 이어졌다. 그 모든 바탕은 신실한 사랑이 스몄기에 가능했다. 사랑만이 전부다. 한데도 지금 세상은 오직 제 살붙이에게만 더 편하고, 더 많이 주기 위해 사는 사람들이 많아 쓸쓸해진다. 그들에게는 돈 없고, 힘없는 사회적 약자의 삶은 보이지 않는다.

종교인들이 사회적 약자들을 배려하는 마음이 절실한 때다.

그렇지만 요즘 교회는 덩치 키우기에 바쁘다. 건물이 웅대해야 신자가 많아진다. 성장제일주의에 편승한 결과다. 때문에 그만큼 교회는 일반인들에게는 배타적이다. 예수님처럼 살겠다는 치열함이 부족하다.

이와 같은 현상은 절도 마찬가지다. 제2의 중건시대를 맞아 산사마다 불사에 여념이 없다. 신축 법당이 웅장하다. 그래야 신도들이 줄을 잇는다. 때문에 요즘은 가난한 절은 거의 없다. 이 또한 부처님처럼 맑고 향기롭게 살겠다는 돈독함이 부실하다.

그래도 우리 사는 세상이 이렇게 아름다운 꽃밭인 데는 제 잇속만 챙겨 드는 천박함보다는 '나보다는 남을 먼저 헤아려 생각할 줄 아는 사람'들이 많기 때문이다. 길가 자그마한 풀꽃들을 보라. 제 혼자서는 작지만 한데 어우러져서 더욱 큰 꽃이 된다.

남을 사랑하는 울림은 그저 일어나지 않는다. 나부터 먼저다. 오후 햇살이 제법 나긋해졌다. 하지만 출근길에 만났던 그들의 모습이 아직

정상에 다다른 아이들_
화왕산 정상에 도착한 아이들.
꼬박 두 시간 반을 걸어서 화왕산 정산에 도착했다.
정상에 올랐다는 자신감으로 아이들 표정이 무척 해맑다.

도 생생하다. 퇴근 무렵에 다시 만날까. 바람이 닿는다면 허기진 배를 따습게 데우는 고깃국이라도 한 그릇 건네고 싶다.

유능한 사람은 귀가 얇다
_모든 리더십은 경청에서 발현된다

마음이 좋을 때야 어떤 이야기를 해도 잘 들린다. 그렇지만 하찮은 일로 쌍심지를 돋우고 나면 말꼬리가 길어진다. 그쯤이면 상대방의 이야기를 한 귀로 흘려버린다. 관심을 갖고 듣지 않는다. 인간관계에서 대화에 딴전만큼 무례한 게 없다.

"여보, 지금 무슨 생각하나요? 내 말 귀담아들어요?"

가끔 아내가 내게 하는 지청구다. 난 속이 상하면 말문을 닫아 버린다. 좋지 않은 습성이다. 그러면 아내는 속이 탄다. 애써 분위기를 바꿔 보려고 아양을 떨어 대지만 난 끄떡도 않고 버틴다.

아내는 밴댕이 소가지 남편을 어쩌지도 못하고 그저 속병만 한다. 물론 아내도 그냥 내버려 두면 자연 풀린다는 걸 안다.

"부부가 사사로운 다툼을 하지 않고 사나요. 우리 싸워도 하루를 넘기지 말아요."

부부는 서로 살을 맞대고 사는 사인데 자칫 등 돌리고 나면 그만큼 싸늘한 남도 또 없다. 아내의 말을 귀담아들으면 틀린 말 하나 없다. 그런데도 나는 아내가 말이 많아지면 딴청을 피우며 귀를 닫아 버린다.

남의 말을 관심 갖고 듣는 게 경청이다.

경청, 그것은 듣는 힘이다. 상대방의 마음을 사로잡고 싶다면 먼저 귀를 쫑긋 세우고 잘 들어야 한다. 경청은 인간관계에 성공적인 대화를 하기 위한 첫 번째 기술이다.

모든 리더십은 경청에서 발현된다. 때문에 올바르게 경청하려면 겸손한 마음을 가져야 한다. 빤히 알면서도 사단이 생길 때마다 깡그리 잊어버리는 내 마음이 참 얄궂다.

유능한 사람은 귀가 얇고 수다쟁이다.

그렇지만 말할 때는 신중하다. 말은 글과 다르기 때문에 한번 내뱉으면 주워 담거나 고칠 수가 없다. 계속 줄줄 떠든다고 말 잘하는 게 아니다. 그런 말은 그리 쓸 만한 데가 많지 않다.

필요한 말을 신중하고 적절하게 잘하는 일도 경청 못지않게 중요하다. 말을 많이 하지 않더라도 충분히 말 잘하는 사람이 된다. 그러나 경청에는 그에 마땅한 여유를 가져야 한다. 어느 경우든 조급해지면 차분하게 듣기가 안 된다.

달변도 마찬가지다. 말이 빨라지면 해야 할 말을 놓치게 된다. 여유를 가지고 듣거나 말을 하면 상대를 훨씬 더 잘 설득시킨다. 유머나 재치도, 현명한 리더십도 그것에서 나온다.

말하고 듣기는 상대방과의 커뮤니케이션이다.

일방적으로 떠들거나 속사포처럼 말하고 사라진다면 그건 말을 하는 게 아니라 소음이다. 또한 상대방의 눈빛을 맞추지 못한 무성의한 듣기도 심각한 문제 사태를 유발한다. 밝은 미소와 여유로움은 경청과 달변으로 충만한 사람을 만든다.

그리고 참 좋은 경청의 방법은 첫째, 상대방의 생각을 받아들이는 '공감', 둘째, 상대를 완전한 인격체로 '인정', 셋째, 자신의 생각을 전달하기 위한 말을 '절제', 넷째, 상대를 이해하고 존중해 주는 '겸손한 마음'이다.

뿐만 아니라 똑똑한 경청을 위한 열 가지 비법은 경청을 결심하고, 마음을 비우며, 인정하고, 발견하며, 말하기를 절제하고 끼어들지 않고, 감정을 살피고, 공감하며, 온몸으로 응답하고, 상생하며, 습관화이다.

그런데 경청과 달변은 어떻게 다른가?

말을 잘하는 능력은 타고날까? 아니다. 말 잘하는 능력은 학습에 의해 키워 가는 능력이다. 머리를 가득 채우고, 가슴에 자신감이 충만하다면 어느 자리, 어떤 사람을 만나도 말 잘하는 사람으로 인식된다.

말을 잘하려면 무엇보다도 다른 사람의 이야기를 잘 들어야 한다. 말 잘하는 사람치고 남의 말을 경청하지 않는 사람은 없다. 상대가 무슨 말을 하는지를 제대로 들어야 그에 맞게 적절한 말을 한다. 충분히 공감하며 경청하는 태도는 상대에게 호감을 주기에 충분하고, 자신의 말도 상대가 신뢰를 갖고 경청하게 된다. 잘 듣는 게 곧 잘 말하기의 시작이다.

'경영의 신'이라고 불리는 마쓰시타 고노스케의 성공 요인은 '겸손'의 철학이었다. 그는 '기업은 인간 생활의 향상을 위해 존재하는 것이므로 올바르게 운영되어야 한다'고 생각했다.

이를 실현하기 위해 그는 항상 겸손과 배려의 자세로 직원들의 이야기에 귀를 기울였다고 한다. 그는 겸손하면 듣기가 가능해지고, 교만하면 들을 수 없다는 사실을 알았고, 상대의 입장을 이해하고 들어주는 배려가 따랐다. 그가 남긴 경영의 교훈은 바로 '리더십은 웅변보다 경청에서 나온다'였다.

세 치 혀와 삶의 영상

_성공한 사람은 그 솔직 담백함이 다르다

'타인이 나의 거울'이다.

남을 통해 자신을 들여다볼 때 나의 모습이 더욱 선명해진다. 사람은 누구나 자기중심적으로 생각한다.

그래서 좋지 않은 일은 모두 다른 사람의 몫이 되고, 드러내 놓고 싶은 일은 모두 내가 이뤄 낸 일처럼 떠벌린다. 남을 배려하는 마음의 그릇이 작은 탓이다.

다른 사람을 통해서 나타나는 얼굴이 나의 참모습이다. 혼자서 판단하고 평가해서 얻은 내 모습은 그냥 빈껍데기에 불과하다. 항상 허허대고 살지만 나는 다른 사람들에게 어떤 모습으로 보일까?

말을 통해 그 사람을 안다지만 평소 그의 삶의 태도를 통해서도 평가한다. 해서 불혹의 나이면 자기 얼굴에 책임을 져야 한다.

흔히 '성공한 사람'을 만나면 그 솔직 담백함에 놀란다.

그들은 조그만 일 하나도 그저 빙빙 돌려서 말하지 않는다. 어떤 일이든지 투명하게 말한다. 말이 많으면 가려 쓸 말이 적다. 인생을 아낌없이 소화하며 산 사람은 자신의 모습을 전부 드러내 놓고 쉽게 말한다.

그는 결코 어렵게 살지 않고 단순하게 산다.

말은 그 자체로 그 사람의 인격이 되고 성품이 된다.

마음과 생각이 곧 말이다. 하여 자기가 한 말은 책임져야 한다. 또한 자기가 내뱉은 말로 다른 사람을 괴롭히지 않아야 한다. 더구나 사랑하는 사람을 함부로 무시하고, 윽박지르며, 상스러운 말은 거두어야 한다. 아무렇지 않게 내뱉는 말 한마디가 상대방에게 평생 잊히지 않는 감정 응어리가 된다.

사랑한다는 말을 어떻게 할까?

애써 고민할 게 없다. 내 생각을 그대로 투명하게 전하면 된다. 칭찬을 하면 말하는 사람의 겸손하고 자상한 모습이 아름답게 그려지고, 험담을 하면 그 사람의 거칠고 흉한 모습이 그려진다. 어떤 말이든 말하는 사람의 영상이 서로의 가슴에 깊이 남는다. 그래서 좋은 말을 하면 좋은 그림이 그려져 그 사람을 생각할 때마다 즐거워진다.

참으로 소중한 말은 '사랑한다'는 말보다 상대방의 그 모습 그대로 인정하고, 받아들이는 따뜻함이다. 서로의 아픔을 헤아려 주는 말 한마디면 충분하다. 그동안 어쭙잖은 일로 남을 헐뜯는 말이 잦았다. 지내 놓고 보면 당장 후회스러운 일인데도.

세 치 혀로 기분 살아나는 영상을 더 많이 그려 내야겠다.

아름다운 손

_힘겨워하는 친구를 위해 내미는 손은 아름답다

누구 손을 잡기 위해서는 내 손이 빈손이어야 한다.

손에 너무 많이 올려놓거나, 내 손에 잔뜩 쥐고선 남의 손을 잡지 못한다. 이는 누구나 다 아는 사실이다. 근데도 우리는 항상 무언가를 움켜쥐려고 아득댄다.

학창 시절 시험을 칠 때면 조금이라도 점수를 더 받으려고 눈에 불을 켰다. 성장해서도 좀 더 나은 직장을 얻으려고 얼마나 눈치를 봤는가. 결혼할 때도 그랬다. 남보다 더 큰 행복의 잣대를 원했다.

언제나 그랬다. 더 많이 손에 쥐기에 바빴다. 지천명의 문턱에 선 지금도 그러한 성향은 별반 다르지 않다. 생각해 보면 더 가지려고 내가 손을 내밀 때 상대방은 그로 인하여 상처를 입었다. 빈손의 의미를 몰랐다. 그동안 내가 얼마만큼 다른 사람의 손을 잡았는가.

손은 서로 껴안으라고 가졌다. 그래서 남을 밀칠 때는 사용하지 않아야 한다. 손은 눈물 닦아 주라는 보살핌이고, 어렵고 힘겨워하는 사람을 일으켜 주는 베풂이어야 한다. 해서 그 누구도 넘어뜨리는 데 사용해서는 안 된다. 나 아닌 남을 위해 따뜻한 북돋움을 주는 손은 아름답다.

손은 따뜻하게 마주 잡아 주고 토닥여 주라는 메시지다. 네 손과 내 손 마주 잡을 때 흐르는 온기는 그 어떤 어려움도 다 이겨 내게 한다. 우리에게 소중한 손을 부끄럽게 만들지 않아야 한다.

나는 함께할 때 설레는 손보다 마음 편안하고, 밥을 먹어도 평소보다 더 많이 먹는 손을 좋아한다. 그런 손은 세상에서 가장 깨끗한 손이요, 진실한 손이다. 세상에서 가장 강한 손이고, 자랑스러운 손이다. 손은 사랑을 전하는 도구다.

더러 가족과 동료에게 사랑의 마음을 표현하고 싶어진다. 그러나 막상 말로 사랑을 표현하려고 하면 쑥스러워 말하지 못하곤 한다. 그럴 때는 손으로 사랑의 마음을 전달하면 효과적이다. 화해하고 싶을 때 체온이 느껴지는 접촉은 외로움과 고통을 해결하는 치료제다. 다투고 난 후, 화가 난 사람의 손을 잡아 주면 따뜻한 온기가 전해지면서 상대방의 화난 마음이 풀어진다.

유독 피곤해 보이는 사람을 만난다. 그럴 때 그 사람에게 다가가 피곤으로 뭉친 근육을 맨손으로 어깨를 주무르거나, 등을 두드려 주고, 손바닥으로 문질러 주면 손의 따뜻한 체온으로 아픈 곳을 매만져 피로가 풀린다.

동료가 일이 잘 풀리지 않거나 무표정하게 앉았을 때, 양손이나 양팔로 사랑을 전달하는 하트를 보는 순간, 동료의 입가에 미소가 떠오른다.

나에게 사랑이 기운이 부족하다 느낄 땐 나는 누군가의 손을 잡아야 한다. 이렇듯 따뜻한 손은 진실만을 말한다. 오랜만에 반가운 사람을 만나면 첫인사로 으레 손을 마주 잡는다. 마주 잡는 손은 반갑다는 표현일 뿐만 아니라 당신을 사랑한다는 스킨십이다.

함께 나누는 사랑_
누군가 그랬다. 함께 나누는 사랑은 아름답다고.

진실한 손은 서로 사이가 안 좋을 때도 먼저 손을 내밀며 용서를 구한다. 그런 손은 이해를 구하는 부탁의 언어이며, 신뢰를 쌓는 무언의 약속이다. 상대방을 이해하고 배려할 줄 아는 손은 남에게 칭찬의 박수를 보내며, 위급한 상황이 닥치면 나를 방어하는 손이 되기도 한다.

그러나 무엇보다도 손은 아름다워야 한다.

뽀송뽀송하다고 아름다운 손이 아니다. 까칠해도 무엇이든 만지고, 갈고, 다듬고, 닦으면 모든 게 윤이 난다. 투박한 물건이라도 때깔 좋게 만드는 손은 아름답다. 그런 손은 예쁜 아이를 만나면 귀엽다고 머리를 쓰다듬으며 사랑한다는 표현을 할 줄 안다. 손은 사랑을 실천하는 훌륭한 스승이다. 이렇듯 아름다운 손은 맛난 음식을 만들며, 아픈 몸을 어루만져 주고, 요긴하게 서로 나눈다.

참으로 아름다운 손은 힘겨워하는 친구를 위해 내미는 손이다. 낙망하고 좌절하는 이에게 내미는 격려의 손이다. 하루 종일 된 일을 하고 돌아온 아버지 어깨를 주무르는 손, 사랑하는 사람이 흘리는 눈물을 닦아 주는 손, 나 아닌 남을 위해 따뜻한 북돋움을 주는 손은 아름다운 손이다.

그렇다고 남의 손만 아름다운 게 아니다. 나 또한 남에게 아름다운 손이다. 내가 다시 누군가의 손을 잡게 된다면 조금 소유욕이 강한 사람이고 싶다. 그러면 어떠한 일이라도 쉽게 내 손을 놓아 버리는 일이 없을 테니까.

성 역할에 대한 고정관념
_평등한 남녀관계는 차별이 아닌 능력이다

전 세계적으로 여권 신장이 앞선 나라는 노르웨이다.

한데 그들의 명예는 거저 얻어진 게 아니다. 남녀가 평등하다는 인식을 바탕으로 할 때 그 사회의 건강성은 되살아난다. 또 그 성숙함이 양성평등을 일궈 내는 기본이다.

상생의 법칙으로 남녀가 나란히 할 때 아름다운 세상이 된다. 억지를 부려도 지구 위에 반은 여자다. 여권 신장, 부끄럽게도 우리나라는 63위에 지나지 않는다.

평등한 남녀관계, 그것은 차별이 아닌 능력으로, 조화와 협력에 근거해야 한다. 이 땅의 남자들은 대부분 성gender에 대하여 차별적인 태도를 가지고 성장했으며, 전통적으로 획일화된 성 역할에 갇혀 살았다. 그것은 개인의 자유의지였다기보다 고정관념의 틀에 얽매여서 세상을 보았기 때문이다. 의도했건 의도하지 않았건 간에 성에 대한 왜곡된 시각이 우리 사회를 억눌렀다.

성차별 의식은 개인과 사회제도, 사회문화 간의 상호작용에 의해 형성되는데, 가장 보편적인 개념은 성 역할의 차별이다.

이는 남성에 비해 여성을 다르게 대접하고, 불리한 영향을 초래하는 경우로, 감정적이고 인지적이며 행동적인 면을 포함한다.

성차별의 근원은 조선시대 학자들이 남녀의 애정을 주제로 한 고려 속요를 '남녀상열지사'라 폄하한 데서 근거한다. 지금 우리 사회 일각에서 여성 상위를 표방하는 '페미니즘'이 발현됐으나, 남성들과 동등한 삶은 요원하다.

무엇보다도 양성평등을 이루기 위해서는 성차별의 사회구조에 대한 이해가 선행되어야 한다. 사회제도는 개인의 의식과 사회문화가 반영되어 만들어진다. 일단 사회문제로 정착하게 되면 그 자체가 개인의 의식이나 사회문화를 지배하고 통제하는 기능을 담당하게 된다.

성차별은 개인의 의식과 사회제도, 사회문화 간의 상호작용에 의해 형성된다. 양성평등을 이루기 위해서는 우선 성차별적 사회제도의 타파가 중요하다. 성차별 극복은 학교나 가정, 사회에 걸쳐 동시에 이루어져야 하고, 나아가 양성평등 의식을 고양하고 확고한 주체적 자존 의식을 확립해야 한다.

생활을 통해서 빚어지는 자잘한 성차별, 남녀 불평등 사례는 손꼽을 수 없을 만큼 비일비재한 실정이다. 출생부터 남아선호 사상의 지배를 받게 되고, 출생 전 태아 감별이 버젓이 행해진다. 성차별의 시작이다.

'아들 하나 열 딸 안 부럽다.'

'우리 장손, 우리 맏상제.'

라며 자녀 양육에서 성차별은 마찬가지다.

'사내답지 못하게 왜 그래?'

'여자애가 다소곳하지 못하고 왜 그래.'

의식에 따른 성차별도 같은 궤를 가진다.

'여자가 공부는 뭐하러 해, 시집만 잘 가면 되지.'

'여자가 아침부터 재수 없게.'

라는 얘기를 함부로 내뱉는다.

생활 관습상의 금기와 터부가 아무렇지 않게 자행된다.

대부분의 집안일은 여자의 몫이고, 휴일에 어머니는 집안 대청소에 몸이 닳아야 하고, 아버지는 손가락 까딱하지 않고 낮잠을 자더라도 떳떳하다. 집안의 중대사는 남자끼리 의논하고, 명절에도 여자들은 중노동을 마다하지 않아야 하고, 남자들은 그저 쉬는 날이다.

그뿐이랴. 아들을 둔 집에서의 컴퓨터는 여자아이에게는 없는 거나 마찬가지다. 아직도 학교의 출석부는 남자아이들이 먼저고, 교과서 삽화에는 힘든 일을 하는 장면은 남자, 집안일을 하는 장면은 온통 여자로 묘사된다.

많이 개선되었으나 대부분의 고위 공직 자리는 여전히 남자가 독식하다시피 한다. 결혼하면 여자는 퇴출 1호다. 게다가 직업 선택과 구조를 훑어보아도 우리 사회의 고정관념으로 내재된 성차별 사례는 불 보듯 뻔하다.

성 역할에 대한 고정관념은 양성평등에 커다란 걸림돌이다. '여자니까' 또는 '남자니까' 하는 성 역할 고정관념은 또 다른 성차별을 낳는다.

이런 관념은 여성만이 아니라, 남성에게도 큰 피해를 주고 고통을 준다. 여자들의 사회적 소외를 불러오고 능력 발휘의 기회를 차단할 뿐만 아니라 남자들에게 감정 억압과 경제적 부담까지 지우게 된다. 모두가 양성이 상생하는 여력을 재단하는 데서 빚어진 결과이다.

평등한 남녀관계를 위해서는 차별이 아닌 능력이, 조화와 협력, 이해와 배려를 바탕으로 한 대등한 사회적 관계 유지가 필요하다. 좋은 사회는 무엇보다도 우리 스스로가 성숙한 인간성을 발현할 때 가능하다. 성 역할의 고정관념에 대한 인식 전환이 절실한 때다.

세상을 깨끗하게 하는 힘
_젊은이는 현실에 대하여 비판적이며 저항적이어야 한다

논밭은 잡초에 의해 손상되고, 사람은 탐욕에 의해 손상된다. 논밭을 갈고, 씨 뿌리고, 김매고, 추수하는 일은 농부의 손에 달렸다.

농부가 게으르면 이내 잡초가 무성해져서 농사를 망친다. 풍성한 수확의 기쁨을 맛보려면 잡초를 이겨 내야 한다. 스스로는 손끝도 움직이기 싫어하면서 좋은 결과만을 가지려 한다면 도둑 심보다.

인간의 욕망은 끝이 없다.

하나에 만족하지 못하고 둘 셋을 더 가지려고 바동거린다. 내게 주어진 현실을 겸허하게 받아들이지 못하고 언제나 남의 손에 쥔 떡이 더 커 보인다.

지나치게 욕심을 가지면 자기 어리석음으로 인해 한탄스러운 일을 만든다. 남과 비교해서 나를 챙겨서는 안 된다. 결코 남의 하늘이 내 하늘이 될 수 없다.

남에게 보이기 위한 행복은 진짜 행복이 아니다.

그것은 어리석은 사람의 장식품에 지나지 않는다.

자신의 능력 과신은 어리석다. 그런 사람은 자기의 능력을 과대평가해서 온갖 일을 들쑤신다. 하지만 알맹이가 찬 사람은 자기를 내세우지

아이들과 즐거운 한때_
아이들은 누구나 순수하다. 그렇기에 어울림이 살갑다.
반 아이들과 여름 무논에서 즐거운 한때를 보냈다.

않아도 스스로 빛난다. 때로 말 잘하는 사람이 부럽지만, 말보다는 그
냥 말없이 행동하는 사람의 뒷모습이 아름답다.

사람의 냄새도 음식과 같다.

좋은 냄새를 가진 사람을 만나는가 하면, 싫고 구린내가 풍겨 나는
사람도 만난다. 더럽다고 해서, 치사하다고 해서 피할 수도 없다. 사람
노릇하기 힘들다. 눈뜨면 각종 사건 사고가 꼬리를 문다.

인간의 역사를 되돌아보면, 크고 작고 많고 적은 차이는 날지언정 인
간이 잘못 그린 추한 모습들이 많다. 전쟁, 착취, 살육 등의 병적인 현
상이 그것이다.

이러한 인간의 추한 역사는 끊임없이 정화하려는 노력이 있기에 그
래도 세상이 아름답다. 세상을 깨끗하게 하는 힘은 젊은이한테서 나
온다.

젊은이란 미래를 담당하는 사람이자 그의 고민은 바로 미래의 밝은 빛이다. 젊은이의 분노가 없었다면 세상은 고인 물처럼 고요하기는 했을망정 끝내는 썩고 말았다.

젊은이는 현실에 대하여 비판적이며 저항적이어야 하고, 사회문제에 대하여 무한히 괴로워해야 한다. 내가 태어나 사는 시대나 소속된 사회의 온갖 불합리, 부조리를 결코 용납해서는 안 되며 불의, 불법에 대해서 항거하고 상심하며 책임져야 한다.

그러나 인간이 가장 아름다울 때는 바로 사랑할 때다.

사랑은 우리 삶을 밝게 하고, 기쁘게 하며, 풍요롭게 가꾸는 희망이다. 사랑의 실체를 꿰뚫어 보는 눈을 가져야 한다. 사랑은 단순한 놀음이나 유희가 아니요, 허구나 우상도 아니다. 더구나 사랑은 향락도 아니며, 소유욕에만 충만할 일도 아니다.

자기만을 위한 사랑은 견딜 수 없는 아픔일 뿐이다. 그러한 사랑은 끝내 메마르고 슬픈 삶이 되고 헛된 삶에 지나지 않는다. 사랑의 감정이 무뎌지지 않고 늘 끊임없이 사랑할 줄 아는 능력을 가져야 한다.

뜨거운 가슴으로 살아야 한다.

자기를 준열하게 채찍질하고 자기의 내면을 바르게 들여다보고 반성할 때 자기 삶의 혁신과 발전을 이룰 수 있다. 때문에 언제나 젊음의 피는 뜨거워야 한다. 무서운 절망감에 빠져 몸부림쳐 본 사람만이 꺼지지 않는 희망의 불꽃을 다시 피운다.

6장

관료와 정책이 바뀌어야
나라가 산다

장마당의 노인네들_
오일장마당을 지키는 사람은 노인네들이다.
물론 평일이어서 그렇겠지만,
요즘 들어 전통시장에는 거의 다 연로한 분들이다.
사정이 빤하다. 시골을 지키고 사는 사람들이
노인네들뿐인데, 사람이 붐빌 까닭이 없다.

"실종된 가족 뼈 한 조각만이라도 찾았으면……."

"우리도 유가족이 되고 싶다."

정신을 바로 가진 사람이라면 이 처절한 절규를 내치지 못한다.

눈에 넣어도 아프지 않을 아이를 저 차디찬 물속에 둔 아비어미의 애끊는 심정을 아는가? 지아비 시신을 찾지 못해 혼절한 아내의 넋 잃은 참담함을 안다면 세월호 그냥 두지 못한다.

정부나 정치권은 인양 비용 먼저 운운하지만, 그것은 하나의 변명에 지나지 않는다. 4대강 난개발로 24조 원을 퍼냈는데, 그깟 돈이 무언가? 변명도 지나치면 의혹이 된다.

한통속이 무섭다. 정치권은 물론, 신문방송을 비롯한 언론들도 세월호에 대한 조망을 꺼린 지 오래다. 연일 유가족들과 실종자 가족들의 처절한 울부짖음이 하늘에 닿았는데도 그 너른 지면, 방송 꼭지 어디에도 한쪽 구석에 손바닥만한 기삿거리다.

_'국민의 관심은 단순하다'에서

우리는 얼마나 웃음에 인색한가

_세상에서 가장 아름다운 꽃은 웃음꽃이다

요즘 일상이 빠듯하다. 이것저것 챙기다 보면 어느새 해거름이다. 그만큼 중년의 하루는 짧다. 일전에 친구의 부름을 받고 울산에 갔다.

지난 30여 년 동안 한결같은 만남을 계속하는 친구다. 덕분에 한동안 잊고 지냈던 친구들을 두루 만났다. 다들 이제 나잇살을 가늠할 만큼 흰머리가 성성했다. 만나자마자 그동안 못다 한 이야기를 줄줄 쏟아냈다.

오랜만의 해후. 시간이 무르익을수록 이야기 농익어 그간의 세파가 얼굴에 다 그려졌다. 그래도 친구들은 시종일관 환한 웃음으로 넉넉했다. 근데 모임자리 한편에 내걸린 거울에 비친 내 모습은 화기애애한 친구들 모습과 달리 경직되어 보였다.

평소 웃음을 잃고 살았던 탓이다. 밤을 하얗게 지새우면서도 호탕한 친구들의 웃음이 부러웠다. 분명 그들은 나보다 삶의 여정이 여유로웠다.

웃음은 인간이 표현하는 최고의 예술이다. 웃음은 바로 내 자신의 호의를 전달하는 심부름꾼이며, 구름 속을 뚫고 나오는 햇빛과도 같다. 생로병사에 해박한 전문의는 평생을 건강하고 오래 살고 싶다면 하루

15번 이상 호탕하게 웃어 보라고 권한다.

미국의 한 연구에 의하면 어린아이들은 하루에 300~500번 정도 웃는 반면, 성인들은 하루에 15번 정도밖에 웃지 않는다는 결과를 발표했다. 하지만 한국의 성인들은 미국인의 절반에도 못 미치는 6~7회 정도밖에 안 된다는 연구 결과다.

이렇게 웃지 못하는 상황을 탈피하지 못한다면 우리는 결코 부정적인 상황에서 자유로울 수 없다.

도산 안창호 선생도,

"왜 우리 사회는 이렇게 차오, 훈훈한 기운이 없소. 서로 사랑하는 마음으로 빙그레 웃는 세상을 만들어야 하겠소."

라며 아름답게 미소 지으면서 살아가는 세상을 강조했다.

웃음의 반대는 스트레스이다.

스트레스를 극복하지 못하면 몸 전체가 병약해지고 심한 경우 암에 걸린다. 한국인의 병명 중 가장 많은 하나는 암이다. 암은 과연 치유가 불가능할까? 치유 비법은 하나다. 그것은 바로 마음을 밝게 가지면서 항상 웃으며 살 일이다.

스트레스는 일 자체에서보다 인간관계에서 오는 게 훨씬 더 많다. 살면서 숱한 일들에서 불거지는 스트레스를 피하기란 어렵다. 때문에 적당한 스트레스를 즐기는 포용적인 자세가 필요하다.

신은 인간의 죄는 용서할지라도 신경계통과 관련한 삿된 짓은 용서하지 않는다. 화를 내면 건강에 좋지 않다. 최근 중앙병원 연구팀이 뇌졸중으로 입원한 환자들을 상대로 조사한 결과, 화를 내거나 짜증을 잘 내는 사람이 보통 사람보다 뇌졸중에 걸릴 가능성이 50% 정도 높게 나타났다. 또 시간에 대한 강박관념을 가지고 공격적이면서 경쟁심이 많은 사람도 여기에 해당한다고 조사되었다.

인간의 감정과 행동은 함께한다.

비록 내가 기분이 좋지 않더라도 즐거운 생각을 하면서 즐거운 노래와 행동을 하다 보면 스트레스도 조금씩 사라지고 마음 또한 즐거워진다. 특히 부부관계에 상충된 스트레스는 다분히 건강에 적이다.

우리는 행복하기 때문에 웃는 게 아니라 웃기 때문에 행복하다. 스트레스를 없애려고 마음 졸이기보다 스트레스를 잘 관리하고 조절하는 능력이 최선이다. 스트레스는 작은 일에도 감사하는 마음을 가질 때 극복된다. 다시 말해 스트레스는 없애기보다 관리하고 조절해 나가야 한다.

연전에 친구를 보냈다.

그는 국내 유수의 대학을 나온 걸출한 인재였다. 한데 평생 술도 담배도 태우지 않았던 그가, 간암 선고를 받고 불과 석 달 만에 세상을 떠났다. 다른 일은 다 일품으로 해결했던 그가, 자신의 일로 받았던 스트레스를 다스리지 못했던 거다.

평소 그는 친구 간 어울림에서도 말이 없었고, 모임 자체도 꺼려 했었다. 혼자만의 굴을 파고 살았던 결과였다. 항상 허허대며 사는 사람은 스트레스가 쌓일 겨를이 없다. 사람을 만나면 그 순간 스트레스가 다 풀린다.

사람의 얼굴은 얼이 드나드는 굴이다. 얼은 정신, 사고, 사상, 이념, 생각을 나타내고, 굴이 보인다는 의미이다. 그래서 소탈하고 진실한 얼굴과 첫인상은 좋은 이미지를 갖는다. 누구를 만나든 밝게 웃음 짓는 인

웃음은 묘약이다_
초등학생이 칠백고지의 산을 오른다는 게 쉽지 않다.
근데도 우리 반 아이들은 잘도 올랐다.
깔딱고개를 오르면서도 환한 얼굴로 서로에게 힘이 되는
좋은 말을 나눴다. 아이들이 희망이다.

사는 삶에 양념이고, 스트레스를 날리는 일이다.

사랑의 텔레파시를 받으면 얼굴빛이 달라진다. 특히 사랑받는 여자는
피부 빛깔부터 달라진다. 웃음은 "당신을 만나 뵙게 되어 반갑습니다"
라고 말하는 화답이다. 좋은 인간관계는 바로 상대방에게 웃음을 보내
면서 시작된다.

웃음은 일생을 통해 돈 한 푼 들이지 않고 선행을 베푸는 유일한 방
법이며, 건강한 삶을 유지해 주는 바로미터다.

그런데 나는 얼마나 웃음에 인색한지 모른다. 걸핏하면 낯빛을 흐린
다. 화를 낼 때는 얼굴 근육을 1400여 개나 동시에 움직여야 하지만,
웃을 때는 불과 10%만 가동해도 함박웃음을 머금는다. 그런데 그게 어
렵다. 웃으면 엔도르핀이 솟구치고, 심장 건강과 면역 기능을 증진하며,

치매를 예방하고, 긍정 에너지가 전염된다. 이들은 건강이 재산인 웃음의 효과다. 웃음은 부작용 없는 만병통치약이다.

그뿐만이 아니다. 내가 짓는 아름다운 웃음이 세상을 밝고 건강하게 만든다. 세상에서 가장 아름다운 꽃은 웃음꽃이다. 웃음은 꽃이 피는 화원과 같다. 웃음은 바로 상대방에 대한 존중이다. 상대방을 존중해야 웃음이 나온다. 살면서 남에게 웃으면서 인사하는 그 자체가 감사한 일이다.

살아온 날들을 반추해 보면 가치 없이 보낸 날은 바로 웃음 없이 보낸 날이었다. 누구나 기분이 좋아지면 활력이 넘치게 되고 일의 성과도 덩달아 오른다. 거울을 보며 껄껄껄 웃음을 지어 본다. 여느 날과 달리 내 모습이 보다 선하게 보인다.

단지 외모 단정이 채용 조건이라면
_우리 사회의 '외모 강박증'은 비단 어제오늘의 일이 아니다

그저께 대학을 졸업한 제자로부터 전화가 왔다. 제자는 초중고 시절은 물론, 대학도 우수한 성적으로 마쳐 커리어 우먼으로서 당차게 일할 거라 확신했다. 그런데, 그 채용 조건에 '외모 단정'이라며 유독 '신장 165cm 이상'이라는 전제 조건에 변변한 데 선뜻 원서 한번 들이밀지 못했단다.

'외모 단정'에다 '신장 조건'까지 고집한다는 건 이해하기 어려웠다.

명색이 면접을 보러 가는 사람이 머리를 산발한 채, 상처투성이의 얼굴로 가지 않을 테고, 더구나 퀭한 눈에 입을 이죽거리지는 않는다. 그런데도 '외모 단정'이라는 조건을 버젓이 내놓는 걸 보면 더러 '단정하지 않은 사람'이 눈에 띈다는 전제다.

꼬집어 얘기하면 '못생긴 사람은 오지 말라'는 얘기, 외모지상주의로 회사를 경영하겠다는 선포다. 세상에, 제자는 사회에 첫발을 내딛기도 전에 커다란 걸림돌에 부딪치고 말았다.

사실 우리 사회의 '외모 강박증'은 비단 어제오늘의 일이 아니다.

여성운동가든, 그냥 좀 깬 정도의 여성이든 한 번쯤은 고민해 봤을 화두임에는 틀림이 없다. 어느 때보다 여성의 지위가 향상되었다는데,

어찌 된 판국인지 여성들의 '몸'에 대한 '집착'은 날이 갈수록 지나치다. 그러니 헬스클럽이다 뭐다 해서 '몸 만들기'에는 나이가 많고 적음을 가리지 않는다.

세상이 날씬하고 예쁜 여자를 원한다는데 어떡하겠나?

그러니 취업 나이에 든 여성들은 좀 더 예쁘고, 젊고, 날씬하고, 팽팽하게 유지할까 싶어 별의별 노력을 다 기울인다. 뿐만 아니다. 적극적으로 몸을 다듬고 날씬함에도 만족 못한다. 급기야 만족스러울 때까지 깎고, 다듬고, 필요 없는 살을 잘라내고, 삽입물로 몸을 변형시키기에 이르렀다.

그러나 이 모두가 페미니즘이 여태껏 이뤄 놓은 여성의 지위 향상과 역행하는 일들이다. 남의 시선을 의식하는 지극히 수동적인 행위로 부끄러운 짓이다.

자신의 모습에 당당하지 못한 사람은 많은 날들을 힘겹게 살아야 한다. 배웠건 못 배웠건, 나이가 많건 적건 간에 그저 '예쁜 게 최고'라는 인식은 우리에게 커다란 비극을 가져다준다. '여자라면 당연히 예뻐야 한다'는 말, '남자라면 누구라도 남자다워야 한다'고 여기는 그릇된 성 역할의 고정관념을 불식시켜야 한다. 아무리 모든 평가의 기준이 외모로 통한다지만 외모로 사람을 평가하는 처사는 천박하다.

외모나 학벌, 가정배경을 따져 가며 속물로 사는 걸 무조건 배척하자는 얘기는 아니다. 그렇지만 사람의 내면을 들여다볼 줄 알아야 한다. 학벌이나 외모가 곧 사회적 능력을 우선하지는 않는다. 한 사람에 대한 올바른 평가는 단지 외적인 아름다움만으로 재단할 수 없다.

시대착오적인 생각을 가진 사람이 많듯이 길거리에 인형같이 예쁘게 조각된 '인조인간'이 넘쳐난다. 미디어가 사람들에게 외모의 아름다움만을 강조한다. 우리 사회의 외모지상주의의 병이 깊다.

그렇더라도 외모지상주의·외모차별주의 '루키즘lookism'에 편승하여 성형수술을 하거나 다이어트 열풍에 휩싸이는 사회 풍조는 바로잡아야 한다.

예쁘고, 날씬하며, 풍만함을 반대한다기보다 그 차이가 차별을 낳는 사회문화, 우리 딸들을 서구 미인으로 만들게 하는 문화 식민지성, 유능한 젊은 여성들을 천박한 소비문화에 절게 함으로써 건강한 노동력을 잃게 하는 황폐함, 보다 더 예쁘게 만드느라 시간과 노력을 허비하게 하는 싸구려 자본주의를 반대해야 한다.

아무리 좋은 학교를 나왔더라도 외모가 받쳐 주지 않으면 결혼할 수 없고, 우수한 성적을 받았더라도 역시 외모 때문에 번번이 면접에서 탈락시키는 우리 사회의 그릇된 고정관념을 바로잡아야 한다.

제자 녀석도 이제는 그 무엇보다도 막대한 시간과 돈을 들여 가며 성형수술을 하고, 그것도 모자라면 몇 번씩이나 되풀이하여 자신의 외모를 뜯어고치려고 마음잡았다고 한다.

슬픈 현실이다. 단지 외적인 아름다움이 그 사람의 전부일 수는 없다. 외모지상주의에 의해 조장되고 얼룩진 사회를 바로 세워야겠다.

사람에 대한 평가가 겉이 아닌 속의 아름다움을 알고, 그 가치를 공유하는 사회가 되어야 한다. 정신적으로 충만한 아름다움을 지닌 사람들이 많아야 한다. 단지 눈에 보이는 아름다움만을 맹목적으로 좇는 사람들이 부끄러워하는 사회로 나아가야겠다.

우리 사회가 더 이상 외모지상주의로 얼룩지지 않으려면.

자격 없는 사람들

_우리네 삶은 놀부 자린고비 심술보가 잘잘하다

더러 살다 보면 쓸데없는 일에 시간은 물론 정신까지 빼앗긴다.

나하고 상관없는 일에 괜히 화를 내고, 남의 행복을 시기하고, 질투하며, 부러워한다. 남이 잘되면 그냥 배가 아프다. 그렇기에 우리네 삶은 놀부 자린고비 심술보가 잘잘하다. 수많은 사람들이 그렇게 산다.

근데도 개중에는 자신의 문제를 고민하고, 남의 떡에 관심을 두지 않고 초연하게 세상을 살아간다. 그러한 현상을 자연스럽게 표현한 사람이 독일의 철학자인 쇼펜하우어다.

그가 지은 『세상을 보는 지혜』 중 「멀리서 본 숲처럼 아름다운 행복」에 관한 이야기는 그 사실을 잘 대변한다.

인간의 행복은 아름다운 나무들이 우거진 숲과 같다. 이 숲을 멀리서 보면 놀라울 만큼 아름답지만, 가까이 다가가거나 그 안으로 들어가면 조금 전의 아름다움은 어느덧 사라지고, 그 아름다움이 도대체 어디 갔는지 몰라 나무들 사이에 멍하니 서게 된다. 우리들이 다른 사람의 명예나 재산, 행복을 바라기하는 일도 마찬가지다.

저마다 살아가는 방법이 다르고, 사랑하는 방법도 다르다.

슬픔과 기쁨을 받아들이는 감도도 다르다. 다 다르게 사는 삶, 그것이 잘 사는 삶이다. 근데도 다른 사람과 다르게 사는 사람을 보면 어쩔 줄 모르겠다는 듯이 안달이 나는 게 요즘 사람들이다.

연일 신문방송에서 토해 내는 화두는 '자격 없는 인간들' 얘기다.

아이의 생명을 유린하고도 버젓이 낯짝 들고 다닌다. 한 사람의 고귀한 삶을 너무나 함부로 저버린다. 죽살이가 그렇게 쉽지 않은데, 목숨 하나 끊는 일이 파리 신세와 같다. 이는 오직 개발독재와 성장 일변도의 천민자본주의, 삶의 본질을 등한시한 교육, 점입가경으로 파렴치한 일을 서슴지 않고 자행하는 악덕 재벌의 처사와 별반 다르지 않다. 돈이면 다 된다는 사고가 팽배한 결과다.

일찍이 네루는 "정치는 국민의 눈물을 멈추게 하는 일이다"라고 했거늘, 이 땅의 정치인들은 아예 모르쇠로, 국민 생각하기를 제 손톱 때만큼도 관심 두지 않는다.

선거 때만 되면 마름 대하는 소작인같이 굽실거리다 막상 당선만 되면 '내 언제 그랬냐?'는 듯이 상전으로 돌변한다. 하는 일이라곤 당리당략에만 혈안이고, 민생은 뒷짐을 진 지 오래다. 이 또한 지각없는 인간, 부끄러운 한국 정치인의 자화상이다.

걸핏하면 운전기사를 폭행하고, 보복 운전에다 과속 질주로 폭압적인 인간 군상이 도로를 점거한다. 저들은 번쩍번쩍한 수입차를 튜닝해서 마치 도로가 제 안방인 양 방방 댄다. 오토바이 폭주족도 마찬가지다. 그들이 스치고 지난 도로는 그야말로 횡하다. 오만방자하게 '갑질 노릇' 하는 인간들보다 더 밥맛 떨어진다.

"나는 술이나 마시고 꽃씨나 뿌리련다. 누가 나를 미치광이로 본들 무슨 상관이랴"라고 말한 호라티우스는 "건강에 좋은 숲 속을 묵묵히 거닐며, 현자와 선인의 관심을 끌 일을 사색하며 사는 삶"을 지상의 행복으로 보았다.

한데 그처럼 사는 게 왜 어려운 일일까?

명예나 부귀, 권력은 과연 이 지상에서 영생토록 불멸의 가치를 가질까? 문득 부귀나 권력이 아닌, 한줄기 햇빛을 더 갈망했던 철학자 디오게네스가 생각난다.

작은 학교가 아름답다

_농촌 학교는 지역사회 문화의 구심점이다

1983년 3월 1일, 거제 학산국민학교(이하 초등학교)에 발령을 받았다. 학산리, 아사리, 골마을에서 백 명 남짓한 아이들이 모인 조그만 학교였다.

첫해 6학년을 맡았는데, 모두 열여덟 명이었다. 그 당시 여타 학교에 비해 작은 학교였다. 그래서 결국 이듬해 인근 오량초등학교 분교장으로 통합되었다가 몇 년 지나 폐교되었다.

지난해 거제도에 갔을 때 둘러보니 폐교가 조선모형공작소로 변했다. 건물 자체는 그대로였으나 아이들의 흔적이 없는 학교, 마음이 착잡했다.

그 시절 학교는 마을의 크고 작은 행사들이 벌어지는 축제의 장소였다. 동네에서 가장 큰 건물이기도 하거니와 운동장에 수령 삼백 년 묵은 아름드리 팽나무 그늘에 여름철 마을 남녀노소 가리지 않고 드나들었다. 자연 학교는 마을 사람들의 기억의 중심이면서 지역 문화의 발화지이기도 했다.

시골의 작은 학교는 아이들이 배우는 학교일 뿐만 아니라 지역 주민의 문화 공간이다. 지금도 시골의 작은 학교에서는 운동회나 마을 잔치가 열리는 날이면 모두가 학교 운동장에 모여 축제의 분위기에 흠뻑 젖는다.

특히 작은 마을에서 학교는 선생님들이 머무는 '특별한 장소'였다.

작은 마을에서 교사의 존재는 마을 일에 대한 '상담자'이기도 했다. 또한 아이들에 대한 동네 사람들의 기대를 투사하는 '이상형'이었다. 때문에 마을의 학교는 도시의 학교와는 달리 동네의 일부이며, 동네 사람들의 삶과 구체적으로 얽힌 특별한 위치를 점유했다. 그래서 작은 학교들이 폐교되어 가는 현실 상황의 의미는 결코 녹록지 않다.

물론 요즘 도심 공동화로 인해 서울을 비롯한 대도시 지역에도 폐교가 되는 학교가 많다. 그럼에도 폐교는 대부분 농어촌과 산간 오지 지역에 존재한다.

그동안 '작은 학교 살리기 운동'이 끊임없이 펼쳐졌다. 그런데 일단 한번 폐교된 학교가 다시 살아났다는 얘기는 들리지 않는다. 간혹 가뭄에 콩 나듯 위치한 지역이 공업화되면서 갑작스러운 인구 유입으로 되살아났다는 학교도 들리지만, 그건 어디까지나 예외다. 진정으로 다시 살아난 작은 학교가 아니다.

정부나 교육부가 작은 학교를 통폐합하려고 내세우는 정당성은 무엇일까?

단정하기 뭐하지만, 과소 규모 학교 학생들은 학습 의욕이 없고, 문제 해결 능력과 목표 달성 의지가 낮으며, 성격이나 정서 교육이 배제되거나 열악하다는 논리다. 그런 논리라면 대다수 농어촌 학교에서 근무하는 교사들은 참 힘 빠진다.

작은 학교라 해서 제대로 배울 수 없는 환경은 아니다. 폐단이 노정되었다면 그것을 줄이고, 운영의 묘미를 살리면 오히려 약이 된다. 치유

방안이 확실한데도 교육부는 너무나 짧은 생각으로 경제성의 잣대로만 작은 학교를 들여다본다.

일례로, 학생이 한 명뿐인 일본의 학교가 소개됐다.

그 내용에 따르면 일본의 경우는 학생이 한 명뿐이더라도 학교를 유지하고, 그 학생이 졸업하여도 폐교하지 않고 휴교하였다가 단 한 사람의 학생이라도 학교에 오면 학교를 다시 연다고 한다.

이렇듯 단순하게 경제 논리로만 따져 학교 존폐를 결정할 처사가 아니다. 학생 수가 너무 적어서 교육 활동이 어렵다고 하더라도 학생 수가 너무 많은 도회지 학교에 비교되지 않을 만큼 교육이 이루어진다.

나는 도회지 학교에서 근무하다 15년째 농촌 학교에 근무한다. 그동안 학교 통폐합에 반하는 뜻을 가진 사람들과 학부모 등 지역 주민들이 '학교 폐교는 안 된다'고 목소리를 높였다. 그렇지만 주민들의 여론을 호도하면서까지 무리하게 농어촌 학교 통폐합을 추진하는 저의는 무엇일까?

학교 통폐합은 그것 자체로 교육적이지 못하다. 지금 학교는 학교 규모나 학급 규모가 크기 때문에 문제이지 그 규모가 작아서 문제가 되지는 않는다.

학교 통폐합에 대한 학부모들의 분노는 정당하다. 내가 근무했던 거제 학산초등학교는 학부모들 중 다수가 학교를 세운 주역이거나, 학교를 세운 과정을 모두가 다 안다. 자식 교육을 위해서 없는 돈을 내고, 땅을 내놓기도 했으며, 심지어는 문중 땅을 내놓아 땀 흘려 학교를 세웠다. 그래서 학교를 세우는 일이 얼마나 어려운지 잘 안다. 학교를 폐교하기는 쉬우나 학교를 다시 세우기는 결코 쉬운 일이 아니다.

그러므로 일본에서는 학생이 한 사람도 없어도 학교를 폐교하지 않

운동회에 참석한 학부모_
시골 작은 학교 운동회는 아이들보다 학부모들 한마당 잔치다.

고 휴교인 상태로 둔다는 사실을 타산지석으로 삼아야 한다. 또한 정부의 폐교 방침에 정작 학부모들이 자기 지역 학교의 폐교 결정 과정에 실질적으로 개입할 수 없다는 울분이다. 의견수렴 과정이 결여되었거나 차단되었다.

물론 학교 통폐합에 따른 정부의 논리도 정당하고 타당하다. 국가 재정의 경제적 효율성을 극대화하고, 학교교육의 질을 높이겠다는 노력은 높이 살 만하다. 그렇지만 획일적인 학생 수 기준으로 통폐합을 추진했기에 교육문제로 떠나가는 농촌문제를 해결할 수 없었다.

때문에 앞으로 추진될 정부의 소규모 학교 통폐합 정책은 또 다른 심각한 부작용을 낳을 뿐만 아니라 악순환만 되풀이할 거라는 게 불 보듯 빤하다. 어쨌거나 정부는 단 한 명의 학생이라도 다닌다면 그곳에 학교를 세우고 교사를 보내야 할 의무가 있다.

소규모 학교가 속출하는 원인은 비단 교육 부문만의 문제가 아니다.

그 이유는 농어촌 인구의 노령화와 젊은 층의 부족 현상, 농업경제의 붕괴와 소득 불균형, 도시 집중과 지역 발전의 불균형 등의 문제가 종합적으로 반영된 결과다. 때문에 소규모 학교의 통폐합 문제는 총체적 난제다.

작은 학교 통폐합이 당장 경제적으로는 이득이 될지 모른다. 하지만 우리 교육이 백년대계를 정립하지는 못할지언정 적어도 10년 뒤를 내다보는 장기적 관점에서 정책이 입안되고 집행되어야 한다.

농촌 학교는 단순한 경제논리와 달리 지역민의 의사를 반영하고 공유하는 공동체적 교육의 장이며, 지역 문화의 구심점이다. 따라서 교육의 질을 높이고, 교육 재정의 효율화를 위해서 통폐합을 하려면 지역 주민·학부모·학생들의 의사가 어떤지 충분히 수렴해서 현재 아이들이 다니는 바로 그 학교의 존립 자체를 결정해야 한다.

현재 소규모 학교를 잘 가꾸는 게 좋은지 아니면 통폐합 결정이 맞는지에 대해서는 찬반양론이 분분하다. 그렇지만 중요한 사실은 정책 추진 과정에서 지역 주민들이 소외당하지 않게 배려해야 하고, 교육 주체인 학생·학부모·교사들의 의견이 어떠한가를 수렴하고 설득하려는 노력이 필요하다.

다시 말하거니와 농산어촌 학교는 교육뿐만 아니라 지역사회 구성체 역할을 해냈다. 그러므로 교육 재정 위기를 시장논리로 풀려는 교육부의 정책은 농촌 교육뿐만 아니라 농촌사회의 존립 기반을 뿌리째 뒤흔드는 위험한 발상 그 자체다.

그런 까닭에 농어촌 학교 통폐합은 반드시 제고되어야 한다.

낯 뜨거운 우리의 중산층 가치 기준
_약자를 두둔하고 강자에 대응하는 힘을 가진 계층이 중산층이다

영국 옥스퍼드 대학에서 제시한 중산층의 기준을 보면, 페어플레이를 하고, 자신의 주장과 신념을 가지며, 나만의 독선을 지니지 않고, 약자를 두둔하고 강자에 대응하며, 불의·불평·불법에 의연히 대처할 힘을 준거로 정했다.

그들에게는 '약자를 두둔하고 강자에 대응'하는 정의의 힘을 가진 계층이 중산층이다.

프랑스도 마찬가지다. 프랑스 퐁피두 대통령이 'Qualite de vie(삶의 질)'에서 정한 중산층의 기준은 외국어를 하나 정도 구사하여 폭넓은 세계 경험을 갖추고, 한 가지 분야 이상의 스포츠나 악기를 다루며, 남과 다른 맛을 내는 별미 하나 정도는 만들어 손님 접대할 줄 알며, 사회 봉사단체에 참여하여 활동하고, 남의 아이를 내 아이처럼 꾸짖는 강직함 등으로 물질적으로 저열한 인간이 아니라 '공분에 의연히 참여함'을 중산층의 처신으로 삼는다.

미국 공립학교에서 가르치는 중산층의 기준을 보면 '부정과 불법에 저항'하는 자가 중산층이다.

즉, 자신의 주장에 떳떳하고, 사회적인 약자를 도와야 하며, 부정과

불법에 저항하고, 그 외 정기적으로 받아 보는 비평지가 거실의 테이블 위에 놓인 가정 등이다.

이에 비해 우리 사회에서 중산층은 어떤가?

직장인 대상 설문 결과, 부채 없는 30평대 아파트, 월급 500만 원 이상, 자동차 2000cc급 중형차, 통장 잔고 1억 이상, 해외여행 1년에 몇 회 이상이 우리나라 중산층의 가늠 기준이었다.

준열한 도덕성을 가진 중산층이 두터워야 안정된 사회다.

그런데 과연 우리에게 '중산층'의 정확한 정의는 무엇일까?

어딜 보나 우리의 중산층 기준은 낯부끄럽다. 그것도 지식인이 생각하는 중산층의 기준이 이 정도다. 다분히 물질적이며 세속적이다. 물론 이렇게 답했다고 해서 속물은 아니다. 중산층의 기준을 왜 그렇게 둘 수밖에 없으며, 왜 그렇게 생각하게 만들었는지 안타깝다.

우리나라와 비교했을 때 영국과 프랑스, 미국의 중산층 기준은 확연히 차이가 난다.

우리는 중산층의 기준과 가치를 물질에 두는 반면, 그들은 '삶의 질', 즉 정신적인 가치를 더 중요하게 생각한다. 이는 다분히 추상적이고 이상적이겠지만, 그들이 생각하는 중산층은 '나 혼자만' 잘 사는 게 아닌 '더불어' 잘 살자는 인식이 사회 저변에 내포되어 있다. 거기에 자신의 능력을 계발하거나, 사회적 불의에 대응하는 신념과 지식까지도 요구한다.

아무리 돈이 많고 권력을 가졌더라도 사회적 약자를 배려하고, 불의에 맞서는 인성이나 신념이 결여되었다면 중산층이라 할 수 없다.

물론 나라마다 민족마다 생각하는 중산층의 개념이 다르다.

입에 풀칠하기도 어려운 상황에서 외국어에 능하고, 불의와 불평등에 맞설 만한 용기와 신념을 가졌다 해서 그 사람을 '중산층'이라고 하겠는가? 중산층의 기준이 단지 형식적이라 할지라도 왜 우리는 물질이 기준이 될 수밖에 없는가?

우리의 중산층 기준은 지금의 현실이 얼마나 막막하고 살벌한가를 다시금 생각하게 한다. 무엇이, 어디서부터 잘못되었는가. 누가 굳이 말하지 않아도 우리는 이미 안다. 이 또한 우리의 사회문제고, 교육의 문제다. 가정에서부터 시작해 학교와 사회에 이르기까지 성공만을 위한 길을 가르쳐 왔음을 부인하기는 어렵다.

이제라도 늦지 않다.

무엇보다 우리 사회의 정의를 일깨우고 사는 도리가 무엇인지를 공유해야 한다. 삶의 질은 물질의 많고 적음이 아니라 사람의 됨됨이에, 혼자만 잘 살기보다 더불어 잘 사는 의미를 깨우쳐야 한다. 더불어 잘 살고자 할 때 상대를 배려하는 마음도 생겨난다.

평생을 아파트 평수 넓히는 데에 전력을 다한 50대 아주머니가 이제야 살 만해졌는데, 말기 암으로 고생하며 죽음이 목전에 왔다고 억울해하는 이야기를 전해 들었을 때, 과연 무엇이 인생의 가치를 가늠하는가?

사는 집 평수와 화장실 개수나 외제차를 소유하는 데 주력하다가 죽음을 맞이한다면 그 인생이 얼마나 허망한가!

우리의 중산층 잣대는 얼마나 속물적이고 낯 뜨거운가?

착한 여자들의 반란이 시작됐다

_자신을 당당하게 표현하는 여자는 아름답다

2014년 가사노동 시간 조사 결과가 나왔다.

맞벌이 남성의 평균 가사노동 시간은 41분, 2009년보다 4분 늘었다. 맞벌이 여성은 193분, 7분 줄었다. 비맞벌이 가구에서 남편이 취업한 경우엔 남성 46분, 여성은 360분, 비맞벌이에서도 남성은 7분 늘었고, 여성은 18분 줄었다.

2014년 한국 남성(맞벌이든 비맞벌이든)은 하루 평균 40분 조금 넘게만 가사노동을 했으며, 여성(맞벌이든 비맞벌이든)은 하루 평균 3시간 이상 가사노동을 한다는 뜻이다. 적어도 이번 통계청 조사가 보여 준 한국 사회는 5년 동안 그만큼 나아졌다고 하지만, 이는 아직도 한국 남편들이 가사노동을 분담하지 않는다는 단적인 수치다.

남편은 하늘이고, 아내는 땅이라던 시절. 보수적이고 권위적이며 가부장적인 정형화된 삶이 우리네 모습이었다. 남자들은 여자들을 볼모로 잡아 두기 위해서 남녀칠세부동석으로 편 가르고, 칠거지악으로 여자의 삶을 옥죄었다.

현모양처는 여성들이 갖추어야 할 최고의 미덕으로 추앙되었다. 그결과 여자들은 남자들의 주문대로 착한 여자로 길들여졌다.

또 한 시기를 거치면서 여성들이 들뜨기 시작했다.

나이나 지역 가리지 않고 누구나 예쁜 여자가 되려고 기를 쓰기 시작했다. 집단적 최면 기제는 '착한 여자 신드롬'이었으며, '신데렐라 콤플렉스'였다. 그래서 백마 탄 왕자는 언제나 여자들의 선망의 대상이었다.

근래까지만 해도 '공주병'을 심하게 앓아 사회적 문제가 됐다.

세월이 흘러 '착한 여자-신데렐라 콤플렉스'에서 비켜난 여자들이 나타났다.

'나쁜 여자'다. 그들은 스스로 삶의 위치에서 자기 목소리를 높이기 시작했다. 사회적으로 덜 성숙한 일군의 남자들은 얼굴을 붉히며 침을 튀겼다.

그러나 들불처럼 일어난 깨침은 그 어떠한 힘으로도 꺾을 수 없었다. 내내 나쁜 여자는 화두가 되어 회자되었다.

나쁜 여자는 '못된 여자'가 아니라 자기주장을 당당하게 표현하며, 자기 삶을 적극적으로 사는 당찬 여자다. 세상은 '나쁜 여자'들을 그냥 두지 않았다. 마치 치한이라도 되는 양 몰아세우고 매도하기 시작했다. 하지만 이제 대부분의 나쁜 여자들은 어떤 일에 맞서서 당당하게 결정하고, '아니다'라고 손사래 칠 능력을 가졌다.

자신을 당당하게 표현하는 여자는 아름답다.

여자는 남자의 일부분이 아니라 동등한 인격체. 신체적으로, 생물학적으로 미세한 정도의 차이는 인정하나, 정신문화 활동 영역에서는 결코 뒤지지 않는 능력을 가졌다.

이제 성 역할을 넘나드는 나쁜 여자들이 움직이기 시작했다.

전체 사회를 놓고 볼 때, 과거 몇십 년 전과는 확연하게 달라진 사회 계층 구조를 보면 안다. 전통적인 대가족제도하에서 여자들은 집안의 부속물에 지나지 않았다. 종일토록 집안일만 되풀이해야 하고, 남편과 시댁 어른들을 모시고, 아이의 양육을 도맡았다. 그랬으니 손 마를 날은커녕 허리 펴고 다닐 겨를도 없었다. 잘 길들여진 로봇처럼 주인의 명령에 따를 뿐이었다.

그런데 산업화 정보화 세계화가 가속화되고, 첨단정보통신 시대를 구가하면서 사회적 역할이 바뀌었다. 뿐만 아니라, 지식정보를 공유하는 데도 차별이 없어졌다.

그 결과, 착한 여자들이 한목소리로 반기를 들었다. 그들은 사회적으로 남자들과 똑같은 역할 범주를 요구했고, 그것들을 추진하고 수행하는 능력도 남성들 못지않다.

여자들이 변하기 시작했다.

『나쁜 여자가 성공한다』_
이 책은 '착한 여자는 하늘나라로 가지만,
나쁜 여자는 어디로든 간다'는 전제하에
현대 여성을 위한 성공 메시지를 담았다.
21세기는 달라진 여성상을 원한다. 강하고 당당하며
경제적으로 독립된 여성만이 살아남는다.
당신도 이제 스스로를 반성하라고 준열하게 충고한다.

자신들에게 내맡겨진 짐을 내려놓았다. 가정뿐만 아니라 사회적 분업을 요구했다. 여자들에게 일방적으로 명령된 가사와 육아가 달라졌다. 양성평등 사회가 도래했다.

인류가 평등을 실현하기 위해 수천 년을 노력해 왔듯이 그 평등의 의미나 내용은 시대와 장소에 따라 변화되어 왔다.

즉 한 시대에는 평등으로 여겨졌던 이즘도 시대가 변함에 따라 불평등으로 인식되었다.

양성평등 사회는 여성들만의 요구가 아니다.

양성평등의 관점에서 '평등'은 과거 농업 중심, 산업 중심 사회에서는 남성의 육체적 힘이 중시되었기 때문에 남녀 불평등이 어느 정도 불가피한 측면이었다.

그러나 여성의 교육과 사회 참여가 확대됨에 따라 여성의 사회적 역할 수행과 지위 향상을 위한 목소리가 커졌다. 이제 여성들은 더 이상 길들여진 착한 여자가 아니다. 자신의 주장을 당당하게 표현하는 나쁜 여자다.

사실 우리 사회에서 평등사상은 가장 협소한 의미인 기회 평등 정도로 여겨졌다. 그러나 단순히 동등한 기회 부여만으로는 양성평등을 달성하기 어렵다.

남녀가 함께 행복한 삶을 누리기 위해서는 보다 확대되고 발전된 양성평등 의식을 공유해야 한다. 그 속에서 양성이 평등한 사회가 가능해진다. 이를 위해서는 무엇보다도 가사 분담에서부터 의식의 변화가 선행되어야 한다.

그게 모두가 함께하는 양성평등 사회의 시작이다.

국민을 두려워하지 않는 정치

_정부를 믿고 따르기에는 참으로 힘든 어려운 세상이다

    연일 비호하기에 바쁘다. 그들은 누군가. 이 땅의 상전이라 거들먹거리는 정치인들이다. 어떻게 된 맹추들인지 장관, 국무총리 후보군만 들먹이면 병역 면제는 특허다. 청문회랍시고 하는 꼬락서니를 보면 숫제 초등학생 어린이회만도 못하다. 국민은 안중에 없고, 죄다 제 편 끌어안기에 급급하다.

    현재 정치인 중에 뇌물이란 단어에서 자유로운 자는 거의 없다. 그만큼 우리 정치판이 썩었다. 언론과 검찰 등은 뇌물인 양 연기만 실컷 피우다 정작 뇌물로 결론 내지 않는다. 더욱이 정치권은 부화뇌동해서 은근슬쩍 동조하는 모양새다. 국민은 바보가 아니다. 항간에 회자되는 성완종 리스트에 지목된 비리 연루 인사들도 일벌백계 수사는커녕 구렁이 담 넘듯 유야무야다.

    이 땅의 정치 모리배는 국민은 안중에 없고, 민심을 두려워하지 않는다. 이만저만 모르쇠가 아니다. 걸핏하면 컨트롤타워를 운운하지만, 정작 대형 사고가 불거지면 책임지는 사람이 없다. 천안함 피격, 침몰과 지난해 세월로 대참사, 상완종 리스트 파문, 그리고 메르스, 내 책임이라고 나서는 사람 드물다. 사태 처리 추이를 보면 언제나 똥 누고 뒤를 닦지 않은 듯 찜찜하다.

지난번 메르스 확산 과정도 그렇다. 이는 '병원이 병을 만든다'는 이반 일리치Illich의 경구가 딱 들어맞는다. 급기야 국무총리대행은 "우리나라에서 발생한 메르스는 모두 의료기관에서 감염된 사례들"이라고 발표했다. 그것도 메르스 확진 판정이 거듭되고 난 연후에 피치 못해 시인한 결과다.

평택 성모병원에서 발병한 환자는 삼성병원의 의술과 명성을 알고 그곳으로 치료받기 위해 갔다. 그런데 삼성병원은 전염병 환자를 별도로 격리해서 치료할 준비가 전혀 되지 않은 일개 영리 병원이었다.

한국 최고의 병원으로 알려졌지만, 역설적으로 메르스 바이러스를 전국적으로 확산시키는 허브 역할을 했다. 다른 스물서너 곳의 영리 병원도 마찬가지였다.

메르스도 인재다. 화급을 다투는 메르스 사태, 겉으로는 정부의 대응 과정, 혹은 전염병 방지 시스템의 붕괴이지만, 꼬집어 말하면 잘못된 의료 시스템이 더 큰 문제다. 최고의 의술과 시설, 막대한 의료비가 기업의 이익을 위해 사용되는 대형 병원 시스템이 문제를 키웠다. 첨단 의료장비를 갖춘 영리 병원은 중병에 걸린 많은 사람들의 생명을 구해 냈지만, 국민 일반의 건강과는 무관하다. 돈벌이가 안 된다는 얘기다.

오히려 대형 병원은 공공 의료 서비스 질 향상을 가로막거나, 이번처럼 전염병이 창궐하면 국민을 심한 공포와 불안에 빠트리는 괴물이다. 특히 대도시에 인구가 밀집하고, 수천 명의 환자가 한 병원에서 치료를 받는 상황은 엄청난 위험 요소다. 때문에 전염병에 대한 예방과 확산을 막기 위한 국가와 정치권의 공중보건 강화 노력이 없다면, 처음에 우습게 시작한 메르스도 전쟁과 같은 대참사가 두렵다.

공자는 『논어』에서 아무리 부국강병인 나라라도 백성들에게 믿음을 주지 못하면 제대로 된 나라가 될 수 없다고 단정했다. 경제가 아무리 넉넉하고 군대가 아무리 강해도 믿을 수 없는 정부는 절대로 나라다운 나라를 유지할 수 없다는 뜻이다. 『목민심서』를 읽어 보아도 이러한 공자의 주장을 다산도 확신했음이 역력하다. 해서 지금의 세상은 공약(公約)이 공약(空約)이 되는 경우가 너무나 많다.

정부를 믿고 따르기에는 참으로 힘든 어려운 세상이다. 메르스 전염병에 대처하는 정부의 처리를 보면 반드시 믿음을 주는 대응 방안을 강구해야 한다. 그런데 정보도 제대로 공개하지 않는 정부, 어떻게 믿겠는가?

단언컨대 정부가 메르스 사태에 대처하는 모습은 지난해 세월호 사건과 거의 판박이다. 이 정권의 관심이 국민의 안전과 생명보다는 권력 유지, 대기업의 이익 보장이 먼저였기에 이런 일이 발생했다. 그래서 문제는 결국 정치다.

국무총리 인준 청문회 한 장면이 클로즈업된다. 국민들로부터 생중계로 총리 면접시험을 보는 황교안이 청문위원(은수미 국회의원)에게 고압적 자세로 "어떻게 그런 발언을 하느냐"라고 따지며 협박성 발언을 했다.

항간에 떠도는 정보가 사실이었나? 그를 총리로 만들기 위해 온갖 의혹과, 불법과, 부정과, 비리와, 종교 편향을 가진 자를 후보로 세워 놓고 앞의 총리 후보들보다 덜하다고 뻔뻔하게 밀어붙인다는 계략이다.

앞의 총리 후보들에게 충격을 먹고, 익숙해지고, 식상해져서 누가 나와도 똑같다는 심리를 심어 놓고 탄저균, 메르스까지 시기적으로 맞춰

총리 인준 통과시킨다는 전략을 구사한다고 했는데 사실로 판명 나는 형국이다.

참으로 한심하고 참담한 나라다.

하얀 껍데기를 선호하는 우리의 편협함

_백인을 선호하는 우리의 편협함이 언제쯤 사라질까?

나라 꼴이 한 치 앞을 가늠할 수 없다. 그래도 예전에 비해 살 만해 졌다. 무역 규모가 커지고 국민소득도 높아졌다. 덕분에 해외 나들이도 잦고, 외국인들의 입국도 늘었다. 어느새 외국인 200만 시대다.

그러나 아직 순수 관광 목적으로 입국하는 외국인들은 그리 많지 않다. 대부분 3D 업종에 취업하기 위해서 들어온 외국인 노동자들이다. 가공무역을 주로 하는 우리에게 그들이 없다면 나라 경제가 힘들어질 정도이다. 우리는 어쨌거나 그들과 함께 생활해야 한다.

내가 사는 지역에서도 외국인은 무시로 만난다. 대다수가 태국이나 베트남, 필리핀 등 동남아인들이다. 그들 중 남성은 일자리를 찾아서, 여성은 농촌 총각들의 배우자로 시집왔다.

그런데 그들은 못사는 나라에서 왔다는 이유 하나만으로 무시당하고, 다른 피부색으로 차별과 학대를 받는다. 이는 연변이나 중국 한족과는 판이하게 다른 차별이다.

이 같은 차별의식은 아마 하얀 껍데기를 우러러보는 우리의 편협함과 고정관념 때문일 것이다. 우리의 지난한 역사가 그것을 말해 준다. 미국에 의한 강점으로 우리는 굴종하며 그들을 선망했던 게 사실이다.

지금도 백인을 선호하는 우리네 속성은 크게 달라지지 않았다. 어떻게든 그들을 닮고 싶어 한다. 심지어 그렇게 되지 못하는 경우에는 피부만큼이라도 하얗게 되고 싶어 혈안이다.

그들은 언제나 우리의 삶에서 논의의 중심이다.

피부색은 선천적이다. 그것으로 인간의 가치를 판단하는 자체가 무리다. 그런데도 우리는 어떤가? 단지 피부색 하나만으로 우월의식을 갖고 동남아인들을 홀대한다. 자가당착적인 모순이다.

우리와 피부색이 다른 동남아인들이 우리 경제를 담보해 내는 노동력이 얼마인가? 일례로 현재 국내 학원의 외국인 영어 강사들은 미국에서 마트 종업원으로 일하던 사람이 많다.

그들은 미국 사회에서 보통 이하의 지적 수준을 가진 사람들이다. 적어도 이쯤이면 우리가 그렇게 선망하는 외국인의 자질 정도를 짐작하고도 남는다. 그런데도 우리는 무작정 피부색 하얀 미국이라면 좋아한다.

얼마 전 내가 논술 강의를 했던 반의 선영이(가명, 초등 5학년) 어머니는 태국 사람이다. 결혼 15년째인 서른 중반의 아줌마로, 우리말을 유창하게 구사하고, 자녀 교육도 우리네 아줌마들과 별반 다르지 않다. 이미 그녀는 우리나라 사람으로 산다.

그런데도 우리는 그녀를 동남아 사람이라고 싸잡아 못마땅한 눈초리로 본다.

생각을 바꾸고 받아들여야 한다. 이미 농촌 지역 초등학교의 경우 다문화 가정 자녀들이 다수를 차지할 정도에 이르렀다. 우리의 잘못된 관념으로 빚어진 편협한 생각이 그들의 성장기 자녀들에게까지 미친다면 그에 따르는 문제는 크다.

대견스럽게도 선영이는 엄마가 태국 사람이라는 사실을 꺼려 하지 않고 당당하다. 반 친구들도 선영이의 모습 그대로 받아들인다. 아이들의 눈은 순수하다.

인간은 평등하다. 검은 것은 아름답다던 마틴 루터 킹 목사의 외침은 지금 미국의 버락 오바마에게서 나타났다.

미국이란 자본주의 사회에서도 피부색을 당연하게 인정하고 받아들인다. 문제는 인간 본연의 능력이고 리더십이다. 우리는 언제까지 피부색 운운하면서 그들을 무시하고 차별 대우를 하려는가?

우리 반의 경우 당장에 다문화 가정 자녀가 단 한 명뿐이지만, 향후 삼사 년 후에는 학급당 사오 명이 들어오리라 예상한다. 그냥 허투루 대는 수치가 아니다. 엄연한 현실이다. 그들을 우리 사회의 일원으로 받아들이려는 생각을 가져야 한다. 정작 맞닥뜨려 손잡을 때는 이미 늦다.

무엇보다도 다문화 가정에 대한 올바른 이해가 뒤따라야 한다.

아울러 한국이라는 국가사회 의식도 평등의 원리에 입각하여 피부색에 의한 인간차별은 깡그리 덜어 내야 한다. 인종차별을 금지하는 법제정도 서둘러야 한다.

백인을 선호하는 우리의 편협함이 언제쯤 사라질까.

맑은 정치를 바란다
_국민을 현혹하는 정치는 도둑보다 더 나쁘다

지금 우리 세상은 콩켸팥켸다.

삿된 일들이 너무나 태연하게 자행된다. 부조리한 인간들이 콩팔칠팔 떠들어 댄다. 누구 하나 책임지는 인간은 없고 되레 당당하다. 정치경제가 그렇고, 사회문화, 교육마저 갈피를 잡지 못한다. 마치 똥 묻은 개가 겨 묻은 개를 나무라는 형국이다. 이 땅의 재벌은 누릴 호사는 다 가졌다. 근데도 인두겁 두꺼운 정치가는 '서민경제'를 살리자고 딴청이다.

평소 국민의 삶을 나 몰라라 거들떠보지도 않았던 정치가들이 당리당략만을 위해서 국민을 현혹하는 짓거리는 도둑 심보보다 더 나쁘다.

정치인들의 욕망은 끝이 없다.

그들은 결코 하나에 만족하지 못하고 둘 셋을 더 가지려고 발버둥친다. 당장에 낭패를 본다고 해도 더 큰 남의 떡을 마다하지 않는다. 때문에 욕심이 지나쳐서 자기 굴욕을 감당해야 할 정치인이 부지기수다.

우편함을 열었더니 어느 의원이 보낸 의정활동 보고서가 들었다. 시일이 한참이나 지났다. 어렵사리 보냈다 싶어 대충 훑어보니 돈 아깝다는 생각이 먼저 들었다. 별일도 아닌 의정활동을 대문짝만하게 드러내

놓았다.

지난 한 해 결코 행복하지 않았다. 그런데 의원은 줄줄이 '이런 의원입네' 하고 읊어 놓았다. 식상했다. 남에게 보이기 위한 행복은 진짜 행복이 아니다. 그것은 어리석은 사람의 장식품에 지나지 않는다.

어리석은 사람은 자기의 능력을 과대평가해서 온갖 일을 들쑤신다. 선거 때마다 얼마나 많은 부나비들이 거짓 광대놀음을 하는가.

속이 찬 사람은 자기를 내세우지 않아도 스스로 빛난다.

때론 말 잘하는 사람이 뛰어나 보이겠지만, 그보다 자기를 드러내지 않아도 아름다운 사람이 더 많다. 사람의 냄새도 음식과 같다. 좋은 냄새를 가진 사람, 구린내가 풍겨 나는 사람도 만난다. 다들 썩은 정치판을 외면한다.

그러나 선거만큼은 역겹다고 해서 피해서는 안 된다. 모든 정치인이 본연의 모습을 말갛게 드러내도록 준열하게 심판해야 한다.

이제는 생각을 달리해서 살아야 한다. 맑은 정치를 살려 내어 국민이 행복해하는 세상을 만들어야 한다. 그러나 우리의 바람이 클수록 고민도 많아지고 아픔도 커진다. 바다 위를 나는 갈매기가 바로 제 목숨의 임자다.

그렇듯이 아무리 사람 노릇하기 힘든 세상이라 해도 자기 삶은 자기 스스로가 경영해야 한다. 우주라는 무한한 공간 속에서 좁쌀만 한 나의 존재를 발견하기란 얼마나 어렵고 기막힌 일인지를 안다면.

농촌을 살려 내는 일, 팜스테이
_농촌은 그 자체로 아이들에게 거대한 체험학교이다

농촌 무너지는 소리 잦다.

이제 농업은 개방화, 국제화 물결 속에서 경쟁력을 잃었다. 게다가 대부분의 농가는 감당하기 힘든 부채더미를 떠안았고, 불안정한 소득 구조로 생존마저 위협받는다. 농촌을 떠나는 사람들이 줄을 잇는다.

더러 귀농하려고 농촌을 찾지만, 이촌향도(離村向都)는 먼 과거의 이야기가 아니라 현재 진행형이다.

무차별적 난개발로 농토가 신음하고, 환경오염도 심각하다. 때문에 농촌공동체는 급격한 인구 감소로 쪼그라들고, 노령화로 활력을 잃었다. 이미 우리 농촌은 회생 불능의 처지가 된 지 오래다.

한번 고향을 떠나간 사람은 되돌아오지 않는다.

작년 한 해 동안 경남 창녕 지역에서 출생 신고를 한 아이가 백여 명에 지나지 않는다. 지금 농촌사회 젊은 사람들은 거의 다 떠났다. 그만큼 청장년층의 이농 현상은 심각하다. 살기 힘들다는 하소연으로 땅이 꺼진다. 농촌 사람이라면 더 이상 농사를 짓는다는 게 미친 짓이라고 손사래 친다.

반면에 도시생활은 어떤가?

어려운 경제 상황에도 물질적 풍요로 연일 흥청망청한다. 하늘 높은 줄 모르고 우후죽순처럼 솟아나는 아파트의 숲, 물밀 듯이 도로를 꽉 메운 차량의 물결, 거리는 콩나물시루같이 부대끼며 사람들로 넘쳐난다.

게다가 휘황찬란한 밤거리 네온불빛, 그 자체만으로도 눈이 시리다. 부나비처럼 오직 도시로만 향하여 줄을 잇는다.

그런데 그들은 행복한가. 내가 농촌에 산다고 해서 농촌의 삶을 옹위하려는 의도는 없다. 또한 도시생활 자체를 폄하하는 것은 더더욱 아니다. 나 역시 지난 삼십 년 동안 도회지에서 살았다. 그래서 거대한 도시의 문화적 생리를 잘 안다.

단언컨대 도시생활은 물질적인 풍요는 누릴지 모르나, 마음의 풍요는 농촌생활만 못하다. 닭장같이 빼곡히 붙여 짓는 건물들로 녹지 공간이 부족하고, 만성적인 교통 체증으로 대기 환경은 날로 악화되는 속에 숨쉬고 살 형편이 아니다.

도시 사람들이 겪는 육체적·정신적 스트레스는 이루다 헤아릴 수 없다.

계절의 변화조차 느끼지 못하는 콘크리트 환경 속에서 아이들은 치열한 입시 경쟁에 내몰린다. 어른들은 답답한 일상을 벗어나고 싶다는 욕구를 강하게 표출한다. 근데도 마땅히 여가를 즐길 만한 겨를이 없다.

도시 사람들은 누구나 바쁘다. 눈 뜨고도 코 베어 가는 세상에 그렇게 살지 않으면 당장 길바닥에 나앉아야 할 만큼 삶이 급박하다.

하지만 주5일제 근무로 생활방식이 바뀐 지금, 일상생활에서 벗어나 자연 속에서 여가 활동을 즐기려는 도시민이 늘었다. 농산물 수입 자유

고향 들머리 '추석맞이 환영 현수막'_
추석을 맞이하는 고향의 인심은 변함없이 훈훈하다.
고향 들머리마다 '만나는 기쁨'이 '가득' 걸렸다.

화로 수입 농산물과 식품에 대한 불안감이 평범한 도시민을 푸른 자연
과 따사로운 인정이 가득한 농촌에 대한 기대로 다가서게 한다. 때문에
자연과 여유를 추구하려는 그린 라이프 스타일green life-style의 생활방식
은 더욱 다변화될 전망이다.

이렇듯 도시와 농촌에 걸쳐 상존하는 문제를 해결할 수 있는 대안
은 없을까?

도시와 농촌의 문제를 동시에 해결하는 대안이 바로 팜스테이farm
stay다. 팜스테이는 단순한 민박과는 달리 농촌이나 어촌, 산촌 등지에
서 숙박을 하면서 농사와 그 지역의 특징적인 전통 문화를 체험하고,
인근 관광 명소를 관광하는 '농촌·문화·관광'이 결합된 프로그램이다.
최근에 농어촌이나 산촌뿐만 아니라 낙농업에서도 팜스테이를 개발해
참여자들을 맞이하는 등 선택의 폭이 넓어졌다.

농촌은 더 이상 농사만 짓는 곳이 아니다.

농촌은 그 자체로 아이들에게 거대한 체험학교이다. 자연을 보는 눈을 키우고, 자연을 친구로 만드는 법을 배우며, 창의력과 상상력을 키우는 데 더없이 좋은 학교다. 장수풍뎅이도 만나고, 딸기도 따 먹는다, 고구마도 캐 먹고, 산나물도 캐고, 곤드레 정식도 맛본다.

어디 그뿐이랴. 공기 맑은 숲에서 졸졸졸 물 흐르는 소리, 풀벌레 날개 부비는 소리, 바람에 나뭇잎 흔들리는 소리, 개구리 울음소리, 멀리 소쩍새 울음까지 귀 기울이면 더 많은 자연의 소리가 들린다. 농촌은 아이 어른 모두 오감을 열어 놓고 풋풋한 자연의 아름다움을 다 느낀다.

도시인이라면 누구나 한 번쯤 전원생활을 꿈꾼다.

전원생활에 대한 갈증과 갈구는 사람의 본성이다. 그런 점에서 팜스테이는 어른들에게 또 다른 의미다. 그저 돈 많은 사람들이나 은퇴한 사람들이 즐기려는 탈도시적인 전원의 삶이 아니라, 농촌·어촌·산촌 등의 다양한 생활과 문화를 맛보고, 농촌에 대한 관심과 이해의 폭을 넓히는 장이 된다. 동시에 자연과 접촉함으로써 팍팍한 삶에 지친 인간성을 회복하는 자아실현의 여행이 된다.

팜스테이는 분명 농촌 활성화의 새로운 가능성을 보여 준다.

그렇다고 해서 농촌을 관광지처럼 상업적으로 개발해서는 안 된다. 팜스테이의 대표적인 프로그램은 농작물 재배 체험이다. 그것은 도시에 사는 중장년층에게는 잊고 지냈던 고향의 향수를 느끼게 해 주고, 자라나는 세대에게는 자연과 전통문화의 소중함을 깨닫게 한다.

때문에 시설 중심의 대규모 개발보다는 농촌다움을 최대한 활용하여 사람과의 부대낌을 크게 해야 한다. 또한 농촌 지역민에게는 소득

증대뿐만 아니라 생활문화를 향상하고, 지역에 대한 애착심을 갖도록 하는 계기가 되어야 한다.

나는 원래 농투성이다. 초등학교 졸업 이후 도시로 가 삼십 년을 살았다. 다시 고향으로 돌아와 십여 년 붙박고 산다. 지금 농촌의 현실은 처참하다. 몰인정하며 비인간적인 도시에 사는 일도 힘들겠지만, 당장에 농사를 지어 봤자 손해 볼 게 빤한데 농투성이들은 속이 까맣게 탄다.

아무리 삶이 팍팍하고 어려워도 농어촌에 도시민들이 찾아오면 마을이 활기를 띤다. 논밭에 나가 김매는 일도, 푸성귀를 가꾸기도 즐겁다. 사람 사는 향기가 더욱 좋아진다.

주말에 가까운 농촌 체험 마을로 홈스테이 떠나 보면 안 될까?

아침 장마당에 나가 보니 어린 푸성귀 모종을 팔았다. 주말 농장 두어 평 얻어 몇 포기 사다 심어 놓으면 심심찮게 뜯어 먹는 보람을 맛본다. 부산에 사는 친구가 내 첫 발령지 언덕배기에다 자기 손으로 전원주택을 짓는다는 전갈이 왔다. 그도 태생이 농투성이인데, 섬마을까지 내려간다고 한다!

국민의 관심은 단순하다

_진실을 묻어 버린 결과는 떳떳하지 못하다

세월호 대참사가 일어난 지 어언 두 해가 지났다.

근데도 뭐 하나 뾰족하게 밝혀진 일도, 달라진 상황 전개도 없다. 그저 의혹만 불덩어리처럼 커졌다. 대체 무엇이 문제인가? 유가족과 실종자 가족은 물론, 국민의 관심은 단순하다.

이미 불거진 일 더 이상 파묻으려 해도 묻어지지 않는다. 무엇보다도 우선되어야 할 일은 선체 인양이고, 사고 원인 규명이다. 그보다 중요한 게 또 무엇인가?

연일 유가족과 실종자 가족들은 울부짖었다.

그들의 바람은 하나다. 맨살 같은 아이들이 왜 죽었는지, 무엇 때문에 그렇게 고약한 일을 당했는지 알고 싶을 뿐이다. 보상금 때문에 외치지 않는다. 어느 부모가 아들딸 죽음으로 돈을 바라겠는가.

진상 규명을 도외시한 채 금전적 보상을 운운하는 처사는 온당치 않다. 지금도 실종자 가족은 사랑하는 가족의 뼛조각 하나라도 찾았으면 하는 마음이 간절하다.

전 세계적으로 웅비하는 대한민국이다.

그만큼 힘을 가진 국가다. 경제력은 물론, 첨단 과학기술도 내로라할

만큼 겸비한 나라다. 한데도 빤한 바다에 침몰한 세월호를 2년이 지난 지금까지도 인양하지 못했다.

말이 안 된다. 진실을 묻어 버린 결과는 떳떳하지 못하다. 그래서일까? 지금 논의되는 세월호 인양과 관련한 사안들이 너무 구질구질하다. 뭐 그렇게 이유가 많은가? 단순하게 생각하라. 무조건 세월호를 인양하고 진실 규명하는 거다.

세월호 사태는 그동안 노정된 우리 사회의 총체적 난국이다.

난마같이 얽히고설킨 부정과 비리, 부정의가 불거져 나온 참사다. 오직 경제 발전만을 최우선으로 내세웠던 군사독재정권과 그의 아류로 추종했던 천민자본주의 재벌이 만들어 낸 억울한 상흔이다. 대체 무엇이 두려워 근 2년을 시시비비하며 세월호의 진상 규명을 미뤘는지. 아둔한 생각머리를 가진 시정잡배들도 이해되지 않는 일이다.

"실종된 가족 뼈 한 조각만이라도 찾았으면……."

"우리도 유가족이 되고 싶다."

정신을 바로 가진 사람이라면 이 처절한 절규를 내치지 못한다.

눈에 넣어도 아프지 않을 아이를 저 차디찬 물속에 둔 아비어미의 애끊는 심정을 아는가? 지아비 시신을 찾지 못해 혼절한 아내의 넋 잃은 참담함을 안다면 세월호 그냥 두지 못한다.

정부나 정치권은 인양 비용 먼저 운운하지만, 그것은 하나의 변명에 지나지 않는다. 4대강 난개발로 24조 원을 퍼냈는데, 그깟 돈이 무언가? 변명도 지나치면 의혹이 된다.

한통속이 무섭다. 정치권은 물론, 신문방송을 비롯한 언론들도 세월호에 대한 조망을 꺼린 지 오래다. 연일 유가족들과 실종자 가족들의 처절한 울부짖음이 하늘에 닿았는데도 그 너른 지면, 방송 꼭지 어디에도 한쪽 구석에 손바닥만한 기삿거리다.

현재 세월호 사태만큼 중대한 사안은 또 없다. 그런데 가장 앞장서서 의혹을 밝혀야 할 정치권도 이미 모르쇠다.

16일이면 세월호 참사 2주년이다.

그동안 무엇을 했는지 암울하다. 정부가, 정치권이 해결하지 못했다고 성토만 했지 정녕 우린 한 게 없다. 탈탈 털고 싶어도 생머리만 아팠다. 국민주권은 주인 된 사람에게만 허여한다. 백주에 버젓이 벌어진 대참사를 누구 하나 나서서 규명하지 못했다. 불 보듯 빤한 그 일을 두고 의혹만 눈덩이다.

더 이상 미적댈 일 아니다. 세월호에 대한 국민들의 관심은 단순하다. 단박에 인양해서 진실을 밝히는 게 절실할 뿐. 누가 누구를 원망하랴.

삶의 행복을 꿈꾸는 교육은 어디에서 오는가?

미래 100년을 향한 새로운 교육

혁신교육을 실천하는 교사들의 **필독서**

▶ 교육혁명을 앞당기는 배움책 이야기
혁신교육의 철학과 잉걸진 미래를 만나다!

핀란드 교육혁명
한국교육연구네트워크 총서 01 | 320쪽 | 값 15,000원

일제고사를 넘어서
한국교육연구네트워크 총서 02 | 284쪽 | 값 13,000원

새로운 사회를 여는 교육혁명
한국교육연구네트워크 총서 03 | 380쪽 | 값 17,000원

교장제도 혁명
한국교육연구네트워크 총서 04 | 268쪽 | 값 14,000원

새로운 사회를 여는 교육자치 혁명
한국교육연구네트워크 총서 05 | 312쪽 | 값 15,000원

혁신학교에 대한 교육학적 성찰
한국교육연구네트워크 총서 06 | 308쪽 | 값 15,000원

혁신학교
성열관·이순철 지음 | 224쪽 | 값 12,000원

행복한 혁신학교 만들기
초등교육과정연구모임 지음 | 264쪽 | 값 13,000원

서울형 혁신학교 이야기
이부영 지음 | 320쪽 | 값 15,000원

혁신교육, 철학을 만나다
브렌트 데이비스·데니스 수마라 지음
현인철·서용선 옮김 | 304쪽 | 값 15,000원

혁신교육 존 듀이에게 묻다
서용선 지음 | 292쪽 | 값 14,000원

다시 읽는 조선 교육사
이만규 지음 | 750쪽 | 값 33,000원

프레이리와 교육
한국교육연구네트워크 번역 총서 01
존 엘리아스 지음 | 한국교육연구네트워크 옮김
276쪽 | 값 14,000원

교육은 사회를 바꿀 수 있을까?
한국교육연구네트워크 번역 총서 02
마이클 애플 지음 | 강희룡·김선우·박원순·이형빈 옮김
352쪽 | 값 16,000원

비판적 페다고지는 세상을 변화시킬 수 있는가?
한국교육연구네트워크 번역 총서 03
Seewha Cho 지음 | 심성보·조시화 옮김 | 280쪽 | 값 14,000원

마이클 애플의 민주학교
한국교육연구네트워크 번역 총서 04
마이클 애플·제임스 빈 엮음 | 강희룡 옮김 | 276쪽 | 값 14,000원

미래교육의 열쇠, 창의적 문화교육
심광현·노명우·강정석 지음 | 368쪽 | 값 16,000원

대한민국 교사, 어떻게 가르칠 것인가?
윤성관 지음 | 320쪽 | 값 15,000원

아이들을 어떻게 가르칠 것인가
사토 마나부 지음 | 박찬영 옮김 | 232쪽 | 값 13,000원

아이들의 배움은 어떻게 깊어지는가
이시이 준지 지음 | 방지현·이창희 옮김 | 200쪽 | 값 11,000원

모두를 위한 국제이해교육
한국국제이해교육학회 지음 | 364쪽 | 값 16,000원
2015 세종도서 학술부문

경쟁을 넘어 발달 교육으로
현광일 지음 | 288쪽 | 값 14,000원

독일 교육, 왜 강한가?
박성희 지음 | 324쪽 | 값 15,000원

대한민국 교육혁명
교육혁명공동행동 연구위원회 지음 | 152쪽 | 값 5,000원

▶ 비고츠키 선집 시리즈
발달과 협력의 교육학 어떻게 읽을 것인가?

생각과 말
레프 세묘노비치 비고츠키 지음
배희철·김용호·D. 켈로그 옮김 | 690쪽 | 값 33,000원

도구와 기호
비고츠키·루리야 지음 | 비고츠키 연구회 옮김
336쪽 | 값 16,000원

어린이 자기행동숙달의 역사와 발달 I
L.S. 비고츠키 지음 | 비고츠키 연구회 옮김
564쪽 | 값 28,000원

어린이 자기행동숙달의 역사와 발달 II
L.S. 비고츠키 지음 | 비고츠키 연구회 옮김
552쪽 | 값 28,000원

어린이의 상상과 창조
L.S. 비고츠키 지음 | 비고츠키 연구회 옮김
280쪽 | 값 15,000원

연령과 위기
L.S. 비고츠키 지음 | 비고츠키연구회 옮김
336쪽 | 값 17,000원

성장과 분화
L.S. 비고츠키 지음 | 비고츠키 연구회 옮김
308쪽 | 값 15,000원

관계의 교육학, 비고츠키
진보교육연구소 비고츠키교육학실천연구모임 지음
300쪽 | 값 15,000원

비고츠키 생각과 말 쉽게 읽기
진보교육연구소 비고츠키교육학실천연구모임 지음
316쪽 | 값 15,000원

비고츠키와 인지 발달의 비밀
A.R. 루리야 지음 | 배희철 옮김 | 280쪽 | 값 15,000원

수업과 수업 사이
비고츠키 연구회 지음 | 196쪽 | 값 12,000원

▶ 평화샘 프로젝트 매뉴얼 시리즈
학교 폭력에 대한 근본적인 예방과 대책을 찾는다

학교 폭력 어떻게 만들어지는가
문재현 외 지음 | 300쪽 | 값 14,000원

학교 폭력, 멈춰!
문재현 외 지음 | 348쪽 | 값 15,000원

왕따, 이렇게 해결할 수 있다
문재현 외 지음 | 236쪽 | 값 12,000원

젊은 부모를 위한 백만 년의 육아 슬기
문재현 지음 | 248쪽 | 값 13,000원

아이들을 살리는 동네
문재현·신동명·김수동 지음 | 204쪽 | 값 10,000원

평화! 행복한 학교의 시작
문재현 외 지음 | 252쪽 | 값 12,000원

마을에 배움의 길이 있다
문재현 지음 | 208쪽 | 값 10,000원

▶ 교과서 밖에서 만나는 역사 교실
상식이 통하는 살아 있는 역사를 만나다

전봉준과 동학농민혁명
조광환 지음 | 336쪽 | 값 15,000원

남도의 기억을 걷다
노성태 지음 | 344쪽 | 값 14,000원

응답하라 한국사 1·2
김은석 지음 | 356쪽·368쪽 | 각권 값 15,000원

즐거운 국사수업 32강
김남선 지음 | 280쪽 | 값 11,000원

즐거운 세계사 수업
김은석 지음 | 328쪽 | 값 13,000원

강화도의 기억을 걷다
최보길 지음 | 276쪽 | 값 14,000원

광주의 기억을 걷다
노성태 지음 | 348쪽 | 값 15,000원

**선생님도 궁금해하는
한국사의 비밀 20가지**
김은석 지음 | 312쪽 | 값 15,000원

교과서 밖에서 배우는 역사 공부
정은교 지음 | 292쪽 | 값 14,000원

팔만대장경도 모르면 빨래판이다
전병철 지음 | 360쪽 | 값 16,000원

빨래판도 잘 보면 팔만대장경이다
전병철 지음 | 360쪽 | 값 16,000원

영화는 역사다
강성률 지음 | 288쪽 | 값 13,000원

친일 영화의 해부학
강성률 지음 | 264쪽 | 값 15,000원

한국 고대사의 비밀
김은석 지음 | 304쪽 | 값 13,000원

조선족 근현대 교육사
정미량 지음 | 320쪽 | 값 15,000원

▶ 창의적인 협력수업을 지향하는 삶이 있는 국어 교실
우리말 글을 배우며 세상을 배운다

중학교 국어 수업 어떻게 할 것인가?
김미경 지음 | 332쪽 | 값 15,000원

토론의 숲에서 나를 만나다
명혜정 엮음 | 312쪽 | 값 15,000원

토닥토닥 토론해요
명혜정·이명선·조선미 엮음 | 288쪽 | 값 15,000원

이야기 꽃 1
박용성 엮어 지음 | 276쪽 | 값 9,800원

이야기 꽃 2
박용성 엮어 지음 | 294쪽 | 값 13,000원

인문학의 숲을 거니는 토론 수업
순천국어교사모임 엮음 | 308쪽 | 값 15,000원

▶ 4·16, 질문이 있는 교실 마주이야기
통합수업으로 혁신교육과정을 재구성하다!

통하는 공부
김태호·김형우·이경석·심우근·허진만 지음
324쪽 | 값 15,000원

내일 수업 어떻게 하지?
아이함께 지음 | 300쪽 | 값 15,000원

인간 회복의 교육
성래운 지음 | 260쪽 | 값 13,000원

교과서 너머 교육과정 마주하기
이윤미 외 지음 | 368쪽 | 값 17,000원

수업 고수들 수업·교육과정·평가를 말하다
박현숙 외 지음 | 368쪽 | 값 17,000원

도덕 수업, 책으로 묻고 윤리로 답하다
울산도덕교사모임 지음 | 320쪽 | 값 15,000원

체육 교사, 수업을 말하다
전용진 지음 | 304쪽 | 값 15,000원

교실을 위한 프레이리
아이러 쇼어 엮음 | 사람대사람 옮김 | 412쪽 | 값 18,000원

걸림돌
키르스텐 세룹-빌펠트 지음 | 문봉애 옮김
248쪽 | 값 13,000원

마음의 힘을 기르는 감성수업
조선미 외 지음 | 300쪽 | 값 15,000원

작은 학교 아이들
지경준 엮음 | 376쪽 | 값 17,000원

감성 지휘자, 우리 선생님
박종국 지음 | 308쪽 | 값 15,000원

주제통합수업, 아이들을 수업의 주인공으로!
이윤미 외 지음 | 392쪽 | 값 17,000원

수업과 교육의 지평을 확장하는 수업 비평
윤양수 지음 | 316쪽 | 값 15,000원
2014 문화체육관광부 우수교양도서

교사, 선생이 되다
김태은 외 지음 | 260쪽 | 값 13,000원

교사의 전문성, 어떻게 만들어지나
국제교원노조연맹 보고서 | 김석규 옮김 392쪽 | 값 17,000원

수업의 정치
윤양수·원종희·장군 지음 | 280쪽 | 값 14,000원

학교협동조합,
현장체험학습과 마을교육공동체를 잇다
주수원 외 지음 | 296쪽 | 값 15,000원

거꾸로교실,
잠자는 아이들을 깨우는 수업의 비밀
이민경 지음 | 280쪽 | 값 14,000원

교사는 무엇으로 사는가
정은균 지음 | 292쪽 | 값 15,000원

마을교육공동체란 무엇인가?
서용선 외 지음 | 360쪽 | 값 17,000원

21세기 교육과 민주주의
한국교육연구네트워크 번역 총서 05
넬 나딩스 지음 | 심성보 옮김 | 392쪽 | 값 18,000원

교사, 학교를 바꾸다
정진화 지음 | 372쪽 | 값 17,000원

"함께 배움",
학생 주도 배움 중심 수업 이렇게 한다
니시카와 준 지음 | 백경석 옮김 | 280쪽 | 값 15,000원

▶ 더불어 사는 정의로운 세상을 여는 인문사회과학
사람의 존엄과 평등의 가치를 배운다

 밥상혁명
강양구·강이현 지음 | 298쪽 | 값 13,800원

 좌우지간 인권이다
안경환 지음 | 288쪽 | 값 13,000원

 도덕 교과서 무엇이 문제인가?
김대용 지음 | 272쪽 | 값 14,000원

 민주 시민교육
심성보 지음 | 544쪽 | 값 25,000원

 자율주의와 진보교육
조엘 스프링 지음 | 심성보 옮김 | 320쪽 | 값 15,000원

 민주 시민을 위한 도덕교육
심성보 지음 | 500쪽 | 값 25,000원
2015 세종도서 학술부문

 민주화 이후의 공동체 교육
심성보 지음 | 392쪽 | 값 15,000원
2009 문화체육관광부 우수학술도서

 교과서 밖에서 배우는 인문학 공부
정은교 지음 | 280쪽 | 값 13,000원

 갈등을 넘어 협력 사회로
이창언·오수길·유문종·신윤관 지음 | 280쪽 | 값 15,000원

 오래된 미래교육
정재걸 지음 | 392쪽 | 값 18,000원

 동양사상과 마음교육
정재걸 외 지음 | 356쪽 | 값 16,000원
2015 세종도서 학술부문

 대한민국 의료혁명
전국보건의료산업노동조합 엮음 | 548쪽 | 값 25,000원

 교과서 밖에서 배우는 철학 공부
정은교 지음 | 280쪽 | 값 14,000원

 교과서 밖에서 배우는 고전 공부
정은교 지음 | 288쪽 | 값 14,000원

교과서 밖에서 배우는 사회 공부
정은교 지음 | 304쪽 | 값 15,000원

 전체 안의 전체 사고 속의 사고
김우창의 인문학을 읽다
현광일 지음 | 320쪽 | 값 15,000원

▶ 살림터 참교육 문예 시리즈
영혼이 있는 삶을 가르치는 온 선생님을 만나다!

 꽃보다 귀한 우리 아이는
조재도 지음 | 244쪽 | 값 12,000원

 선생님이 먼저 때렸는데요
강병철 지음 | 248쪽 | 값 12,000원

 성깔 있는 나무들
최은숙 지음 | 244쪽 | 값 12,000원

 서울 여자, 시골 선생님 되다
조경선 지음 | 252쪽 | 값 12,000원

 아이들에게 세상을 배웠네
명혜정 지음 | 240쪽 | 값 12,000원

 행복한 창의 교육
최창의 지음 | 328쪽 | 값 15,000원

 밥상에서 세상으로
김흥숙 지음 | 280쪽 | 값 13,000원

 북유럽 교육 기행
정애경 외 14인 지음 | 288쪽 | 값 14,000원

▶ 남북이 하나 되는 두물머리 평화교육
분단 극복을 위한 치열한 배움과 실천을 만나다

10년 후 통일
정동영·지승호 지음 | 328쪽 | 값 15,000원

선생님, 통일이 뭐예요?
정경호 지음 | 252쪽 | 값 13,000원

분단시대의 통일교육
성래운 지음 | 428쪽 | 값 18,000원

김창환 교수의 DMZ 지리 이야기
김창환 지음 | 264쪽 | 값 15,000원

▶ 출간 예정

근간
입시혁명
참교육연구소 입시연구팀 지음

근간
교과서 밖에서 배우는 윤리 공부
정은교 지음

근간
미국의 진보주의 교육 운동사
윌리엄 헤이스 지음 | 심성보 외 옮김

근간
교사를 세우는 교육과정
박승열 지음

근간
존 듀이와 교육
한국교육연구네트워크번역총서 06 | 짐 개리슨 외 지음

근간
조선근대교육의 사상과 운동
윤건차 지음 | 이명실·심성보 옮김

근간
민주시민을 위한 역사교육
황현정 지음

근간
핀란드 교육의 기적은 어떻게 만들어지나
Hannele Niemi 외 지음 | 장수명 외 옮김

근간
경기의 기억을 걷다
경기남부역사교사모임 지음

근간
민주주의와 교육
Pilar Ocadiz, Pia Wong, Carlos Torres 지음 | 유성상 옮김

근간
함께 만들어가는 강명초 이야기
이부영 외 지음

근간
역사 교사로 산다는 것은
신용균 지음

근간
고쳐 쓴 갈래별 글쓰기 1
(시·소설·수필·희곡 쓰기 문예 편)
박안수 지음(개정 증보판)

근간
고쳐 쓴 갈래별 글쓰기 2
(논술·논설문·자기소개서·자서전·독서비평·
설명문·보고서 쓰기 등 실용 고교용)
박안수 지음(개정 증보판)

근간
어린이와 시 읽기
오인태 지음